新世界出版社
NEW WORLD PRESS

图书在版编目(CIP)数据

爱的金牌魔术团 / 塔塔猫著. —北京:新世界出版社,2011.11
ISBN 978-7-5104-2297-3

Ⅰ. ①爱… Ⅱ. ①塔… Ⅲ. ①长篇小说-中国-当代
Ⅳ. ①I247.5

中国版本图书馆 CIP 数据核字(2011)第210587 号

爱的金牌魔术团

作　　者:塔塔猫
责任编辑:郭琳媛　董晓琼
责任印制:李一鸣　黄厚清
出版发行:新世界出版社
社　　址:北京市西城区百万庄大街 24 号(100037)
发行部:(010)6899 5968　(010)6899 8733(传真)
总编室:(010)6899 5424　(010)6832 6679(传真)
http://www.nwp.cn
http://www.newworld-press.com
版权部:+8610 6899 6306
版权部电子信箱:frank@nwp.com.cn
印　　刷:三河市文昌印刷装订厂
经　　销:新华书店
开　　本:660×960　1/16
字　　数:212 千字　印张:15
版　　次:2011 年 11 月第 1 版　2011 年 11 月第 1 次印刷
书　　号:ISBN 978-7-5104-2297-3
定　　价:25.00 元

目录
CONTENTS

异国的街道，熙熙攘攘的路人中，一位身形修长的少年戴着一顶卡其色的帽子，浅金色的发丝露出来，漂亮好看的黑瞳死死地盯着墙体广告里的脸庞，紧紧抿起的嘴角忽而向上扬起，笑着对着广告做了个枪的手势。

好戏，开锣了！

楔 子

“让我们用最热烈的掌声，欢迎来自远方的朋友，也是在这个庆典上获得最佳新人奖的第一位华人魔术师——元野谅先生！”

台下，震耳欲聋的掌声响起，铺天盖地的闪光灯亮起。

穿着黑色衬衫的高大男子，神情从容地从后排座位起身，一路走下铺着金色地毯的长阶，备受瞩目地登上最中央的舞台。

这是每三年一度的“纽易斯Q蓝”魔术庆典，传说中魔术界的奥斯卡金像奖，但凡魔术师，都以能登上这个舞台而倍感荣幸，并为此终生奋斗不息。

而今天，在德国柏林举办的“纽易斯Q蓝”魔术庆典上，却传来了让国人振奋的好消息！

元野谅，这位仅在国内小有名气的魔术师，以其俊朗的外形被粉丝封为最具明星脸的魔术师，而他充满危险性的高危魔术则充分刺激了人们的感官，也让“纽易斯Q蓝”的评委们惊讶不已。他以Zero命名他的魔术团队，喻意好的魔术像数字零一样可以衍生出任何梦想与希望。

“元先生，请问你接下来有什么表演计划吗？会不会举办一场庆祝获奖的演出？”颁奖嘉宾说出了每个人心中的疑问。

元野谅优雅地浅笑，高举奖杯，用振奋人心的口吻宣布：“敬请期待我的全国巡演！那将是不容错过的精彩演出！”

镜头下，那张年轻英俊又充满自信的脸庞，被定格成平面的图画，悬置在繁华街区的墙体广告内。

异国的街道，熙熙攘攘的路人中，一位身形修长的少年戴着一顶卡其色的帽子，浅金色的发丝露出来，漂亮好看的黑瞳死死地盯着墙体广告里的脸庞，紧紧抿起的嘴角忽而向上扬起，笑着对着广告做了个枪的手势。

好戏，开锣了！

Chapter 01
绑缚，命运的绳索

（1）

窗檐上的玻璃风铃随着清晨的风串串叮当，时不时闪过一抹动人的琉璃光泽。

视线仿佛是广角镜头，虚幻而朦胧的雾气中，一架白色的钢琴上放置着跟窗帘一样纯净透明的花瓶。细长的瓶颈上插着一束似乎是刚从花园里剪下的香槟玫瑰，柔软的奶白色花瓣上还沾着新鲜的晨露，颤巍巍地绽放着羞涩的明媚。

修长的手指与短胖的手指交错在黑白琴键上，欢快的心情从彼此的指尖，随着轻盈悦耳的钢琴曲流泻而出。偶尔，风铃清脆的声响穿插进钢琴曲，并排弹奏的手指会同时停顿，幸福画面中的两人相视一笑。

画面，在此刻定格，缩影成一张扁薄的照片，压在冰冷的玻璃相框内。日复一日，维持着那一瞬间的幸福，却在时光里被蒙上了灰尘，寂寞无比地摆放在床头。

回忆有时之所以美丽，不是因为当时有多幸福，而是因为现在没有了，如同那个同样消失不见的人一般。

丁零……丁零……丁零……

单人床、写字台、收缩衣架……小得可怜的房间里，不计其数的闹钟制造出震耳欲聋的噪音，床上的人却充耳不闻，依旧抱着香蕉枕睡得昏天暗地。

咚咚作响的砸门声，正在讲述一个在凌晨五点被吵醒的人，有多么地愤怒与绝望。

“米蓝！米蓝！”

陈颖莲顶着被过期药水烫坏的爆炸头，气急败坏地拍着可怜的木制门："死丫头，再不把那39只闹钟给我人道毁灭，我就把这间屋子改造成公共厕所！"

话气里夹带着口水，喷溅着那扇可怜兮兮的木门。门框顶部的蜘蛛网上，一只红斑蜘蛛顺着丝想下来觅食，却被门的振动惊了魂，逃跑似的弹回网上。

陈颖莲又是一番怒骂，见门还是纹丝不动，不禁血气上涌，随后抡起靠墙的一把铁锤，提一股劲儿到丹田，眼见就要朝那扇不断有噪音涌出的木门砸去……

"表姐，那是我们家的门耶。"一个声音不疾不徐地从后面响起。

夏果梳着20世纪七八十年代的麻花辫，穿着黑色的阿婆睡衣，趿着宽大的塑料拖鞋，吧嗒吧嗒地走到正以挥锤动作定格的陈颖莲面前。她眯着半醒的眼，伸手在口袋里掏了半天，然后取出一串钥匙，在她面前晃了晃。

"你有钥匙？为什么不早说？"陈颖莲尖着嗓子，有些变调地喊着。举重物让她的声带有了轻微的改变。

夏果一边把钥匙插进锁眼，一边慢条斯理地说："你没问。"

开了门，她轻车熟路地先沿着墙边按下了一圈闹钟的按钮，然后走向床边，把当被子铺在某人身上的十几个闹钟关掉，再弯下腰，掏出散落在床底的漏网之鱼。当把这些杂音一一消除后，她拍拍身上的灰尘，坐到了床边，端视着依旧熟睡的某人，沉默不语。

"你连每个闹钟放在什么地方都知道？"陈颖莲看着一地的闹钟，有些发怵地问自己那个性格有些乖僻的表妹。

"我能看到更多东西。"说话间，她抬头望着天花板，那阴恻的眼神，还真不辜负"明峻商大灵异少女"的称号。

"真是要疯了！要不是为了让你适应新校环境，也不会引狼入室招来这么个人！这个叫米蓝的，精打细算得好像脑袋里长着四五个算盘似的，帮我换煤气抵水费，帮我修电脑抵电费，帮我烧上几顿饭又缠着我减房租……最要命的是，她隔三差五，不是半夜就是凌晨，要上演39只闹钟交响曲（交替着循环响的叫醒曲），害得邻居天天到街道居委会告状！稍白痴点儿的人还往环境署发噪音投诉……表妹，拜托你啦，跟她讲，快点儿另找房子住。我被她害得更年期都提前到了，我才29岁……”陈颖莲机关枪似的抱怨一通后，便扭着曲线不甚分明的腰身，气呼呼地离去。

另找房子住？怎么可能！这种水电全免，偶尔还能蹭顿饭的超便宜住房，某人就是被打死了，也不会另找房子住的。

“表姐，呃……你还是节哀吧。”至少在发财之前，某人是绝对不会搬走的。

夏果望向睡得正香甜的脸，眼神陡然一转，落到床头那只棕绿色的方形钱包上。半晌，她讷讷地开口：“蓝蓝，借我五百块钱。”

熟睡的人嘤咛了一声，眉头开始皱了起来。

“你不说话就当愿意了，我自己拿好了，你慢慢睡。”夏果伸手拿起那只钱包，刚要打开，就被一只手横夺过去。米蓝连眼睛都没有睁开，双手却能将钱包扣得死紧。

夏果也不多说话，就是死命地扯着钱包，直到将米蓝的半个身子都拽了起来，后者才缓缓地睁开眼睛，将有些危险因子的黑眸眯成细缝，声音像筛子里的细针般穿插下来——

“果子，你跟我借钱？开玩笑吗？我的利息超高哦……”

见她一脸完全清醒的模样，夏果诡异一笑，手一松，米蓝失重地向后一倒，后脑勺磕在床板上，低嗷了一声。

对惨叫声依旧充耳不闻，夏果拍拍手掌，淡淡地说：“醒了就起床，你赖很久了。”便起身走到桌子前，把上面凌乱堆放着的校服、书包一股脑儿地扔到床上。

“五点半到九点半，校书社整理新书架赚外快。九点三十五分，怪物史莱克的商史课连堂，不想毕业就可以不上。还有，你有两份学研报告没交，今天下午五点前，不交就要重修学分……”夏果顿了顿，拿起桌上两张打印好的报告，匆匆地瞥过一眼——文字专业性强，内容充实饱满，唯一的不足就是不像米蓝写的。

“八十元两份，我还价还到五十元，还是用K币支付的，随便盗个会员号就能赚大把的K币，现在的孩子们都富。”米蓝边打着校服的领带边说。

蹬上球鞋，她咬了一口昨晚剩下的面包，干巴巴地嚼着。她走到夏果身边，把那两份报告对折，往书包里一塞，又伸手在书包里掏掏摸摸，取出一只浅棕色的假发套递过去：“怪物的商史课跟我的兼职工作撞车了，我要去凯沃酒店，每小时三百块。”

“你没刷牙！”夏果抢过她的面包扔进垃圾筒，然后用小手指勾起那顶假发，嗅了一下，头缩得好远，捏着鼻子说：“你想让我扮你出席商史课，至少该有清洗假发套的诚意和觉悟！”

“哪个蠢蛋会去洗假发？”像洗假牙一样吗？太恶心了。

“当然是想让我帮忙代签到的米蓝……那个蠢蛋。”

“果子，跟我在一起是有好处的，你的嘴巴越来越毒了。”米蓝从一堆杂物里翻出一根绿色发圈，在手上缠了两道，一边将半长不短的自然卷发扎成马尾，一边拧巴着眉头道：“这颜色真恶心。”

“但是它便宜，不然，你用我的？”夏果指了指自己麻花辫上的粉红小猪。

“你饶了我吧！”粉红小猪比菠菜发圈还恶心。

马尾揪着髻，用黑色的发卡别住，刚好可以挡住发圈的颜色，她对着裂成两半的镜子露出满意的表情。错开的镜面里，她的面孔被分成两种截然不同的表情，左边的笑脸看起来世故圆滑，而右边的眉眼却淡淡地覆盖着一层冰雪。

一只手，搭上她的肩头……

回过头，是夏果那张表情永远很少的脸，和正在向外释放的幽灵电波：“蓝蓝，听我说，你房间里的风水不好，镜子烂，霉运来……”

(2)

镜子烂，霉运来……

大清早就被明峻商大最灵异的女生诅咒了，米蓝有点儿欲哭无泪。而且，事实证明，夏果那张好的不灵、坏的灵的乌鸦嘴，是有一定灵验度的。

结束了校书社的工作，她换上便装赶到下一个赚钱的地方。

凯沃酒店，是秋田市最豪华的酒店。

走进设计独特的双筒式水晶旋转门，便可以看见两侧那纯白色的背景墙。从大厅向两边蔓延的金色手扶台阶上，雕刻着叫不上名字的细致花骨，每一层台阶镜面般的光洁材料上，如蓝染般的抽象线纹，为雍容华丽的设计抹去一丝浮俗之感。

墙壁里的灯绘着佛座莲花的图案，沿着花的形状镂空，里面塞满了浸泡过印度香料的珠子，在释放出迷离香味的同时，莹莹柔柔地亮着。

而真正让人震撼不已的，是从顶部如瀑布般垂下的水晶幕帘，还记得那部叫《一帘幽梦》的电视剧吗？许多女生都喜欢那一串用水晶般的玻璃珠串出来的帘子，挂在房间里的某个角落里，仅仅是望着它那闪闪的光芒，也会觉得自己是童话里的公主。

但那到底是假珠子串出来的赝品，不如面前的这片巨大幕帘，上面串了近万颗水晶石，其价值不菲的程度，让人瞠目结舌。

而米蓝穿的狰狞兽人图案的灰蓝色棉T恤和挂着花里胡哨链子的及膝牛仔裤，无论是哪一样，都与富丽堂皇的酒店格格不入。

但白色棒球帽下的黑瞳，却没有丝毫的怯懦之色："你好，我是米蓝……"

之前她在很多公司网站都留下了联系号码，这一次的兼职是凯沃酒店的公关部经理孙珍跟她联系的。只是在电话里，对方始终不肯透露有关工作内容的细节，在她再三确认不是色情及违法的工作后，决定先见面再说。

孙珍穿着一身灰色条纹套装，胸前挂着工作证，她一抬手，微笑着打断米蓝的话："对不起，在你之前，我们已经确定了更适合的工作人选。"

"什么意思？"米蓝看着孙珍习惯性的微笑，有些气结地问，"昨天晚上还跟我电话确认，为此，我还推掉了重要的事，现在却告诉我别人抢了我的菜？"

"你迟到了。"

“不可能，约的是九点半！”米蓝哗地亮出老古董般的旧手表，上面的指针刚好指在九点二十五的位置。

“你那难道是美国时间吗？”孙珍的眼角细细地弯了，细微的轻视之意不自觉地流露出来，她优雅地转过白细的手背，露出一款造型独特的金色Gucci手表，有些矫揉造作地晃着蓝宝石的表面和那枚有点儿刺眼的钻石。

“其实，会不会是你的表不准？”无视跟酒店装潢差不多奢华的手表，米蓝纠结的只是指针上显示的，比自己那只古董表快十五分钟的时差。

孙珍的脸颊抽搐了下，收敛笑意，换上一副冰冷的面孔，公式化地说道：“不管怎么样，那份工作已经让别人做了，浪费了你的时间，我感到很抱歉。那么，请慢走。”

“孙经理……”米蓝突然转变了语调。

她深吸了口气，用气挤压着口腔内鼻后的软肉，瞬时微热的湿润裹住了她的眼眸，适时地抬头，让孙珍看见她眼中的泪光，再把脸别开，用一种很追忆的语调说：“路西法之所以会堕落，只是因为神没有抓住他的手而已。我答应过妈妈要做个堂堂正正的人，但现实却这么压迫我，难道，一定要我去……去靠身体赚钱吗？”

若隐若现的泪光，略带哽咽的声调，几乎是完美无缺的表演，只需要有人来买账。

可惜……

“抱歉，我不是开救济院的。”孙珍完全不买账，而且她用一种“你就算是卖身赚钱也发不了家”的眼神，嘲笑地看了她一眼。

铁石心肠的花瓶！

米蓝在心里暗骂，突然，腹部一股急促的胀痛涌上来。

她咬着嘴唇，眼神焦急地找寻着貌似洗手间的地方，刚巧，看到一个长发女生从办公室里出来，冲里面的人喊了声“我去卫生间”，然后冲进了一扇门。

她也顾不得多想，跟着就冲了进去。

先前跑进来的女生站在洗手台前，对着镜子一边拨弄着头发，一边打电话。两人的眼神在镜子里对视了几秒，米蓝便冲进隔间的门，开始处理突发状况。

而此时，隔着一层门板，外面那个女生讲电话的声音传入她的耳朵里：“……对哦，时薪三百，不知道做什么……有什么关系呢？什么？陪变态老头睡觉？吉尼，你不要吓我！凯沃这么大的酒店，应该不至于吧……我想，可能是一般人做不了的比较辛苦的工作……”

听到这里，米蓝几乎可以确定，门板外的那个长发女生，就是孙珍口中所说的更适合的工作人选。

此刻，她是多么想冲出去，把对方绑起来丢进旁边隔间里，恨只恨，她腹痛如绞，两腿虚软。

而最严重的问题是，这里居然没有卫生纸！

这里可是酒店，又不是三流的饭馆，装修比她房间还漂亮的洗手间里居然没有卫生纸，顾客意见表在哪里？她要投诉！

“那个……”米蓝将门开了一道小小的缝，露出半张脸，向打电话的女生说，“不好意思，能不能借我点儿手纸？”

可能是厕所女鬼借手纸的故事传得太泛滥了，那个女生在听到米蓝的声音后，明显受了惊吓，一张脸也刷的惨白下来，半天才恢复了血色。女生有些无措地摸了摸两边的口袋，然后摇了摇头，怯生生地说道：“我也没有，抱歉。”

米蓝关上门，狠狠撞了一下头，然后有些眼冒金星地把门重新敞了条缝，保持礼貌的笑容，向旁边的隔间呶了呶嘴，道：“能帮我看看旁边的隔间里有没有纸吗？这边可能是保洁大婶忘记放了。”

长发女生露出嫌弃的神情，但还是帮她从别的隔间里取了手纸。

“谢谢你。”从隔间出来，米蓝打开水龙头，一边洗手，一边试图跟她搭讪，“对了，你刚从办公室出来，看见公关部的孙珍经理了吗？”

“孙经理？”长发女生有些好奇地反问，“你找她有什么事？”

见鱼上钩，米蓝继续说：“哦，她之前给我介绍了一份时薪很高的工作，让我每隔一周来找她。”

“每隔一周?”

“是啊，因为那位先生每隔一周才会有特殊需要，虽然伺候秃头、海腹、口臭，又比自己大三十多岁的男人比较辛苦，但这种用身体赚的钱真的超好赚，光时薪就三百块……”她顿了顿，看着镜子里那张忽而苍白的脸，佯装不知地反问，“咦？你不舒服吗？脸怎么这么白啊?”

说完，她还抬起刚刚被凉水冲洗过的手，触碰那个女生的额头，后者本能地缩了缩，艰难地咽着口水，确认般问道：“你说的用身体赚钱是指?”

“你觉得呢?”米蓝摸着嘴唇，对着那张苍白的脸嫣然一笑。

(3)

鉴于某种天知道地知道，你不知道厕所墙板知道的原因，跟米蓝抢时薪三百肥差的竞争对手，神奇地人间蒸发了。

孙珍的脸色，由白变青，又藏了些赧色，精彩得很。

米蓝一句废话也没说，双手环在胸前，昂起尖细的下巴，拽拽地站在楼梯旁边，那架势摆明就是在讲：若你孙珍说了一句不合我心意的话，我就拔腿走人。

低头看了一眼自己那只名贵的限量 Gucci 表，早已过了交人的时间。孙珍长叹了口郁气，扯裂着干巴巴的笑容，上前一步，笑意又深了几分，一开口就套近乎：“蓝蓝啊……”

米蓝在心里吐了一通，伸手一挡，酷酷地说：“如果你是想说，让我来顶岗，没问题，我从不跟钱结仇……不过，根据坐地起价的原则，加一百好了。”

“什么？开什么玩笑？哪有这种事?”明明是让人抢破头的肥差，现在还有人趁火打劫，这也太扯了吧。

米蓝轻蔑地看了一眼孙珍：“就是有这种事，快决定，我很忙的哦。”

“你……”孙珍语塞，又低头瞄了一眼表针，有点儿不死心地问，“五十?”

“抱歉，我不是开救济院的。”这世上最扬眉吐气的反击，就是把别人的讥讽一字不落地还回去。

望着孙珍气得有点儿变形，却又不得不妥协的脸，米蓝内心无比得意，此刻早已忘记了夏果那句如同厄运诅咒般的话“镜子烂，霉运来”。

不是不到，时候未到……

房间号666，还不是一般的诡异，是夏果的 Style。

看着黑色镜面，镶着金色枫叶边的房号牌，米蓝的后颈子里莫名地就溜进一阵凉风，麻凉麻凉的。她有点儿发怵地转头望了一眼孙珍，后者早就被她气得没了表情，一张漂亮的脸蛋冷冷的。孙珍取出万能房卡，对着感应器刷了一下，那扇夹着黑胡桃色几何图纹的房门开了。

“进去吧，工作结束后，按下结束键并输入指定密码，你就可以结算工资了。”说话的同时，孙珍把一个小型的计时器开关打开，扔给米蓝。

“是当场结算吗?”

孙珍点头。

“是现金结算吗?”

仍旧只是点头，连半句话都懒得说。

“那……”米蓝瞄了一眼半敞开的房门，迟疑地问，“是色情服务吗?”

孙珍的眼中露出一丝嘲笑之意，她摆动着款款腰肢，头也不回地转身离开，只留下一句让人气结的话：“没有那种好事!”

在门口怵了一会儿，米蓝给自己鼓了鼓气，推门而入。

虽然是白天，但房间里的光线很暗，淡紫色的墙纸和奶金色的布置随处可见，后现代感极强的黑金属 CD 架镶嵌在墙壁内，有些狰狞的野性冲淡了过度奢靡的色彩主基调。

唱机里播放的 CD，用奇特的语言低喃着万种的异域风情。

“喂？有没有人啊?”她对着空气叫了声，但半天都没有回应，不禁觉得奇怪。

房间里没有人吗?

没人还开着 CD 唱机?

她好奇地往内室里走，刚走了几步，又慌张地退了出来，缩在CD架旁，眼睛既慌张又好奇地往里面打量着。

昏黄的床灯亮着楚楚动人的光，内室里那张铺着丝绸床单的双人大床上，有个男人正俯睡着。

亚麻色的微卷发丝埋在枕头里，露出修长的手臂和赤裸的后背。奶金色的被毯，映衬着男子小麦色的肌肤，丝绸般的料质紧紧地贴着他的下腰身，却让曲线显露分明，那细致的肌肤纹理，和肌理包裹的骨骼肌肉，这一切，看起来就是那么那么的……色情。

就像是一种以艺术为主打的电影海报，却极尽噱头地卖弄色情一般。

对此，多数观众的反应，通常是以看电影里的艺术为名，双眼却死盯着屏幕上翻滚的裸背，如同正死死地盯着男子裸背的米蓝。

明明跟自己说了千万遍，没什么大不了的，不过是一个裸男罢了。

但就是全身僵硬，根本无法动弹，甚至，她还要紧紧抓着那CD架上端的黑金雕像，以防自己因全身脱力而摔倒。可是，她用了太大的力气，结果把CD架整个扳倒，一张张CD哗啦啦地掉了下来，真是一幅无比壮观的画面。

床上的睡美男已经转醒，他撑着一侧手臂，回过头，用带着被吵醒的怒气和看到麻烦精的厌恶眼神，恶狠狠地瞪着米蓝。

深邃性感的俊美，同时兼备残忍的凄美，游走在善恶边缘的冷眼，背负着诅咒的悲怆，眼底藏着一丝怜悯的决绝。

如此美男，不是吸血鬼是什么？

米蓝有些激动地掏出手机，对着半坐起身来的少年，准备按下拍照键，却听见似乎从极深的井底漫上来的湿冷声音，细细慢慢地说道：“你按一下，我让你赔钱赔到死。”

手指悬在按键上，她震惊地抬头，还没想出强有力的反击之词，就听他继续用蛇缠脖子的阴寒语调说：“而且，脱了卖都还不清！”

咬牙！

切齿！

她悻悻地把手机折起，反手塞进裤兜，想起此行的目的，便开门见山地说："这位，呃，毒舌美男大人，请问，需要在下为您做什么？"说话的同时，瞄了一眼折叠整齐摆放在椅子上的衣服，补了一句，"拿您的内裤吗？"

他瞟了她一眼，向柜子一指，淡淡地说了一句："把它换上。"

闻言，她困惑地打开衣柜，虽然张大嘴巴愣了两秒，还是抽搐着眼角从衣柜里拿出一件黑白相间的女仆装。

"你该不会，是让我穿这种白痴的衣服吧？"看到那恐怖的蕾丝花边，哦，她不要！

"除了胸的Size外，应该合适，前面的问题，你塞两个柳丁吧，客厅桌上有……"他说得无比从容，听的人却火冒三丈。

"你……有种……再说一遍。"火山即将爆发的前兆。

"除了胸的Size外，应该合适，前面的问题，你塞两个柳丁吧，客厅桌上有……"他真的很"有种"地说了第二遍，并且在她即将冲上来掐死他的前两秒补充发言，"钱不想赚了？"

一听到钱，某人的火山顿时潜入冰河期了，低着头稍稍酝酿了几秒，再抬起头，已经是笑颜如喇叭花的一张脸，用再温柔不过的语气问道："你刚刚说哪里有柳丁？新不新鲜？够不够圆啊？"

(4)

胸前黑色的蕾丝与白色的花边，泡泡裙的裙摆设计，腰部巨大的蝴蝶结，还有那无比可笑的白色及膝袜……但真正让米蓝想哭的是，她居然塞了两个柳丁——不是一边一个，而是一边两个。

她在外面换着可笑的"工作服"时，他也做了简单的梳洗。再出现在米蓝面前时，白衬衫，浅色细领带，头发用一根皮圈揪住，狭长的眼与极淡的眉，看起来有点儿冷，那神情看起来就像个流气的坏学生。

"你没成年吧？"她不禁脱口问道。

他瞄了一眼她胸前露出皮的柳丁，说："它没成年，我成年了。"说罢，身份证酷酷地亮了一下，姓名栏上"言唯熙"三个大字在米蓝敢怒不

敢言的眼眸中一闪而过。

他从茶几下的银色箱子里取出两条不同颜色的尼龙绳，用手抓住两头，对着她用力撑了一下，说：“过来。”

扯吧！难道是玩绑缚，孙珍那女人不是说没有色情服务吗？

米蓝犹豫着，仅向前挪了一步便停了下来。

见状，言唯熙二话没说，从沙发上弹起身，直直地逼向她，手抓着绳子绕过她的头顶，紧紧地缠在她背在身后的右手腕上。

“你……你干吗……变态！我不提供色情服务的……我是被孙珍骗来的……”被绑了一只手，她顿时慌了，边挣扎边口不择言地乱喊，“我报警喽……我有带手机……你个变态……松开……你长得帅就了不起啊……”

他始终没说话，双手专注在两条绳子的交结处，红色的绳子被圈成几道，而黑色的绳头却错开进入圈中，迅速拉紧。明明两根绳子，却在他娴熟的打结手法下，纠缠成了一个怎么挣也挣脱不开的结。

端视着那个绳结几秒，他终于发出声音：“你可以闭嘴吗?”

“你可以松开吗?”她学他讲话的方式，却是用咆哮的口气。

言唯熙望着她，食指和中指分别塞入绳结下端的两处端头，而无名指则勾在绳结上面的第四个绳圈上，用轻描淡写的语调说：“松开了，闭嘴吧。”

说话的瞬间，他的手指不知怎么一动，刚才还紧紧将她右手绑住的绳结便松开了，散落在地上，像纠缠在一起难舍难分的两条毒蛇。

她揉着被粗糙的绳子表面磨痛的手腕，心有余悸地后退到自以为最安全的位置，冲他喊：“有钱人家生出来的疯小孩！拿钱砸着玩捆人是吧，本姑娘不奉陪!”

说完，她气呼呼地转身向门口跑，手刚抓到门，看到光裸的手臂，才恍然想起自己还穿着女仆装，于是又回头拿自己的衣服。

言唯熙就坐在奶白色的沙发里，用参观动物园的新鲜眼神望着她。许久，他才开口：“不觉得很吃亏吗？手腕的皮都磨破了，但……一分钱也拿不到。”

闻言，她分明觉得自己的手腕辣辣地痛了下，低头看了一眼，破皮的

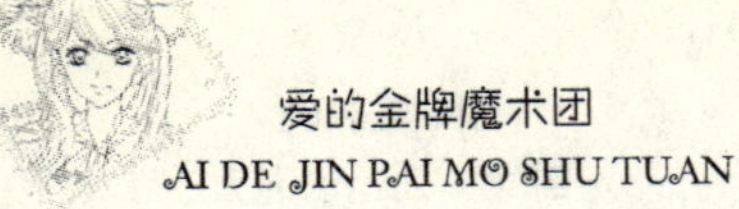

地方已经渗出了血珠子，她顿时觉得不甘心起来。思忖了一下，取出计时器扔给沙发上的人。

“良心发现的话，就按键输密码，让我结算十分钟的钱。”时薪四百，那十分钟至少该有六十元钱。

他望着她愤慨的脸，有些莫名地笑了笑，伸手在沙发的表面摸索着，慢慢靠近了那个白色的计时器，修长的手指在它的上方轻触着。忽然，他的大手向上一翻，神奇的，那个计时器居然不见了！

“猜猜它在哪儿?”他的声音变得很低迷，有一丝难以形容的诱惑。

米蓝怔怔地看着刚刚放着计时器的位置，心中顿涌上一种不可思议之感。她本能地上前几步，蹲下身子，小心翼翼地抓起他的大手，捏着每一根冰凉而修长的手指，试图找出手掌内的机关。

“是在袖子里吗?”在他的手掌找不出答案，她将注意力转移到有一定宽度的袖口处，伸手往里面探去。

他反手将她的手攥住，勾勒出一抹流气的笑容：“想往哪里钻?”

闻言，血轰地一下往脸上涌。

她负气地挣着手，见挣脱不开，索性在他的手心里狠狠地抓了一把，那力道可不是一般女生撒娇的猫爪子。指尖用力过后，便能感觉到有一丝潮湿沾了上来，弥漫着淡淡的微腥。

他脸上闪过一丝痛意，但没有松开手，反而是紧紧地握住她的手，然后拿起一根绳子，单手打起结来。

一般人的左手都不及右手灵活，但他却似乎不受此影响。单手，而且是左手的情况下，打绳结的手法似乎十分快速，只是，不同于之前将两条绳子交结缠绕打结的方式，这一次，他仅仅是用一条绳子绕圈打结。

也许是因为被他绑过一次，也许是因为内心深处觉得他并不是坏人，反正这一次，米蓝没有挣扎，只是静静地等他打完绳结。

她注意到，他每绕两个圈，就会用绳子穿过其中一个而避开另一个，但每打紧一个结，她的手腕就紧一分，跟他的手更加贴紧一分。

他的手指看起来长而纤细，却很有力量。指节冰冷，但掌心里却向她

传递着一股微烫，一丝丝，一点点，顺着她的手心一路往皮肉里爬。

“你要知道活结和死结的区别……”他突然开口，声音很专注，少了几分流气，“我绕过的圈和最后两个圈是不可以打结的，不然，会成为打不开的死结。”

“死结，那会怎么样?”她困惑地问道。

他的手顿了顿，似乎是想到了什么过往，随后，用一种恍如隔世的语调说：“会死人。”

会死人?

这三个字让米蓝打了个寒战，因为他说话的口吻，就像真的因为这个结死过某个人，而且那个死人到现在都在他的心里阴魂不散。

“那，只要打的是活结，就安全了吗?”

他没有回答，而是伸出食指和中指，探入两人被绑住的手腕里，此举让原本就绑得很紧的绳子，勒得更紧了。她吃痛地瞪了他一眼，却发现他正无比专注地在摸索着，似乎在寻找什么。突然，他的眼神一凝，说道：“感觉我手指这里。”

他指尖的位置仿佛有些鼓，但这种触感并不明显，若不是他的指尖在那里刻意引导，她断然是察觉不到的：“不知道，这是什么?”

“这就是解开活结的关键。”

(5)

米蓝还是弄不太清楚，言唯熙所说的解开活结的关键到底是什么。

因为他的动作实在是太快了，在说话的同时，她只感觉到那鼓的地方磨得她痛了一下，随后那根绳子便神奇地自行解开了。

“你是变戏法的?”她望着自己两只手腕上的勒痕和血点，下意识地问。

“我宁可你说魔术两个字，那听起来更酷。”

“那么，你是每小时花几百块钱，请我来陪你练习戏……呃，魔术?”

“不是。”

“不是?”

“我有一场即兴表演，需要一个临时助手，但我必须让她先对我很信任，因为……”他仔细地望着她的眼睛，琢磨着要用怎样的说法，才不会把人吓跑。

“因为什么?”她有些不安地等待着他的下文，心里隐隐地预感到，这年头，什么钱都不太好赚。

“表演本身有点儿危险。”

“什么程度的危险?”

“要下水。”

“游泳吗?”

“不完全是那样，应该是……”他抬起一只手比了比她的身高，然后手掌抬过自己的头顶，又向上延续了些许。

米蓝仰着脖子，看着那个离自己很远很远的掌心。她不过一米六二的身高，言唯熙比她高一个头，应该是一米八以上的个头，比他的头顶还高的距离，那就是两米左右。

那他的意思是……三米左右的水深吗?

他的掌心又抬高了些许，咬着嘴唇，似乎在思索某件物体的形状:“三米左右这样的高度，很厚的钢化玻璃，从里面即使是用尽全力也撞不烂水箱……”

舞台魔术是需要具备一定华丽度的，危险与死亡本身就具备一种凄艳的华丽感，一个牢固的水箱是致命的，同时也令魔术拥有致命的吸引力。魔术师在如此牢固的水箱里，在漫过头顶的冰冷水中，解开复杂的绳结，并且神奇地逃脱，让观众发出惊叹之声，这就是水箱逃脱魔术。

米蓝从来就没想过，自己会跟魔术沾上边，而且是这种危险度极高的逃生魔术，这对从来没有受过专业训练的人来说相当困难，而且太危险了。

她想一口拒绝，但钱的诱惑拼命拉紧她的嘴巴，犹豫了很久，她问:“我需要在这场危险的魔术表演里充当什么角色?”

“跟我一起绑住手脚，进入封闭水箱。绑住我们双手的绳结接头会连在一起，是那种麦西结和布林结改良过的双交环结，也就是我第一次绑住你

双手的绳结。你按照我教你的套路，在三分钟内解开绳结，而绑住脚的绳结由我负责解开，水箱的机关在盖顶内侧，但很小，如果不解开绳子，是没办法打开水箱盖的。之所以要在三分钟内解开，是因为五十秒的时间，水就会充满水箱，人溺水后五分钟会死亡，所以那三分钟是成败的关键……"他的声音很平稳，每一个字都像描述天气般平常。

但这些话在米蓝听来却是相当恐怖的。

三分钟解开绳结？像刚才那种吗？她自己解吗？

还有，五分钟会溺毙?!

果然，这年头真的没有天上掉馅饼的好事，她出门前，夏果那个丫头说什么来着？镜子烂，霉运来……真被她的乌鸦嘴给说中了。

虽然这份兼职的佣金真的很诱人，但不管怎么说，都是命比钱重要一些。留得青山在，不怕没柴烧。

心里打定了主意，她不再多说什么，伸手抓过沙发上自己的衣服，对他说了句："这件女仆装我会丢给服务台的。"

他眯起眼睛，有些不爽地问："你怕了？"

"嗯，是怕了，虽然我的人生不怎么样，不过我还是很看中自己这条命的。"

在她说完这句话后，言唯熙默默地凝望着她，狭长的眼角缩紧瞳孔的墨色，一丝难以言喻的忧凉与低郁淡淡地浮现。

只是很快，他便别开眼神，重新换上理性且不带任何复杂情感的审视眼神，对她说："即使我对你说，那只是看起来很危险，但我会让你毫发无伤地从水箱里出来，你也不会相信我吧？你是对我没信心，还是从来就没有对一件事有过信心？因为你总想着自己的人生不怎么样，所以做什么都很随便……"

"别人的人生，你凭什么胡乱发表意见？"莫名的反感涌上心头。

"我说得不对吗？因为钱多，工时又短，所以即使挤破头也要抢到这份工作，现在知道有危险有难度，又想耍酷转身走人。个性决定人生，所以说，你这个不怎么样的人，有不怎么样的人生，也是很合情合理的。"说完后看到她略带薄怒的神情，让他的嘴角抿起一抹微寒的笑意，仿佛是在说

“你为难我，我也要让你不好过”。

“或许在你看来，是这样！因为你是花钱的雇主，但对我而言，无论是三分钟解开那些复杂的绳子，还是五分钟会死这个恐怖的事实，都只会让我觉得，我今天是在一个极荒谬的地方，遇见一个极荒谬的人，听了一些极荒谬的事！”

“你不敢向前走第一步，就会觉得很多事都很荒谬。但如果你迈出了那一步，将会打开一扇通往崭新人生的大门。”

“那只是你的想法！”

“这是真理。”

“可惜，你不是上帝。”而且，就算他是上帝，他可以赐给人们救赎或生命，却无法保证一个人在三分钟内解开复杂的绳索。

“如果我能证明呢？”

米蓝的头莫名其妙地痛了起来，这家伙又想证明什么？证明自己是上帝吗？

“我会摊开掌心，接住你迈出的第一步。而你，将因这一步，成为一名优秀的女魔术师。”他将那长着漂亮而修长手指的大手，在她的脸前虚晃一摆，转瞬即逝的阴影中，一个白色的四方形物件就那么不知来路地出现在他的掌心里，“你所要做的，就是让我证明，这一切都是可以实现的。”

米蓝看了看那个计时器，又看了看他那张略带期待的脸，犹豫了片刻，轻笑着摇摇头，头也不回地离开了。

每种未来，都可以在脑海里被描绘得很动人且令人期待，但这并不代表，每扇大门都能通往同样美丽的康庄大道。

成为魔术师对于米蓝来说，既不是曾渴望的梦想，也不是该憧憬的未来，却依然……

轻轻合上的房门外，米蓝看着自己两只手腕上，那开始微微泛紫的绳印，一种火辣的疼痛感顺着血液流入她的心尖，像快要煮沸的水一般，汹涌翻腾。

越是明知去不了的未来，越是别样地诱惑人心。

Chapter 02
奇幻，迷离仲夏夜

(1)

仲夏6月，榴花飞火。

明竣商大的石榴树上却偏生出一株开着粉花的异类来。

图书馆往北的小径，三米多高的树上，雌花开得雪白皎洁，花萼稍小的雄花却白不白，红不红，粉嘟嘟地开了一束。而其他的地方连花都没开，只剩枝繁叶茂的绿，大片地遮住阳光，只稀稀拉拉地透出些星星点点的光晕。

有个瘦瘦的女生远远地走来。

半长不短的头发扎成束，边缘微量的卷曲，被细长的金属色头箍全部梳向脑后，露出光洁的额头。她不白，肤色比蜜色稍浅，偏圆的眼框配上黑白分明的清澈眸子，看起来有种孩子气的漂亮。

嘴里叼着吸管，右耳塞着耳机，左腰揣着绿色的纸包酸奶，白色的线连着右腰间的MP3，走到树下时，她停了下来。几秒之后，便感觉有团东西不轻不重地撞到了后背。

"不祥啊不祥！"

从她的身后走出一个梳麻花辫的校服女生，她扶着没有镜片的紫色扁框眼镜，仰望着粉色的石榴花，幽灵电波严重泛滥，重复着："真是不祥啊！"

"大清早的，你少讲两句就能降低厄运产生的频率。"米蓝把吸管吐出来，腾出嘴巴讲话。

夏果向来有明峻商大灵异少女之称，她不开口像鬼，开了口别人像鬼。

像上次，只说一句“镜子烂，霉运来”，米蓝就遇上言唯熙——穿着滑稽的 Cosplay 女仆装、往胸部塞了四个柳丁、被绑的两只手腕都流血红肿……这些通通不说，最让她郁闷的，就是瞎折腾一番，到头来还是一分钱也没到手。

而且，那天之后，米蓝总觉得有了心事，却总是说不清道不明。只是脑海里，总时不时地冒出那些奇怪的绳结，还有他说的那些话。

很多事情，在最初，都令人觉得荒谬绝伦，但随着想的次数多了，也渐渐令人期待起来，她也不例外。

一连几天都没有打工，乖乖地上学听课，课间就在图书馆里上网下资料。查的不是课业，而是有关魔术的资料，那些令人惊叹的魔术表演，经由文字、视频为她拉开了一个奇幻的世界。

这就像是爱丽斯的梦游仙境，一切都是那么不可思议，却有种如梦似幻的真实感。

只不过，她在网上没有找到任何有关言唯熙的资料。但是，关于他所说的那个水箱魔术，倒是有些信息的。

不久前刚刚结束的德国柏林“纽易斯 Q 蓝”魔术大典上，首位获得最佳新人奖的 27 岁华人魔术师——元野谅，在他已经开始的全国魔术巡演里，就有关于水箱魔术的表演。

由于他的巡演没有向电视台授权转播，所以网上的视频多数是观众自拍的。不过，虽然看起来就像是盗版电影，但他神奇地在水箱中逃脱的画面，却比电视画面要显得真实得多。

三分钟解开绳索，五分钟逃离水箱，猩红色绒布下的挣扎求生，布幕扯下后空荡荡的水箱与胜利者的笑容——在生与死的一线间绽放华丽的逃生魔术。

这令她不禁想到言唯熙，他到底是一个什么样的人，会对这么危险的魔术感兴趣。

她摇了摇头，却摇不走他那张既冷漠又骄傲得有些跋扈的脸。

“你头疼吗?”夏果从书包里摸索了一番，拿出一个连药品纸都没贴的

透明小瓶，倒出一颗白色的小药丸，递过去，“特效止痛药。”

米蓝回了些神，看着她手中的药，有些发怵地问：“你该不是连药也炼了吧?”

“我帮在药局打工的陈立写学期报告，他钱不够，拿药来抵债。”说话的同时，夏果在书包里翻出一大堆药瓶，各种颜色的都有。她蹲在地上，把药瓶一个个挨排列队，指着它们说：“这是治感冒的，这是治腹泻的，这是治便秘的，这是……”

自从米蓝帮夏果发展了帮人写报告赚钱的业务之后，她似乎做得蒸蒸日上，零花钱有了，也多了许多奇奇怪怪的玩意儿。

“你是怎么分清它们的?”药瓶上连名字都没有。

“这很容易啊。”夏果眼神直勾勾地望向米蓝的身后，“我可以看到更多的东西。”

顺着她的眼神，米蓝回头，身后空荡荡的一片，唯有一阵凉飕飕的风，吹得人鸡皮疙瘩骤起。

“他来了。”夏果幽幽的声音响起。

米蓝平白无故地打了个寒战，心里正觉瘆得慌，就听见单车的铃铛被人拨拉着清脆地响了起来。明竣商大的面积很大，校舍之间的距离也相对较远，所以在校园骑单车也是很常见的事。

敢情夏果刚刚说的“他来了”，是人，而不是……

明竣的校服是白衬衫加黑色西装式外套，入夏后，外套没人穿了，长袖变短袖，这是再平常不过的事了，但面前的男生，却在衬衫外加了一件灰色连帽的棉T背心。

他的个头不高，约一米六左右，跟米蓝的头顶差不多平行，灰色的帽檐压住了他的头发，也埋住了他的脸颊。但是，那细长妩媚的眼角，红润丰盈的嘴唇，白皙得比女生还要细嫩的肤色，这是靠帽子也无法挡住的日式杰尼斯般的漂亮。

在明竣，漂亮到辨识度如此之高的美少年，那便非一年级新生韩宇拓莫属了。

米蓝没有想到，夏果居然卖报告卖到他的手中，这生意做得真远，都跨了两个年级了。

待韩宇拓走近了些，夏果从书包里取出卷成纸筒的报告，递了过去。对方看也没看，把纸筒压扁对折，往裤子后袋里一塞，没有拿钱包，而是缓缓地开口："我，没有钱的。"

闻言，米蓝无端地抖了一下，倒不是因为他说没钱，而是因为他的声音像玻璃渣刮了一下她的耳朵。她一直以为夏果的声音已经够鬼气的了，没想到还有比她的声音更恐怖的声音，而且这个人还长得如此漂亮。

看来上帝的确很公平，赋予一样，便收回另一样。

"电话里说过了，没钱，就用别的东西抵债。"夏果重新蹲下，专心收拾起她的药瓶。

韩宇拓看了看夏果，然后把双眼转到站在一旁的米蓝身上，用一种探究的眼神横扫着她。

这种扫视的眼神让被看的人很是郁闷，米蓝伸出五根手指挡在他的眼前，用半开玩笑的口吻说："别暗恋学姐，学姐不喜欢年纪比我小的、个子比我矮的、买东西不给钱的男生。"

韩宇拓侧开脸，细薄的唇角向上勾勒出一丝不屑，他从背心口袋里掏出两张票，看也没看，直接塞进米蓝还没来得及放下的手指间。

用极沙哑的声音淡淡地说："你想多了，女人这一类的物种，我不感兴趣。"

(2)

TK 展览馆，此刻上演着华丽的表演。

绚丽的镭射灯将舞台渲染出极梦幻的华丽之感，在舞台的中心，菱形的升降板上，身着黑色礼服和银色钉靴的高大男子，空手抓出一只白鸽。

瞬间，那只鸽子又失去踪影，变成了银色糖纸包裹的糖果。男子向观众席抛洒糖果的瞬间，那些银色的糖果却在空中划出一抹抹艳丽夺目的彩虹。

开场魔术是与观众互动的热身小魔术。

舞台之上十二个大小不一的立体屏幕，从不同角度，远近不一地播放着魔术师的表演，即使后排的观众也可以看得无比真切。

米蓝低头看着入场时工作人员发放的收藏目录。全紫的封面中央，用白色的线条勾勒出人物侧面，一眼望去似乎是男性，应该就是最近在魔术界风靡的新秀魔术师元野谅。

打开目录的第一页，便是那极具魅惑的话——

紫色的星空，别样的迷离。

元野谅携Zero团队，在6月的仲夏之夜，倾力打造灵魂与冒险的奇幻魔术——“迷离仲夏夜”。

韩宇拓用来抵账的票，居然是已经卖到断货，只剩贵得吓人的黄牛票还能买的元野谅巡演魔术的门票。而且，还是前排的VIP票，不用看屏幕，就可以清楚地看到表演。

想到自己先前才上网查到元野谅全国巡演，转瞬就得到了他表演的门票，这种说不上来是巧合还是离奇的事，让她有种难以形容的复杂心情。

夏果向前倾着身，无比专注地看着舞台，时不时凝视，时不时与其他观众发出相同频率的惊呼声。

整场魔术表演预计耗时三小时，由四个大型魔术和七个近景魔术组成，而穿插在这十一个魔术中的，还有与观众互动的魔术练习。而作为压轴表演的魔术，则是元野谅的成名魔术水箱逃生。

想到自己要真正见识一下言唯熙口中的那个水箱魔术，米蓝既紧张又期待。

坐在一旁的夏果突然尖叫着捂住眼睛，此举，让盯着目录的米蓝不禁抬头看向舞台。

只见元野谅快速地抬手，向面前的桌子用力拍下，而正对他手心的，是一把刀尖向上的瑞士军刀。

此时，米蓝的耳边，传来的都是倒吸气或惊呼声，她目不转睛地盯着他的动作：他的手用力拍向刀尖，然后痛苦地尖叫着后退，鲜血流满了他的右手，他痛苦地哀号……

“怎么办？蓝蓝，他的手毁了，手毁了！”夏果焦急地嚷着，有些按捺不住地想冲上台。

其实不止夏果，很多观众都被吓到了。

魔术，并不是魔法，它的表演只是在依靠一种常人所不知晓的套路，来吸引人们的好奇心。因为满足好奇心最好的方法就是，让人惊叹，却不告诉他答案。

尽管如此，人们也知道，那只是魔术，其实并没有那么神奇。

但，当恐怖的意外发生，当魔术师的手没能按照其“套路”，安然无事地穿过刀尖，当鲜血流满华丽的舞台时，人们就再也无法平心静气地看待了。

“好像哪里……不对。”相较于夏果的慌张，米蓝却隐隐地觉得有些不对劲儿的地方。

她紧紧地盯着舞台之上的元野谅，他化了有些迷离的烟熏妆，遮盖了一些真实的面容。此时，他的脸上，浮现的痛苦就像是他真的在流血。

那疼痛似乎不那么真切，当这个想法爬过她大脑的一瞬间，舞台之上就发生了戏剧性的变化。

只见元野谅用极其痛苦的神情拔下军刀，就在拔出刀的一瞬间，他身上那件黑色的礼服突然变成了金色！

满手的鲜血，痛苦的表情，都在瞬间消失得无影无踪，只剩那把军刀在灯光绚烂的舞台上露出白惨惨的光。

人声如潮，掌声如雷。

夏果兴奋地叫嚷着，光自己拍着巴掌还嫌不够，拉着米蓝的胳膊，示意她也跟着鼓掌。

他果然是在表演，那并不是真的疼痛！

只是，那把穿过手掌的刀，抑或是如变脸般变换颜色的礼服，还是让

她惊艳不已。

中场时分，她附在夏果的耳边说：“我去下WC。”

“快去快回，下面的表演更精彩。”夏果无暇分神，头也不回地说着。

米蓝推门而出，厚实的门在身后关上一片繁花似锦，展览馆的隔音效果很好，仅仅是一扇门的阻隔，就让她的耳根子清静多了。

虽说，前半场表演很精彩，但她总是觉得仿佛缺了些什么。或许，是外界对元野谅的魔术吹捧得太过厉害，让她有了过高的期待。

又或许，是她还没有看到最为精彩的部分。

不过，坦白说，这场Zero团队的表演，无论是舞台还是灯光，抑或是道具，都太过于华丽耀眼，似乎有些遮挡住魔术本身的光芒。

不过，这就好比，在餐馆点一份五块钱的炒饭，老板没用普通碗来盛，反而端上做法国料理用的精致瓷盘，用上等肥鹅肝雕了盘花，佐上年份久远的高档葡萄酒。但是，那依旧是炒饭，甚至，因为注意力都专注在准备餐具和酒上，反而影响到了炒饭本身的味道。

用冷水扑了一把脸提神，米蓝望向镜子中的自己，自嘲地想，这种卖得断货的高价票演出，居然让她看得需要用冷水扑面来提神。相信过了今夜，她再也不会对魔术或未来的人生有所迷惑了。

果然，梦想破灭才会让人成长。

还有几步就回到那扇厚门了，夏果的电话打了过来：“蓝蓝，还在WC吗？压轴魔术要到了，水箱逃生……”

米蓝听到这四个字，恍了一下神，脚步不禁慢了下来。这时，突然有股力道从她的右边擦撞了一下，手肘一麻，没拿住手机，眼睁睁地看着它向下摔去，原以为会看到它支离破碎的样子，没想到却看到一只球鞋适时地接住它，向上一踢，一只大手又稳稳地抓住了它。

“下次别挡道！”对方酷酷地说，把手机按到她的肩膀上。

她望着那件灰色连帽棉T下的脸，细长而淡的眉毛，狭长性感的双眼，抿紧的唇角轻咧着一丝流气，亚麻色的发梢，淡淡地流露出一丝飞扬跋扈与不屑一顾。

有那么一瞬间，她想到了韩宇拓，但在下一秒，便惊讶地脱口喊道：“言唯熙？你这家伙怎么会在这儿？”

“为了讨厌的人才来的。”他说话的表情，像是个要不到玩具的别扭小孩，眼眉一挑，有些冷冽地望着她，反问，“你呢？尾随我吗？”

尾……尾随？

“你当你是明星啊！”米蓝骂了句，把手机塞回口袋，准备进场，却发现他僵着脸，一眨不眨地看着她。

心里微微一颤，她咽着口水，问了句：“你……你干吗这样看我？”

“好看吗？”他嚅嗫地问道，眉眼里有丝不甘心，“那家伙的魔术表演，真的那么好看吗？”

“那家伙”是指谁啊？

她困惑地咬了咬唇，刚想追问，却见他一扫脸上落寞的神情，嘲讽地开口：“会喜欢元野谅的女人，眼光都是超级烂，我的问题根本没意义，你不用回答。”

“谁的眼光烂啊，我并没有特别喜欢他好不好？”

他的眼睛一亮，莫名地笑了，问道：“你这种头脑简单的女人，会不喜欢元野谅？为什么？”

“因为我觉得，他的魔术像一件过于华丽的衣服，把自身的特质全部掩盖了。而且魔术手册上的表演跟之前几场的项目差不多，没有多少创新，只是在一味地啃老梗，再这样下去，会变成退休演出的。”米蓝心直口快地说道。

毕竟，魔术表演不像某某明星的演唱会，那需要更多的创意，更多的精彩，才可以抓住观众的眼睛。

“‘一味地啃老梗，会变成退休演出’，我会把这句话带给那家伙的。”言唯熙一副心情大好的模样，他咧着一抹明亮的笑容进场，在门边突然停下脚步，回头问了句，“那个结的系法，你还记得多少？”

“啊？”被突然问到，米蓝傻傻地望着他。

“你还真是没天分！”他向后拉了下帽子，然后将帽结扯长一截，用较

为缓慢的动作打着绳结。

“这回看清没?”他不耐烦地问，见她光眨眼不说话，他向上翻了个白眼，用一副不小心教育了猪的表情，讥讽道，“还真是高估你了，猪头。”

猪……猪头?他刚刚是用这种侮辱性的词汇，骂她这么有智慧的女生吗?

“喂!”她扯着嗓子准备骂人，却见他甩都不甩她地走进场内，只留下无处撒气的她愤愤然低骂着，“死言唯熙，你才是得了早衰症的白毛八戒兄!”

(3)

当米蓝气呼呼地回座位时，水箱魔术也刚好开始了。

一个四米左右的圆筒形玻璃水箱，从七角星形状的升降板上缓缓升起。

它在舞台灯光的渲染下，发出荧荧的蓝光，就像一个外星舱浮出水面般缓缓升到舞台中央。

除了顶盖和底部使用了金属材料外，其他部分全是透明的。从正前方看去，是丰满的圆形，而后方则为扁圆形，能容纳两个人并肩而立。

“相信，在场的许多人，都对这个魔术十分了解，并且看了很多遍，那么，请告诉我，你在仔细看吗?你看到的，是一个奇迹，还是一个骗局?”

元野谅充满神秘感的声音响起，台上的灯光忽而变暗，水箱旋转的同时，顶部连接的管子向箱内灌着水，以一种很缓慢的速度。而这种水流的声音被音响效果无限地放大了，不同程度地刺激着在场每一个人的耳朵。

“有时我会做那样的梦，梦里，我再也没有力气解开那些绳子，也打不开沉重的水箱盖，冰冷的水进入我的鼻腔，淹没了我的肺，随后，我便沉入水底，再也浮不起来……”

对于魔术师而言，每一场表演都是以生命为献礼，以死亡为基石。

舞台之上，元野谅接过助手递来的绳索，他那张浓墨重彩的脸上，有一种很遥远的悲伤。

米蓝静静地注视着他，不禁想起言唯熙说过，水箱的材质是钢化玻璃，

在里面用尽全力也撞不开。

想到这句话背后的意思，她本能地打了个冷战。

“相信看过这场魔术的人，都知道我接下来要做什么。”元野谅的声音明朗了些，带着一丝调侃之意，“那么，国际惯例，我会请现场的观众，为我绑住……”

“稍微打扰一下！”

元野谅的声音被这突如其来的声音打断了，紧接着，观众席中有个人影从容地跳上舞台，走进元野谅所站的一束白光里。

灰色的连帽棉T，俊美得有些任性的脸。

“言唯熙？”米蓝有些哑然，怔怔地看着他。

他一脸拽拽的死小孩神情，不客气地拉下元野谅抓着麦克风的手，移到唇边，轻描淡写地说道：“元大师，你的水箱魔术，我都看腻了！”

此语一出，哗然声此起彼伏。

言唯熙完全无视台下众多元大师忠实粉丝的杀人眼神，继续他充满挑衅的言语：“没有创新的魔术，只是一味地啃老梗，元大师，你是打算把全国巡演当成退休演出吗？赚取丰厚的退休金？”

“你是什么东西？敢这样批评元大师！”

“滚下台！”

“滚下台！！！”

台下，有几名激进的观众开始鬼吼鬼叫，并作势要冲上台，但被及时现身的工作人员给拦住了。

言唯熙勾了勾唇，故意气某人：“元大师，听到没，有人让你滚下台……”

米蓝哭笑不得地望着台上，没想到，言唯熙竟然真的把她说过的那句话带给元野谅了。

此刻，元野谅的神色可以用强忍着气急败坏来形容，脸上那面具般的妆容更是在慢慢龟裂。他深深地倒吸一口气，用极力克制的声音，开口道：“那么依你看，什么样的表演，才不算是退休表演？”

“至少也该是……”言唯熙顿了顿，眼神不知是有意还是无意地扫了台下的米蓝一眼，然后对视上元野谅，用很严肃的口吻说，“跟我一起被绑住手脚，一起进入水箱，然后……一起逃脱。”

他的声音通过麦克风，清楚而响亮地穿过水流的声音，进入在场每一个人的耳朵，也震撼住了每个人。

并不是单纯的挑衅或刁难，而是以自身的安危为赌注的挑战。

他那张俊美而陌生的脸，从未出现在任何与魔术有关的场合里，像一个完全的局外人，却不顾生死地跑进这个危险无比的逃生魔术。

为什么?

到底是为什么?只是对魔术的痴迷，让他可以做到这种地步吗?

所有人都揣着一颗忐忑不安的心，等待着元野谅的回答。

那停顿了半秒的时间，比十年还长，当他用僵硬的神情点头时，米蓝的心被生生地揪了起来。与此同时，在观众席中搜索的白光停在一名穿着亚光浅绿色衣服的男子身上。

被灯光选中的男子，刚好坐在米蓝的身旁，他看起来40岁左右，平淡无奇的长相，却有着与年龄极为不搭的清澈双眼。

男子刚要上台，就听言唯熙的声音又飘了下来。

“喂，你好面熟哦，好像每次水箱魔术都能看到你，你该不会……”他刻意地顿了顿，狭促地瞄了瞄元野谅，慢慢地把那几个字挤出唇瓣，“元大师的托儿吧?”

“你……”元野谅有些气结，但他快速就反应过来，“怎么可能是托儿，观众是被随机抽中的。”

“随机?”言唯熙咬了咬下唇，眼中闪过一抹恶意，在元野谅都没能回神的瞬间，以迅雷之速夺下他的麦克风，背过脸像玩棒球般，用力向观众席一扔。

“这样才叫随机。”

那只银色的无线话筒，别处不砸，偏偏砸向米蓝的方向，可千万别小看远距离抛物的力量，那跟高空坠物砸死人的道理相同。

米蓝眼见那团银色闪向自己，连忙高举起包包护住脸，即便隔着包，也感觉到一股力量往自己的鼻梁上一撞，随即便掉落到她的腿上。

她木然地拿起话筒，抬头看向舞台，发现言唯熙正蹙着眼眉，用仿佛蒙了灰尘的那种迷茫眼神，深深地凝视着她。

她有些失神地站上舞台，接过助手递来的绳子，缓缓地站到那两个人面前，看了一眼元野谅，然后把眼神全部放在言唯熙那张总是任性妄为的脸上，后者并不回望她，只是冷冽地笑着，亮出手腕。

她战战兢兢地用绳子在两人的手腕上缠着，时不时抬头，将眼中的慌张露给他看。

“你们认识?”看着米蓝打出的西林结，元野谅有些吃惊地反问，随即松了口气，脸上也流露出了些鄙夷，凑着两人的耳际，低喃道，“说我用托儿，你也不过如此。”

他的话音刚落，言唯熙突然没有预警地扯动了一下手腕，这让正专心依靠记忆，低头打结的米蓝手下打滑，原本该绕过的绳圈，居然笔直地穿过。

小小的失手，竟然让活结变死结。

米蓝心惊地抬头，对视上元野谅凛冽的眼神，后者用饱含怒气的声音低骂道：“快点儿解开重绑，这是现场表演，要让观众看穿帮的戏码吗?”

(4)

米蓝慌张地点头应着，七手八脚地解着绳索，手心里一层冷汗，可是绳结已经打成死结，她根本无从解起。

想到自己的失误，可能会毁了一场魔术表演，掌心的冷汗顿时转移到后脊梁。

对此，言唯熙却显得出奇的冷静，他的脸上始终挂着让人难以理解的怪异冷笑。忽然，他走到元野谅的左边，在走位的一瞬，将米蓝撞入昏暗的阴影之中，同时，也将绑住两人手腕的绳结亮给观众看。

魔术，尤其是大型的舞台魔术，都有一连串的既定流程，每一步都要按照事先计划，丝毫的差池都会让整套魔术以失败告终，而元野谅身后的Zero团队，便是带动水箱魔术进程的关键轴承。

按照事先设定，当元野谅被绑缚好手脚时，助手便要用起重机的铁钩扣住绳结，随后，工作人员便开启简式起重机，将他吊到半空，悬停约五秒后放入水箱中。

水箱盖迅速闭合的同时，覆盖水箱的布幕落下，在约定时间内，助手接到魔术师发出的特殊声音暗示后，拉下布帘，向观众展示成功逃出水箱的魔术师。

言唯熙显然对元野谅的表演套路了如指掌。

“不能开始，还没有准备好！”元野谅对因会错意而开始挂铁钩的助手低吼道。

助手闻言十分吃惊，想要松开铁钩的扣，可惜太迟了。

根本无法了解台上情况的工作人员，按计划开启了特制的简式起重机。于是，冰冷的铁钩将被死结紧紧绑住的两个人，忽地高高吊起，缓慢地平移向已经充满水的四米水箱……

咚！

重物沉入水箱，漫出箱子的水冰凉无比，湿了一大片的舞台地面。

米蓝站在这一片湿濡之中，看着透明的玻璃后，言唯熙那如墨化散般的神情和头发。

金色的巨大布幕从天而降，紧紧地覆盖住水箱。

所有的人都屏住呼吸，静静地等待着奇迹来临的那一刻。

唯有她，凝视着金得有些刺眼的布幕，感觉到一阵阵莫名刺骨的寒冷。

“死结，那会怎么样？”

“会死人。”

这是在不久前，那个长着俊美面孔、个性却跋扈的言唯熙曾经说过的话。

而此时此刻，他却跟魔术大师元野谅一起，被绑了死结，被丢进了四米深的水箱里，那“咚”的一声，听在米蓝的耳中，如同坠入地狱的声音，

深不见底，连鬼都爬不上来。

她居然绑了死结，真是后悔到想用头撞开那厚厚的钢化玻璃。

身材矮小的助手惊慌地缩在米蓝站立的阴影里，用小得不能再小而且颤抖无比的声音，向她附耳：“老师刚刚是说，没准备好，不能开始吗?”说完，便用一种极其无措的眼神看向她。

米蓝咬咬牙，没说话，只是怔怔地盯着水箱，金色的布幕覆盖着，没有人知道里面正在发生着什么。

一场奇迹，或一场死亡。

手表上的指针像背着沉重硬壳的老者，在极为缓慢地走着。

滴答、滴答……她似乎连指针走动的声音也能听得真真切切。三分钟过去了，那是言唯熙先前对她说过的，解开绳结的关键时间。

水箱里依旧没有丝毫动静。

“怎么办? 三分钟了。”助手焦急地喃喃自语，“会不会出意外?”

意外?

这个词钻进米蓝的耳朵，轰地就炸开了，她顿时回想起言唯熙说过的“五分钟溺死”的话，不再给自己多想的时间，冲向水箱，伸长手臂抓住布幕的一角，用力地掀开。

“你在做什么?”助手想冲上去阻止，但为时已晚。

丝绸般的布幕在空中抛出一层金色的光泽，光芒淡去，水箱暴露在人们的视线范围之内。有些哗然声，稀稀拉拉地从观众席里冒出来。突然，不知哪个角落传来一丝刺耳的尖叫声，像锋利的刀子，缓慢又残酷地划过耳膜，瞬间让人清醒地疼痛起来。

之所以这样，是因为人们没有看到奇迹，而是看到如死亡般的另一张脸!

透明的玻璃后面，两个人的身体漂浮在水中，他们睁大双眼，以一种极为空洞的眼神对视着，神情模糊得如同凝在水中的一个墨点，缓缓地化散了。而绑在他们手腕上的绳结仍在，丝毫没有解开过的痕迹。

助手张大了嘴，他的声音被观众的尖叫声淹没。后台的工作人员马上警觉到台上发生意外，他们带着高梯冲向舞台，把梯子搭靠在水箱旁，快速地爬到顶部，试图从外面打开水箱的顶盖，但那盖子仿佛被什么东西给卡住了，即使外面的人用尽全力也打不开。

失败，已成定局。现在立于舞台之上的人们，似乎只是迫切地想要从死神的喉咙里用尽全力扯回两条年轻的生命！

米蓝像个没有灵魂的木偶，死命地盯住水箱里那两道浮影。

神啊，她到底做了什么？

她杀了人，而且是两个人，她亲手为他们绑下死结，目送他们进入地狱。

不，事情不该是这样！

她不能坐以待毙，即使，事情看起来已经没有回旋的余地，但她不能什么都不做！

无数的声音像锤子般敲打着她的脑袋，终于，她僵硬的身体开始有所反应。

她抓起掉在地上的话筒，用力砸了水箱两三下，见没什么效果，又曲起手肘，用侧身的全部力量去撞击水箱！

仍然没有丝毫效果，水箱的玻璃连一丝裂缝都没有，但骨肉的疼痛却清晰地停留在她的手臂上。

“那是钢化玻璃，即使用尽全力，也无法撞破。”言唯熙的声音，穿越时间的枷锁爬进了她的耳膜。

她崩溃地退后一步，咬了咬牙，像是下了什么决定，然后拔腿冲向水箱……

轰！

那惊人的巨响，震得高梯顶端的工作人员用惊怵的眼神回望她，但她没有就此停止，而是一次又一次，用自己瘦弱的身体，拼命撞向那面玻璃。

一下、两下、三下……似乎，唯一能让她停止的，就是玻璃的支离破碎。

台下，有些情绪激动的观众，冲脱现场保安人员的阻拦，爬上台，跟

着米蓝一起，用自己的身体撞着玻璃。

轰！

轰轰！

轰轰轰！

伴随着撞击声剧烈地振动，高强度地刺激着她的耳膜，她的眼睛湿得要命，视野里的一切画面都模糊不堪，在一次次的撞击中，身体从疼痛到麻木，唯一始终都狂热无比的，就是单薄胸腔里的那颗跳动不止的心脏。

"天！"

"消失了！"

"太神奇了……"

原本躁动的现场，突然安静了下来，片刻后，却变得异常狂热起来！一些喧杂的人声，钻入米蓝的耳朵，只是此时，她根本无心理会那些话的意思，只知道依着一股强大的求生本能，用力地撞着玻璃。

她甚至没发现，那几个跟她一起冲撞水箱的人，都突然停了下来。

水箱上细长的裂纹，在米蓝随后的几次重撞下，轰地响了下，便破了个大大的窟窿，奔流而出的水，夹着七零八落的玻璃渣，从破裂处喷涌而出，向她扑面而来。

那强大的水压和碎玻璃渣，能轻易地扯烂她的脸。

千钧一发之际，一条强健的手臂从后方圈住她的肩膀，将她从那扑面的危机中揽入怀中，一股清新的木叶香湿湿凉凉地钻入了她的鼻端。

恢复正常的视线后，米蓝看向破烂的水箱，里面已经空无一物，水流了一地，而一片狼藉的舞台之上，湿漉漉的尼龙绳躺在一堆碎玻璃渣里面。

她无力挣脱圈搂住自己的那条结实手臂，只能睁大湿润的双眼，震惊地望着面前的一片狼藉，惨白的唇不住地颤抖着。

清醒的意识，伴随着肢体的疼痛，刺激着她的大脑。

"死了？消失了？出……出了什么事？"她喃喃地问道。

舞台之上，到底发生了什么事？

就在米蓝用力撞击水箱的时候，一个高大的男子，悄然打开了魔术水箱的导出导入管，利用快速放水与注水，在水箱夹层中制造出影响观众视觉的彩色气泡。

而与米蓝一起冲撞水箱的“观众”，其实也是换掉衣服的工作人员，目的是从不同的角度来挡住观众的视线，好让水箱中的两人通过机关进入舞台下方的暗格，并经由弹道重新回到舞台。

障眼法，它看似简单，却仍能掩住所有人的眼睛。

很少有人能猜透魔术背后的秘密，不是因为它复杂，而是因为它简单，简单到你不愿相信那是个会让魔术师隐瞒到死的秘密。

“没死，也没有消失，我就在这里，你只是没看清。”低沉的声音，如梦似幻般地渗入她的耳膜。她哑然地回头，在背光的阴霾中，看到一张湿漉漉的脸庞，浅亚麻金的发丝，被水完全浸湿后，越发地泛着湿润的浅白。

那专注而深邃的眼神，如融了一角的冰山，正汇成潺潺的溪流，只是，那抹柔软还来不及到达她的内心，她便虚脱地倒下了。

耳边最后响起的声音，是那如巨雷般轰鸣的掌声。

这场奇幻、迷离的仲夏之夜，在言唯熙的挑衅下，完成得精彩绝伦。

Chapter 03
求生，蹦极塔惊魂

（1）

水，蓝得晶莹剔透，如华丽的宝蓝色密封玻璃罐子里的薄荷苏打，冰冰冷冷的，从舌尖涌进嗓子眼，一起寒到五脏六腑。

这般的水中，漂浮着一个人，浅亚麻金的发丝，如同水中散开的一个白色墨点般浅淡地化开。忽而，他的指尖动了一下，那如蛇一样紧紧缠住手腕的绳子便松脱开，他的眸子也猛然睁开，如星光般璀璨，在晶莹石的宝蓝色之中摄人心魄地亮着。

她小心翼翼地一步步靠近，伸出手掌，怯怯地隔着一层厚厚的玻璃，描绘着他脸部的轮廓，贴着他按在玻璃上的掌心，耳边，传来他既远也近的声音："没死，也没有消失，我就在这里，你只是没看清。"

绳子，到底是如何从被紧紧绑缚的手腕上脱落的？

水箱，到底是如何变得空无一物的？

身子一阵莫名刺骨的寒冷，冰冷的水涌入她的呼吸，将她的肺挤得硬生生地呛，硬生生地痛。而他，则带着一身湿漉，站在她先前站立的位置，以一种极为审视的眼神隔着玻璃凝视着她。

米蓝在密封的水箱里漂浮，越发向绝望无助中沉溺……

忽而惊醒，原本是个梦。

没有华丽的舞台，也没有那令人绝望的冰冷水箱，天花板上的墙灰有些斑驳，摇摇欲坠。

"你醒啦？"

米蓝转过脸，迎上夏果有些阴忧的眼神，虚弱地点点头。

“你在舞台上昏倒了。”

“嗯。”米蓝的记忆在恢复状态。

她从 Zero 团队的表演开场，回想到最后那如雷的掌声，思绪在忆起水箱魔术时，仍有种无法摆脱的触目惊心。

“后来的不记得了吧？”夏果像是米蓝肚子里的蛔虫，她见米蓝的意识逐渐恢复正常，眼中的忧虑也隐去了，淡淡地说，“元野谅派工作人员送我们回来的，还有他们随行的医生，已经帮你输过液了，他说你只是神经紧张到虚脱。”

米蓝低头看了一眼右手，果然贴着白色的药用胶带，还隐隐有丝针扎的痛。

“后来呢？”她低声问道，脑海中莫名浮出言唯熙的脸。

夏果扶了扶滑下的宽大镜架，说：“原来那个一开始被‘随机’选中的人，真的是托儿，他是元野谅的助手。不过我听见元野谅叫经纪人解雇他了，而且还打电话给 TOP 猎头公司，所以用你的手机 Mail，向 TOP 发送了简历……”停顿了一下，她加重语气继续说，“假——简——历。”

假简历？

米蓝挑眉：“假简历无所谓，我兼职就没用过真简历，不过，你为什么要发那种东西到 TOP，难道你是让我争取元野谅的助手工作？”

夏果点点头。

“开什么玩笑？那种工作是全职的耶！而且我什么都不懂！”

“马上就要放暑假了，两个月哦，全职的话也没有关系，元野谅打电话给 TOP 的时候，说的是高薪哦。”

全职、暑假、高薪……夏果用来说服的话简明扼要，对米蓝来说，却也相当有说服力。

“可是，对于魔术，我可是一窍不通。”

“等你做了元野谅的助手，耳濡目染后，别说一窍，七窍都通了，说不定到时你摇身一变，就成女魔术师了呢？”

女……魔术师吗？

再次听到这种熟悉的称呼，米蓝的心口莫名地微微颤了下。

那股心悸来得太快、太急，像一抹天边骤失的流星，更像是梦想在瞬间眨眼时，泛出的那一抹璨亮。

空旷的公路之上，金色保时捷和银色重型机车互相飙行，在6月火热的阳光下卷起一股燥热的风。

突然间，机车骑士加大马力驰到跑车前，一个漂亮的滑弯，停在跑车前方不到二十米的地方。他跨下车身，双手插在兜里，朝正向自己飞驰而来的跑车，面无惧色地迈着悠闲的步子。

十八米、十五米……跑车离他越来越近了，但他依旧从容地向前迈着步子，丝毫没有避让的打算。

这是一场对峙，最终，那辆保时捷的主人还是认输地停了下来。

他低头瞄了一眼离自己的双腿不到半米的车头，冷嘲地一哼，反身跳坐上车头，拔下银灰色的头盔。

那一头在阳光下，更显得淡薄的亚麻金色短发，和一身亮黑招眼的朋克机车打扮，如同这场对峙般极为鲜明地对抗着，却没有丝毫不和谐的感觉。

车门打开，一身银色西装的男子走到机车骑士的面前，他态度谦恭有礼地说道："唯熙，你车开这么快，是很容易出交通事故的。"

"有事说，没事滚。"言唯熙撑着车头，侧着脸，有些不耐烦地说道。

"现在有许多媒体，对那个在元野谅的魔术巡演里，挑衅魔术大师又奇迹般水箱逃生的俊美少年，非常感兴趣哦。"男子对于他的无理，完全没有生气的样子。

"然后呢?"言唯熙连眼角都没抬起来，淡淡地问，"所以，她也坐不住了吗?"

男子微笑着取出一部新手机，说："比起你对元野谅的挑衅，她更在意的是你。你总是停机的话，会有人很担心哦。这款限量版手机是她精心为你挑选的，你生日就快……"

“她会知道我生日？”言唯熙突然打断，“应该是万能的杨秘书，在她的日程表上记录的吧。”

“唯熙，你知道吗？你现在的表情，就像是个没收到节日玩具的小鬼。”杨昭抿着唇，浅嘲着。

闻言，言唯熙的眼神一凛，用脚跟蹬了一下车头，抓起他的银色头盔，用肩膀撞开杨昭的身体，一声不吭地向前走。

“生气了？”杨昭笑着转身，及时地扯住言唯熙的手臂，将那部手机塞入他的衣袋，“不管怎样？别人送的礼物，都该谦逊地收下。”

言唯熙莫名地笑了，那抹笑太过明媚，也太过突然，而下一秒，他眼色陡然转变，掏出那部手机用力地摔在地上。

啪的一声，那款新手机顷刻就被摔得散架了。

“我言唯熙不想要的东西，从来不会‘谦逊地收下’。”

“看来你不想要的东西，真的很多。”杨昭依旧完全不恼的模样，他淡淡地笑，突然转变了话题，“对了，唯熙，下周史密斯医生要移民了，我帮你换了新医生，希望你和南医生能相处融洽。”

“无所谓，反正我也不会去。”言唯熙冷言一句，跨上他的机车，扬长而去，只留下一阵干燥呛人的灰尘。

(2)

Zake 公园最出名的运动项目就是蹦极，位于人工湖旁的蹦极塔高 78 米，是秋田市最高的蹦极塔。

“哦，对不起，先生，你没有检测卡的话，我没有办法让你上到塔顶。”米蓝穿着印有 Zake 字样的红色 T 恤和白色热裤，戴着白色的遮阳帽，马尾揪起束露在帽子外面，她顶着炎毒的 6 月太阳，有些不耐烦地向硬闯蹦极塔的男人解释着。

“你凭什么不让我进，不就是个小职员吗？叫你们经理来！”男人一抹脸上油腻腻的汗渍，冲她鬼吼鬼叫道。

“你叫我们经理来也没用，没有检测卡就是不能上蹦极塔，这是铁定规

则。”其实以前Zake公园的蹦极根本没有这种审核，只不过在半年前，一对情侣在这边蹦极时双双撞成重伤，此事让Zake公园的蹦极塔险些关门大吉。

经此一事，Zake公园不免战战兢兢起来，不但要预约，还要提前附上体检报告，由Zake公园的专门医师进行健康确认，并在现场安排急救人员。

这种天气，还在完全露天的环境下打工，就已经够糟糕的了，再加上看到男子一张臭屁的脸上夹着厚厚的油腻感，她就热得想吐！

“叫你让你不让，叫你喊经理你不喊，想怎样？你找碴儿是吧？”说话间，男人用肥大的手推搡了她一把，她没来得及避开，连着后退了几步，把工作台上的蹦极工具连带着划拉到了地上。

她的手划过绳索上的硬扣，被硌得生硬，心里压抑的火气不由蹿上来：“喂，你叫经理有屁用啊，先去减肥比较快吧，以你一百六十多公斤的体重，十条蹦极索都拽不住你啦！”

“你……你……你说什么？我明明只有一百五十五公斤……”男人口吃地反驳。

“一百五十五跟一百六十多能有多大差别？”她叉着腰吼道。

“你……你不要做了，你敢用这种态度对待顾客，我……我要投诉你，叫你们经理来！快点儿叫你们经理来！”

“不叫！”

“为什么，难道我投诉你，也要先减肥吗？”男人气急败坏地吼道。

她又不傻！喊经理过来让这个人去投诉，那兼职薪水不就泡汤了嘛！

男人见她光是咬唇不说话，越发地叫嚷起来。

就在场面快要一发不可收拾的时候，突然有个修长的身影从叫嚣的男人身边经过，不知是有意还是无意，他们的身体轻轻碰擦了一下。

米蓝的视线飘移向上，看到一双正用饶有兴致的眼神回望着自己的黑眸，她的神经不自觉地抽跳一下。

居然是他，言唯熙？

对于她的怔忡，他的反应显得平淡得多，清了清嗓子，向身边的男人

问道：“周福远先生吗？”

“啊？对，我是，你是经理？”男人看了一眼面前漂亮得有些邪气的脸，依着同性相斥的本能，摆出厌恶的神色。

言唯熙一改对她的毒舌模样，优雅地微笑着说：“不，我只是普通会员，不过我来的时候，有听到前台在广播周福远先生的失物启事，我有看到身份证上的照片，所以猜想可能是你。嗯，让我想想广播里的内容——钱包里有两万二现金，有三张信用卡，一张黑卡……”

他说话的同时，周福远便上上下下摸着自己的口袋，脸色也越发难看，在摸完最后一个口袋后，再也顾不得跟米蓝吵架，拔腿就冲前台跑去。

待周福远跑远了，言唯熙向工作台上扔过去一只钱包，而露出一角的身份证上，赫然写着“周福远”三个字。

“你？”米蓝有些愕然，不过脑子稍稍打转便反应过来，他不过是用快得让人看不清的手法，摸走了那人的钱包，又略施小计，把人骗到前台去了。

只不过，他这样做是为了耍耍那个男人，还是帮她解围？

“你如果想对我说谢谢的话，那么……”言唯熙用意味深长的神情瞄了她一眼，吮了吮下唇，淡淡地说，“不用谢。”

原本想说的“谢谢”被他一句话，噎得卡在喉咙里上不来、下不去，只能用纠结又微恼的眼神瞪视着他。

“你刚刚很能吵的，现在变成哑巴了？”言唯熙环抱着双臂，挑着眉毛，“脸红成这样？又含情脉脉地看着我……你暗恋我啊？”

言唯熙，这家伙真是超自恋！

“变哑是对你很无语！脸红是6月的太阳毒！还有，你眼睛瞎啦，这种眼神名叫愤怒，不叫含情脉脉！”

“真的？”他轻蔑又狐疑地看着她，半晌，勾出一抹笑，“算啦，你想掩饰就不拆穿你啦！反正，我也不喜欢胸前需要塞两个柳丁，才像女人的男人婆。”

什……什么？

他是在窘她平胸吗?

“也不看看你自己比女人还漂亮的长相，我是男人婆，你就是娘娘腔!”

“你见过这么 Man 的娘娘腔?”言唯熙举起手臂，孩子气地秀起自己的上臂肌肉。

天，难道这是小孩子吵架，过家家吗?

米蓝顿觉两眼一黑，她有些发毛地随手抓了一团蹦极索，挂在他的肱二头肌上，像赶瘟神一样，将他往升降电梯里推。

“你未经我的允许，跟我肢体碰触，小心怀孕哦。”他故意走得极慢，戏谑地说道。

闻言，她更加发力地推搡着，将那扇电梯门用力一关，大吼道:“去跳 78 米好好清醒一下吧，超级自恋的娘娘腔!我告诉你，你一点儿都不 Man!”

“米蓝，你这个凶巴巴又没眼光的平胸女，你给我等着，我下来再收拾你!”他抓着门上的铁栏杆，模样有些滑稽地骂道。

她冲他做了个鬼脸，双手圈在嘴巴前面，大声喊道:“言唯熙，能活着下来再说吧!”

无数次，英勇的哥们儿跟骄傲的姐们儿，都义无反顾地冲上这高达 78 米的蹦极塔，以视死之心跳下来。

但无数次，哥儿们和姐儿们都灰头土脸、四脚酸软、心惊胆战、口吐白沫地被抬下来。

于是，那首歌被唱红了，哥们儿姐们儿都只是传说。

米蓝哧哧地笑着，看着言唯熙像被关在笼子里的野豹般，龇牙咧嘴地咆哮着上升。

突然，一阵极凉的风，冷不丁地吹了下她的后颈子。

(3)

好像有哪里不对?

米蓝的眼眸一沉，心里暗叫糟糕!光顾着赶瘟神，没有按照检测表上

的标准发放蹦极索！

蹦极索根据使用者的体重而不同，如果使用承重和弹性都与标准不符的蹦极索，容易发生蹦极事故。

思及此，她的后背不禁渗出一丝冷汗，慌忙挑捡了几支不同类型的蹦极索，拔腿冲向塔顶。

她到达时，看见言唯熙正扶着栏杆，神情恍惚地向下望着，从她的角度望去，他的侧脸下垂的弧度，有种难以言喻的落寞。

扑面的风，夹着 6 月的燥热，吹鼓着她的腮颊，没来由地燥红了起来。她舔了舔有些发干的嘴唇，开口说道："我说你这个家伙，体检表格拿来。"

他抬起头望向她，脸上那如若蒙上一层蜡光的恍惚，停滞了几秒，随即转变成一种玩世不恭的戏谑，他双手撑着腰间的宽扣皮带，迈着流里流气的步子走向她。

"STOP！"

米蓝没来由地心虚，她后退一步，并且用双手在胸前交叉，比出一个"停下"的动作。

"怎么？你已经喜欢我到连等待的耐心都没有，这么迫不及待地冲上来见我了吗？"他的脚停了，嘴却没有停。

"你聋啦？我说'体检表格拿来'？"

他不以为然地耸耸肩膀："难道我已经傻到，连你是用这种话当借口来接近我也看不出来？"

"你现在的话，才让你像个傻瓜！"她气结地抓起蹦极索，如果杀人不犯法，她一定用绳子缠紧他的脖子，一脚踹他下去。

"05，05，收到请回答。"别在她腰间上的对讲机突然出声。

她连忙扯下对讲机，凑近嘴巴，按下通话开关，回道："05 收到。"

"05，速回岗位，速回岗位。"

对讲机里的声音是她的上级主管，对方一定是在塔下没有看到人，以为她偷懒打混去了。

思及此，她不禁愤然地瞪了对面的人一眼，正要回答，手中的对讲机却被他一把抢了过去。

“这位先生，不知道打扰别人谈恋爱，是很没有礼貌的事吗?”

“你疯啦?”

她扑上去想要抢回自己的对讲机。

可恨的是言唯熙仗着自己身高的优势，一个转身，让她扑了个空，一头撞到高塔的护栏上，半个身子挂在铁制的扶栏上，看一眼下方那犹如地狱般遥远的距离，她的心咻地提到了嗓子眼。

他机警地冲上前，一把揪住她的马尾，用力一扯，将她的身子捞起来，小声啐骂一句：“横冲直撞的猪头。”

她拍着胸口，揉着被揪痛的头发，心有余悸地跌坐在地上，背靠着护栏，感觉有冷飕飕的风从空隙刮着她的后背。

对讲机里又传出严肃的声音：“工作时间请自重，05，05，速回工作岗位。”

“喂！你不要乱讲话！”

米蓝回过神，在言唯熙举起对讲机时，咬牙切齿地警告一句。闻声，他停下动作，用饶有兴趣的眼神看着她，嘴角不自觉地咧出一道上扬的弧。

那神情，就像玩乐的小孩，极单纯的开心。

她有些微愣，就在这个空当，他突然按下通话键，缓慢地说：“我想05没有空，她正在含——情——脉——脉地看着我。”

含情脉脉?

如果不是为了节省资源，她铁定会一口鲜血汹涌地吐到他的脸上。米蓝气急败坏地用两根手指倒插自己的眼眶，吼道：“这种燃烧着熊熊烈火的眼神，学名叫‘怒火中烧’，不叫含情脉脉！要我说几次你才懂啊。”

“你的‘爱火’烧得未免太热情了些，我还是喜欢刚刚那种水汪汪的凝视。”他纠正，反手把对讲机别在腰后，蹲下身来，心情愉快地绑着蹦极索。

“你的大脑到底是什么东西做的?”她有些崩溃。

到底是他太自恋，还是故意跟她找碴儿，看起来，是后者的因素居多。

“不管是什么东西做的，一定比你的配件要高级。”他熟练地绑上最后一道安全扣，冲她流气地眨了下眼睛，补充道，“因为，你是猪头。”

愤怒的火焰忍耐到一定程度，会演变成火山爆发。

米蓝一脸的愤怒瞬间变得无比平静，她眯起双眼，微笑里隐隐地流散着一丝危险，客气地说：“我给你一次机会哦。第一，把你的检测卡给我；第二，把对讲机给我；第三，用右手食指指向自己的鼻子，说一句‘我是宇宙无敌自恋狂’！”

言唯熙不以为然，他起身，颀长的身形快速地盖过她的头顶，狭长的眼角里流露出与生俱来的性感，与一丝孩子气的玩味笑意。

“如果我不呢？”几乎是说话的同时，他反手扯下对讲机，向远方一抛，那黑色的弧线如流星般，在空中滑落，消失不见了。

在事件发生时，米蓝脑海中瞬间闪过的是，一部对讲机三千五百元。

天！

在她可能连这次的兼职工资都有可能泡汤的情况下，她还要赔偿对讲机的三千五百元！

“你知道你做了什么？”她木然地问。

他无所谓地摊了摊手，向上伸展着手臂：“还从来没有人能命令我做什么，我言唯熙向来随心所……”

话未落音，就见她像只灵活的猴子，蹭地一下跳蹿起来扑向他。

言唯熙还没来得及闪避，就被这突如其来的力道撞得连退了好几步，不知踩到什么，脚底一滑，笔直地向后摔倒。

“随心所欲个鬼啦！我看你是被惯坏了！”

米蓝的双腿像无尾熊般紧紧地缠住他的腰身，腾出两只细瘦的胳膊，用力揪住言唯熙那一头在阳光下别样耀眼的浅亚麻金色头发，连揪带扯，还借机在他的脑门上叮了几下。

她几乎是半骑在他的身上，一边凶残地蹂躏着他那张俊美无瑕的脸，一边不忘碎碎念地骂道：“你知道穿着女仆装出入凯沃那种酒店，被人当成特殊职业侧目的心情吗?

“你知道一部对讲机的赔偿金，对我来说，是需要兼多少份职，才能赚到的吗?

“你知道一个基因优秀，兼智慧与美貌并重的女生，老是被人骂平胸的愤怒吗?

“你知道不积口德，也是近年来命案频发的主要因素吗?

“你知道……”

言唯熙的神智终于从震惊中恢复过来，连忙抬手，刚挡住朝自己眼眶攻击的右手，耳朵又被狠狠地扯了一把。

“本姑娘在教你做人的道理，你给我安分……”

话音未落，言唯熙突然发劲，一个翻身，把她压倒在身下。

“你现在道歉的话，本少爷还可以考虑放过你!”他的眼神里露出一丝危险的火苗，被揪扯得乱七八糟的头发，散乱地垂下来，却有种难以言喻的野性。

“你现在赔钱的话，我才要考虑要不要道歉!”她逞强地回吼了一句，却有些心虚地不敢盯着他看。

双眼向别处瞄着，忽然，一截印有Zake标志的白纸，吸引了她的注意力，她本能地松开揪住他头发的右手，快速滑落到他的胸前，从口袋里抽出那张纸。

是蹦极用的检测卡。

“你明明就有……”她语塞，盯着表格上填写的名字，不禁讶然，脱口问了一句，“你跟韩宇拓是什么关系?”

(4)

在高高的蹦极塔上，被人压在身上，刚刚又丢了价值三千五百元的对讲机，米蓝不知道自己为什么会在这种糟糕的情况下，还执著地想弄清言唯熙跟韩宇拓是什么关系。

“你们认识吧?”

“我们认不认识跟你有什么关系?”他不置可否，但神情却不似先前那么调侃。他双臂撑着地面，身子抬起些许，望着她。

“韩宇拓那种资优生，怎么会找夏果买报告?”她喃喃自语。突然，脑子里灵光一现，问道，“我还记得，你说过，有场即兴表演需要助手……”

一场即兴表演，约两到三米的水箱，绳结的打法……这些信息都是在他们初次邂逅中得来的。

随后，她又无比巧合地去观看了元野谅的魔术巡演，又极为巧合地遇见了言唯熙，而更加巧合到不可思议的就是——她居然被他“随意”丢下台的麦克风选中，成为上台帮两人绑绳结的神秘嘉宾。

虽然后来，她是无意绑上死结，又上演了司马光砸缸的戏码，但却也让那场水箱逃生魔术变得更加惊心动魄，精彩绝伦。

“那场表演，应该不会就是元野谅的水箱逃生吧?”她有些迟疑地开口。

适量的巧合是缘分，过度的巧合是阴谋。

而没有能识破阴谋的双眼，那就只能沦为设局人手中，可肆意玩弄的棋子。

“多亏了你，让那场表演圆满地完成了……虽然背离我的期待。”他语焉不详地说着。

“你说清楚。”

“你还真执著。”从上往下凝视着她那张忽而变得很认真的脸，墨色的黑眸里藏着些难以言明的阴郁，有些复杂的眼神像流星般一闪而过，他笑了笑，“因为你拒绝当我的助手，所以我拜托拓给你魔术票，只要你去了现场，我一定会让你走上舞台。

“还记得开始我教你的绳结吗?我提到的会要人命的死结，其实是麦西林结加双环结改良的假死结，我以为可以骗过元野谅，他解不开绳结的话，三分钟后，他的助手也会砸开水箱。

“所以说，他并没有生命危险，只不过，会在现场表演时出一个大洋相。

“不过，我没想到你会来砸水箱，也没想到他比我快三秒解开假死结，所以，表演圆满完成，计划彻底失败……这一切，还多亏了你。”

“所以，你的意思是，你一直在利用我?”

那个打着高薪招牌的兼职、资优生奉上的免费表演票、舞台上失手打出的死结、拼了命砸破水箱的行为……

当这一切都从巧合演变成阴谋，而被合理地串联在一起时，米蓝由衷地觉得，自己不折不扣地当了一回称职的傻瓜。

“利用？我没想过，如果你那么认为的话，也可以。”他抿了抿唇，眼神复杂地看着她。

比起之前的焦躁和愤怒，她的反应静得有些让人不安。

在他身下居然完全停下挣扎，也不再对他动粗，而是安静地如同没有生命的物体，全身放松地躺在地上，眼神刻意错开他的视线，望向远得遥不可及的蔚蓝天空。

许久，她的声音娓娓地传入他的耳中。

“像傻子一样跟你练习绑结，练得手腕流血青肿；以为自己绑了死结，担惊受怕后悔到想死；真的想要救你们，才拼命去撞那个水箱……”她眼眶里有了层莫名的湿润。

内心深处的那一丝柔软，却被狠狠地戳伤了，像瘪掉的气球，从天空中消失不见了。

愤怒、忧伤、背叛感，以及一些说不清道不明的情绪，像飓风般，在她的胸腔里席卷一通，只剩下一丝空荡荡的悲凉。

她将那双盛着湿润，却倔强地不让它们流泄的眼睛，注视着他，极为认真又莫名地问了一句：“你有没有后悔过?”

言唯熙一脸哑然，俊美的脸上被蒙上一层阴霾，他有些别扭地咬着唇，保持着令人窒息的沉默。

米蓝凄然一笑，自嘲地说道：“说什么只要我有勇气迈出一步，就有机会成为优秀的女魔术师？那种勇气啊、梦想啊之类的话，也只不过是你用来利用我的台词吧。”

他怔住了，一抹极淡的忧伤，从他的眼神中复杂地流转。

“继续跟你这种人废话，只会降低我的格调。”用力推开他，她抓着那张检测卡猛地起身，由于站得太快了，她的两眼一黑，整个人失去平衡地向一旁护栏摔去。

在身体撞到栏杆的那一瞬，耳边传来一声极细微，类似锁扣松脱的声音，她的身子往后一倾，右脚直接踩了个空。

蹦极塔的护栏松开了！

她马上意识到了这一点，但为时已晚。

身体完全失去平衡地向后退去，眼前的景象开始颠覆，一种几乎灭顶的绝望在瞬间吞噬了她。

就在她整个人向后摔的瞬间，言唯熙突然抛出一条蹦极索，那是她刚刚为了帮他换索而带上来的，现在却成了她的救命绳！

她只来得及看见，那条蹦极索便像蛇一般紧紧地缠住了她的手腕，与她一并坠下。疾风灌进她的眼耳口鼻，她又惊又怕，却不敢轻易闭上眼睛，生怕一合眼就会到地狱见阎罗。

极速地下落，让她惊声尖叫，没过几秒，言唯熙也掉了下来，呃，不对，应该说他是倒了下来。头向下的标准蹦极姿势，只不过从他的腰间多出一截蹦极索，而索的另一头连接的就是她的手腕。

蹦极是一项极为考验人类身体极限的运动，那是跟坠楼不一样的。

言唯熙在蹦极索的长度范围内停止下坠，身体根据绳索的弹性开始上下弹动，而被绑在他身上的米蓝则没有那么好过，她想吐又有点儿晕，手腕还有种脱臼的感觉，而且最糟糕的是，言唯熙的绳索根本不可能带动两个人的重量。

“米蓝，你想不想活？”悬在半空中，他的声音空灵而遥远。

被荡来荡去的人，翻着白眼，声音嘶哑地喊道：“言唯熙，这种时候，你还讲废话！”

话刚说完，正好绳索一个向上大弧度的弹动，她的身体也本能地向上抛，眼睛掠过言唯熙异常苍白的脸，耳边传来他有些虚弱的声音：“抓住我的脚绳，你只有一次机会了，三分钟！”

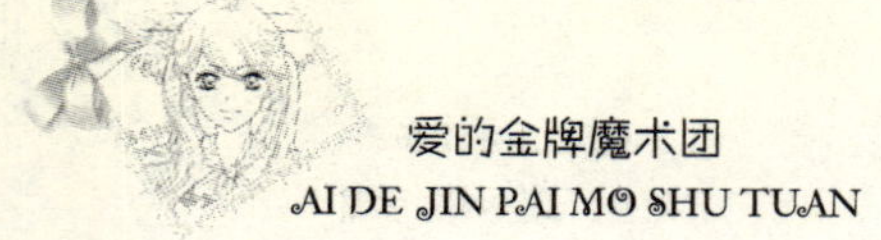

她甚至都没能领略到他话中的意思，完全依照本能用力地扯住了捆绑住他双脚的绳索，不知为何，索扣的头已经被打开了，但绳索却绑成了结实又古怪的结。

难道说，他在掉下来之前，就提前将索扣打开，又将绳索打结了吗？

太危险了，万一绳结松脱的话，他会跟她一样，摔得粉身碎骨的！

这么奋不顾身，到底是为了什么？

“发什么呆？就算你想我死，也不用拿自己当陪葬吧！”他倒吊在空中，双手向上托举着她的双脚，见她半天也不动，不由又气又恼地对着她的脚踝用力地打了一下，骂道：“真想死啊！快解结，这种高度下水还有活路，如果吊到脱力绳子才断，我们会连浮出水面的机会都没有的。”

(5)

对，不能在这种时候分神！

米蓝不敢再犹豫，她左手死命抓住绳索，双腿像无尾熊一般紧紧地攀住他的腿，腾出右手，摸索着绳结表面的空隙，脑海里反复回忆着他教过自己的解结方法。

米蓝的手指卡进言唯熙的脚绳里，变得冰凉而麻痹，时间紧张地一秒一秒度过，针眼滴滴答答的声音响在她的耳边，催促着她快点儿找到解开绳索的关键！可是，她却什么也找不到。

心中不禁升出一丝绝望来。

言唯熙沉默着，他闭上眼，又突然睁开，像是下了什么决定似的！

如墨般凝滑的黑眸，在瞬间蒙上金属般冷漠的寒亮，直直地看着她。那一眼，太复杂，同样也太短暂，让米蓝根本无从体会其中的深意。

随后，他突然松开了托着她的手臂，若不是她双腿正攀着他，手也扯紧了他的脚绳，恐怕这突如其来的失重，会让她再度荡下去。

“你脑子有病吧？这种时候还不忘记捉弄人？”她虚惊一场，不禁脱口骂道，不过一眼望去，又惊了起来，原来他之所以突然松手，是为了腾出双手解开系在腰间的绳索，而那绳子连接的正是她的手腕。

“你不要命啦?”连索扣都没扣的家伙，如果松开了她的绳结，还会有谁能救他?

“没法解开，就先逃走吧。”他意味深长地看了她一眼，捏着绳头用力一扯。

来不及阻止他，也许不是来不及，而是潜意识里，强烈的求生意识不允许她太过伟大。

只是，有种极度的不甘心，让她那已经冰冷得完全没有知觉的手指，还在如同垂死挣扎般，死死扣住他的脚绳。

她的双脚几乎脱力了，绑缚他们之间的羁绊也不存在了。

但是，就是不甘心!

就是差那么一点儿，记忆里，关于如何解开绳索的拼图，就独独缺了最关键的一块。

到底，在哪里?

在哪里?!

完全失去知觉的手指，脱离了她大脑理性的控制，完全依靠本能，用力地扯拽着脚绳，一直到连最后一丝力气也耗尽，她面朝上，向湖面坠去。

“言唯熙，对不起……”

未说完的话语，沉入冰凉的湖水之下，隔着水面，她用一种仿佛从另一个世界遥望的眼神，望向上方那团模糊的阴霾。

突然间，有团阴影掉落下来，咚的一声入了水，水流激荡，从她的五官纷纷向内涌入。惊恐之中，她看到一张熟悉的脸。

是言唯熙!

难掩欣喜若狂的心情，向他的方向游去，拉住他的手才豁然发现他居然是昏迷的，身体更是重重地往下沉。

她先前为了解绳子用了太多的力气，又从高空坠下，光是自己游上岸就很吃力，就更别提有多余的力气带一个体重 65 公斤的男子上岸了。

只是，好不容易才有一线生机，她又怎能甘心放弃!

用胳膊夹住言唯熙的脖子，也管不了这种夹法会不会先要了他的命，

只顾得上拼命地向湖边游去。

她向上游一点儿，接着向下又沉了些许，像寓言故事里，那个沿打滑的井壁跳跃的青蛙一样，虽然已经用尽全力了，但咬紧牙关挤一挤，便又生出一丁点儿力量，用劲再挤一挤，再用劲再挤一挤，只要还剩一口气，就绝对不放弃。

她拖着他向上游，头顶的阳光越发的薄亮。她向上的掌心，有好多次穿透冰凉的水面，却仍然无比绝望地沉了下去，因为湖面之上，根本没有可承重的物体让她抓握。

身体所要负担的重量越来越重，而力气却也越变越虚弱……

就是在这生死攸关的时刻，她却突然萌生了一种奇异的想法：若她是一个拥有天才技巧的魔术师，她能否如同言唯熙那个帅气无比的水箱逃脱般，从这片偌大的冰冷无比的湖中逃生?

左小腿突然萌生的抽痛感，让她的心中一惊，那好不容易靠近了水面的身体，也随着疼痛与负重而急速地向下沉去。

死亡的恐惧在瞬间席卷了她，冰凉的湖水也在同一时间呛入她的鼻孔，挤入她的肺中。她知道在水中挣扎只会死得更快，但溺水的恐惧与痛苦让她只能依赖本能。而在挣扎间，一直紧附着她的那股重量，忽然消失了。

言唯熙的身子缓缓地向下沉，那静默的样子，仿佛他正安静无比地死去。

意识到自己松开了手，她心惊又懊丧地伸出手，去追赶那下沉的身影，但水流的阻力让她只来得及紧紧抓住那条还拴着他双脚的绳索。

而此时，她再也没有一丝力气向上游，只知道死死地抓着那条绳索，浮在水中，跟随着他一起沉入湖底。

千钧一发之际，一艘急救艇快速地驶向湖中央，几名救生员鱼贯跳入水中。片刻之后，他们便将落水的两人救出水面。

被两个救生员一左一右地架着手臂，冲出水面的一刹那，明亮的阳光刺着她的双眼，呼吸里那股熟悉的气味让她突然有种想哭的感觉。

上岸之后，他们被 Zake 的医疗专车送往最近的医院。

米蓝全身湿濡地缩在毯子里，车内同行的护理人员正在给她打点滴。她完全像个牵线木偶，在护理人员的牵扯下木讷地动着，满眼忧心忡忡地盯着言唯熙看。

从他坠入湖中开始，就始终保持着昏厥的状态。而此刻，他的脸色更像被时光蒙了尘的白纸，灰蒙蒙的没有血色，亚麻金色的头发粘在额头上，水滴顺着发丝流下来。

她突然有了动作，像是没有生命的木偶被注入了鲜明的灵魂。

抬起手，用干净的毛毯一角，小心翼翼地擦着他那张苍白湿濡的脸颊，屈起冰冷的手指，拭去顺着眼角滑下，像眼泪般的水滴。

“放心吧，你的男朋友没事的。”同行的护理人员安慰道。

米蓝有些别扭地收回手，别过脸，尴尬地呢喃道：“这个讨厌鬼不是我男朋友。”

但是，这个讨厌鬼却救了她。

那样的勇敢与奋不顾身，让她那颗明明很讨厌他的心，微微地颤着，隐隐地痛着，浅浅地惦着。

说不定，她并没有那么讨厌他。

Chapter 04
捷径，完美的道具

(1)

暑假临近，在大家紧张地进行期末考试复习的时候，夏果报名参加的“魔女灵异之旅”通过审核，并发来通知函。她在一番鬼灵精怪的庆祝之后，便开始筹备旅行的事了。

而米蓝，仍旧是见缝插针地穿梭在各种场所里打工，偶尔啃个面包，边洗车边温书，偶尔给对着地图抓狂的夏果打个骚扰电话，偶尔想起那个张狂跋扈的言唯熙。

就在不久前，他们在蹦极塔上发生事故，随后被急救人员救起送入医院。等她做完全身检查出来，便听说他被家人接走了。

来接他的人还给她留下了一个白色的信封——传说中的白色钱封。

因为那个信封里，竟然放了一张八万元的支票，那笔钱是对她英勇救人的谢礼，只不过，连救命恩人的脸都不愿意看一下，却只知道砸钱的家伙，真的懂得感谢的意义吗?

米蓝素来嗜财如命，但那张轻飘飘的支票，却将她的心压得沉甸甸的，不敢用也不敢扔，心里总是有股说不出的怨气。

夏果见状，便做主把那张支票，混合几张百元的人民币，折了几只纸鹤，用红线串起挂在朝阳的窗边，说是可以去除破镜子带来的厄运。

这纸鹤风铃挂上还不到两天，米蓝就收到 Zero 的面试邀请函，地点在凯沃酒店。看来，她那离家出走很久的好运气，终于回来了。

由于夏果先前向 TOP 猎头公司投递的假简历中，提到米蓝是一个魔术爱好者，所以为了应付面试官，米蓝还特意从网上下载了简单又好学的几

种速成魔术，像消失不见的硬币、瞬间穿绳术和矿泉水瓶中的火焰等。

消失不见的硬币魔术，就是先由魔术师在黑色的布垫上放一枚硬币，然后移动一个完全透明的玻璃杯。在杯子移动的瞬间，那枚放在布垫上的硬币便消失不见了。

这看起来很神奇的魔术，原理实际上很简单，那就是在玻璃杯口封上一截同布垫颜色光泽相同的胶布。这样的话，被胶布挡住的硬币，就自然会在人们的视线中不翼而飞了。

所谓的瞬间穿绳术，是指魔术师先用绳子打一个非常难穿过、极小的圈结，然后用一端的绳头快速地穿过那个圈，以快到不可思议的速度，完成瞬间穿上绳结的魔术。

但事实上，这个魔术只是从一开始就用特殊的方法打好绳结，后面的瞬间穿绳都只不过是表演而已。因为不管有没有后面的动作，当魔术师把绳子拉直时，绳头都会穿过，这就是那个绳结的玄妙之处。

矿泉水瓶中的火焰就更简单了，完全是利用一种遇热就会发出像火焰般物质的化学剂，将瓶身在掌心中反复摩擦，以达到魔术效果。

总之，这几种速成魔术的原理都超级简单，如果掌握了其中的窍门，连幼儿园里的小朋友都可以成为魔术师。

经过反复的练习，米蓝信心满满地带着那些魔术道具，准时参加了Zero的面试会。可是到达现场后，才知道自己白忙了一场，因为面试规则是三人一组进场，每组面试时间不超过十分钟，由五位考官通过提问打分，根本没有多余的时间让她来进行练习了许久的魔术表演。

而考官们提出的问题，可以说是相当变态。这并不是吃不到葡萄就说葡萄酸的说法，如果说让面试者用四国语言做自我介绍还不算刁难，那让面试者用三分钟的时间阐述魔术和三围之间的关系总算是集变态之大成的考题了吧。

在众多白痴级的问题中，米蓝只能答出少数几个相对正常的——

“你叫什么名字?”

“米蓝。”不明白为什么有人总喜欢看着简历问名字。

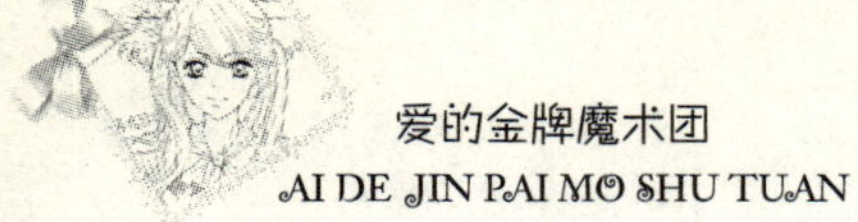

“年龄？身高？体重？三围？”

“21、162、54……嘎？”怎么又是三围这个问题？

“为什么想要当魔术师助手？”

“因为这能改变我的人生。”从此脱贫致富奔小康。

“你觉得你的抗压能力怎么样？”

“绝对的OK。”她什么风浪没见过。

面试官面带微笑地用细长钢笔在她的简历上画了一个叉叉，说：“谢谢您参加Zero的面试，您被淘汰了。”

“其实除了魔术助手之外，我还可以做别的工作。”米蓝起身向外走了两步，很不甘心地折回头补了句。

面试官们有些诧异地看着她，其中，有个头发极短的狐狸眼帅哥，抬手支着侧面的太阳穴，微笑着问：“别的工作，例如呢？”

米蓝握拳击着掌心，颇有信心地笑道：“从打杂到下厨，没有我不擅长的！”

短发帅哥闻言笑了，他还未来得及开口说些什么，一旁的长了副可爱教主模样的女生，口气冷淡地插了一句：“打杂跟厨师我们都不缺，下一位。”

“那按摩师呢？我学过穴位按摩耶。”魔术师天天变来变去的很容易手抽筋吧。

“我们有专业的医疗师。”

“我可以扛道具。”力气这种东西最好出卖了。

“不好意思，我们的道具用车推，不用扛。”

“那修理工呢？你们那么多道具，说不定哪天表演时突然坏了，也叫不到维修……”不知为何，那个“可爱教主”对她似乎有丝莫名的敌意。

“道具有专门工作人员维护。”“可爱教主”不耐烦地敲着桌面，向门边的工作人员喊着，“我说下一位，你们听不见啊？”

工作人员脸一红，连忙放下手边的工作，走到米蓝的身边，礼貌而强硬地“请”她离开面试现场。

被人半架着往外拖，米蓝不死心想找新的突破口，见那个最先跟她搭腔的短发帅哥，始终保持着迷人的微笑，便大声喊道："至少缺保镖吧，我虽然很瘦，但一身肌肉！"

只可惜，当她这句话说完后，便被一个壮汉"扔"了出去。壮汉拍拍手，用鄙夷的眼神打量了她一番，啧啧嘴，道："你的肌肉只能拿动草莓蛋糕吧，回去吧，这里没你什么事。"

米蓝表情凶狠地龇着牙，手臂架起母鸡状，冲到强壮的工作人员面前时，却突然变了一副温顺猫咪般的模样，双手在头顶合拢，讨好地说道："大哥，出来混，不挡财路嘛，如果我被录取了，那以后像清理闲杂人员的工作，就不用大哥你这么劳累去做了，我来就好了嘛！"

壮汉双手抱胸，似乎很满意她的圆滑腔调。

米蓝趁热打铁："我一看就是学生嘛，干吗要出来打工？也是因为家里实在是困难嘛，赚点儿钱补贴家用，不然连学也没法继续念了，到最后，我会变成失学少女，说不定还会被居心叵测的大人给带坏，最终就堕落了。"

说完，她重重地叹了口气，偷瞄壮汉一眼。发现他的表情有些松动，迟疑了片刻后，他开口："那你，想怎么样？"

闻言，米蓝的心里狂欢呐喊，她一脸感激地望着壮汉，厚颜无耻地开口说道："我想，再面试一次。"

……

"下一位。""可爱教主"又无情地淘汰了一名面试者，一抬头，却又见到熟悉的脸庞，不禁惊讶地出声，"怎么又是你？"

米蓝无比灿烂地笑着，露出堪比美白洁齿牙膏广告的整齐白牙，右手在眼角比了个"V"字，乐呵呵地说了句："本人拥有'死灰复燃'的生理功能。"

"扯什么东西啊？""可爱教主"的表情有点儿抓狂状，她有失淑女风范地扯着嗓子喊道，"小龙！小龙！"

小龙就是刚刚那个"丢"米蓝出去的壮汉。

米蓝笑眯眯地晃着“V”字，说：“那位同学他去WC了。”事实上，小龙是被米蓝的讨好加可怜的攻势攻破了防线，正一脸内疚地在房间外面壁思过。

对此，屋内的人当然不知道。

“可爱教主”一副狂躁症发作的模样，反观坐在她身旁的短发帅哥，神情相当稳定，从始至终都是一副笑眯眯的绵羊样。

嗯，这种人一定比“可爱教主”好搞定，就像门外那个壮汉一样。

在心底打定主意后，米蓝不再理会暴躁的某女，一脸可怜兮兮地对短发帅哥低诉着刚刚对壮汉的说辞，而且是添加了悲情色彩的狗血升级版。

说完，她低垂着眼眸，等待对方为她打开一扇方便之门，可是等了许久，对方都不曾说一句话。她不禁困惑地抬头，发现他那双看似温柔的眼眸，却如锐利的黑色匕首般射来。

心里没来由地一惊，有些慌张地避开那抹犀利眼神，却也听到一道低沉的声音，缓缓地响起：“剧本有点儿旧，没创意就是没诚意，这年头已经变了，卖可怜不如卖笑话，下次面试工作时，说你的面试原因是为了成为21世纪最优秀的笑星，说不定会提升入围的概率。”顿了顿，他提高音量，“小龙，你在我的声音消失之前，如果不出现，就卷铺盖走人！”

果然，语音未落，壮汉刺溜一下现身，开始“清理闲杂人等”的工作。

米蓝第二次被赶出房间，她有些回不过神地站在门口发呆，怎么想也想不通，那看似比“可爱教主”要温和数百倍的绵羊男，却是个言语犀利的主儿。

高级酒店的洗手间也十分华丽，完全没有一般公用厕所的异味，香气扑鼻不说，还在墙壁挂着装饰用的高档挂画。只不过，米蓝此时却没有欣赏它们的兴致，连续两次失利，已经让她有些发怵，从正面进攻的已经全军覆没，想要奇袭成功，看来只能从侧面包围敌人。

宽大的镜子前，米蓝做了个给自己打气的动作。就在这时，洗手间的门突然被推开了，但走进来的不是一个女人，而是一个男人。

米蓝呆若木鸡了一会儿便恢复正常，从他脚上的限量版球鞋开始向上

打量，蓝色显旧的牛仔裤，浅蓝色竖纹的修身衬衫，明明一身的名牌，却低调地藏于简单之中。

这男人好有形哦！

她在心中暗暗地赞了一句，眼神扫到他的长相时，突然愣了一下。他长得很英俊，不同于言唯熙和韩宇拓那种极阴柔的俊美，而是一种很 MAN 的长相，浅铜色的皮肤，英挺的眼眉和性感的嘴唇……她发誓自己绝不是见到帅哥就犯花痴，但她一定是在什么地方见过他。

在哪里呢？

那块记忆像是被抹掉了，一点儿也想不起来，但那股熟悉感，却让她不由自主地死盯着他不放。

男子正专心致志地讲电话，全然没注意到有个女人正死盯着自己："……这种小事我不出面了，面试结束后，让婷先带人去熟悉下工作流程，毕竟魔术助手工作不是普通职业，公演的时间太近了，我们没有时间给他专门培训，你们尽量挑资质好一点儿的人，然后让他去各组循环学习……"

他的声音比那张英俊的脸还让她感到熟悉，而当"魔术助手"这个词从他嘴里说出时，她猛然想起站在面前的这个男人，他就是——

元野谅！

上次在舞台上见面时，他化了很重的庞克烟熏妆，没想到卸妆之后的面容，竟然是走硬汉式帅哥的路线。

哈哈，这一定是受到了四方诸神的庇佑！

米蓝忍不住地笑出声，那声阴恻的诡异笑声，终于让元野谅感受到不对劲儿，他慢腾腾地垂下抓着电话的手，将头转向笑声的来源，定格几秒后，他缓缓地出声："这是男洗手间！要签名的话，请在外面等。"

米蓝笑眯眯地摇头，她可不是什么索要签名的疯狂魔术迷。

为了证明自己另有目标，她上前一大步，把元野谅逼得只能背贴着墙，伸出细瘦却丝毫不孱弱的手臂，抓住他的衣角，中气十足地说道："请相信我吧，我会成为一名最优秀的魔术师助手！虽然我三围不符合标准，又不懂四国外语，只会变速成的魔术，但我有很好的悟性，是具有潜质的、

可塑性强的复合型人才……”

“什，什么？”元野谅的眼神有种看到“变态”的恐慌。

“我可以做打杂、做保姆、做厨师、做跟班、做拎包、做苦工、做维修、做保镖……但是我只拿一份魔术助手的工资，看吧，这多么划算，多么超值！简直就是人才市场的割肉大甩卖，是过了这村就没这店，天上掉下巨无霸的好事！”

她的滔滔不绝，令他眼神中的恐慌更为严重，捏着电话的手指，不自觉地按下“110”，正准备发送号码，手机却突然响个不停。

米蓝随意地瞄了一眼，他手机屏幕上显示的无姓名的“亲密号码”。

一般亲密号码都会设置成肉麻的名字，像她自己设夏果号码时，就用了“宝贝小果子”这个名字，可他设了亲密号码后又刻意没设置昵称，似乎那是个不能说的秘密。

难道这就是魔术师的怪癖？

“呃，你声音有些哑，感冒了吗？去看看医生吧，我看了天气预报，你那边今天下雪了，多穿点儿衣服……嗯，新水箱从德国那边订了，演出前会送到，不用担心……广告延期吗？没关系，赶不来也不要紧，我会寄现场 DV 给你……真的吗？那会不会太麻烦了，那好吧，稍后我会让颂把道具要求传真给你，你不要太累，订不到也没关系……好，那你先忙，别太累了。”

元野谅挂上电话，脸上的一抹柔情，在接触到米蓝谄媚的眼神时，不由得打了个冷战，他沉了口气，说：“如果是要签名，请到外面等；如果是面试，请按流程应聘；如果是处理三急问题，呃，请去隔壁那间。”

“可是，隔壁那间是男用的耶！”米蓝一语惊醒梦中人。

元野谅脸一红，心虚地环视四周，发现洗手间的构造果然跟男用洗手间不同，连忙抬脚向外走，就在这时，米蓝突然跑出洗手间，在他拉开门的一瞬间，掏出手机拍了一张照片。

“你……是想勒索我吗？”元野谅眯起双眼，强压着怒气，看着被米蓝拍在手机里的“厕所门”照片。

米蓝一脸无辜地摇了摇头，她深吸一口气，当着他的面，把那张照片删除，然后一脸恳求地说道：“刚才那一瞬间，我有点儿想勒索你来着，对不起！或许你不能理解我这种死皮赖脸的人，不明白为什么已经听到了别人的拒绝，还死缠着不放手。但是，请你回想一下，自己是不是也有很渴望得到的东西，不管是有形的还是无形的，那种欲望会驱使你不断地前进。”

“很渴望得到的东西吗？”元野谅有些失神地重复着这句话，无奈地笑了笑，反问，“你呢，很渴望得到的东西是什么？”

“当你的助手，学你的魔术，我想当个魔术师！”当这句话不假思索地脱口而出时，连她自己都感觉到十分惊讶，一时之间，也分不清这句话只是为打动元野谅的一句台词，还是她内心最真实的想法。

元野谅想说“暂时没有再收学生的打算”，却在看到米蓝那双忽而迷茫起来的眼眸时，突然顿住了。

迟疑了片刻，他开口说道：“好吧，就让你进 Zero，先说好，一个月的实习期，不行就走人。”

说完，他便头也不回地离开了。

“谢谢师傅！”米蓝愣了一会儿后，终于回过神来，无比欢快地冲着他高大的背影喊道。

终于迈出了这一步，通向魔术之路的第一步，未来虽不可探究，不可预知，但她却有信心，用最认真的练习、最努力的态度一步步向前。

(2)

Zero 是由魔术师元野谅带领的魔术团队，其中包括负责公关和演出事务的专业经纪人、道具制作人员、魔术设计师、化妆师、服装师、厨师、营养医师和其他工作人员在内，近百人的魔术团队，在米蓝看来，是一个庞大的、餐饮娱乐一条龙式的魔术团队！

而这些人中，还有部分是元野谅的学生，在他们之中也不乏颇有点儿魔术天分的人。像魔术道具组的负责人柯馨婷，她就对设计道具有独特的见解，还有擅长幻术的井云颂，他原本承担柯馨婷的工作，自从和元野谅开始在舞台上表演双人魔术后，就转向魔术设计工作。而且，凭着自己高大帅气的外形和精湛的魔术表演，被外界称为元野谅接班人。

对于初入 Zero 的米蓝来说，她能知道这么多关于 Zero 的事，那还多亏了互联网的发达和小报绯闻的日益昌盛。

而且，据小道消息说，柯馨婷跟井云颂极为不合，两人各自盘踞在 Zero 最为重要的道具组和设计组，还时不时互掐一下，或隔空呛声。

相比起自己的学生，身为主创魔术师和团队领导人的元野谅，却异常的低调，鲜有什么消息能流入媒体的耳朵。

不过凡事都有例外，就像前阵子，他刚刚拿下国际魔术比赛——"纽易斯 Q 蓝"的最佳新人奖，就被狗仔爆出与他亲密进入酒店的女子，疑似同在柏林参加影展的大明星韩玛零。

向来有广告女王和收视率兴奋剂之称的大明星韩玛零，再过几天就要迎来自己的 41 岁生日，虽说明星都擅长保养，而韩玛零本人在不带妆上镜的情况下，依然看起来不过三十出头的模样，但两人的生理年龄毕竟差距太大，所以这一场相差 14 岁的姐弟恋，虽然很是劲爆，但外界对此颇不看好。

更有甚者，认为元野谅想借韩玛零的星光，当然，也有人反驳说是韩玛零想要在过气之前，借魔术新人王元野谅造势。

不管谁是谁非，到头来，不过是人们茶余饭后的谈资罢了。

由于元野谅现在正带着 Zero 在全国巡演，没有固定的工作室，所以全体入住凯沃酒店。

千万别以为一百多人住豪华酒店就要花大价钱，听凯沃的工作人员透风，早在元野谅远在欧洲时，凯沃的大老板就联系了他——在巡演过程中，如果入住凯沃酒店，将餐饮全免，住宿按标间付费。

换句话说，就算住总统套房，还是按一百八的标间给钱。

好在元野谅也厚道，只为十来名核心团员开了豪华套间，其余的员工全部开了标准套间。

米蓝第一天上班，自然是提着从巷口排队买到的咖啡和蛋糕，先好好孝敬一回自己的新老板。

金铜色的餐盘里放着有点儿松散的蛋糕，元野谅盯着泛在最上层的一颗疑似老鼠屎的葡萄干，有些厌恶地推开餐盘，然后端起他的咖啡，才喝了一口就皱着眉放下杯子："怎么这么甜?"

不止甜，还加了很多的奶，这哪里是咖啡，根本就是糖水嘛!

坐在元野谅对面的甜美女生正是面试那天的"可爱教主"，她正是元野谅的学生柯馨婷，耸了耸肩膀，把嘴努向客厅方向，那里刚好也传来一阵哀号："拜托，你能不能弄点儿人可以吃的东西来?"

闻言，女生脸一沉，雪上加霜地说："如果不是老师钦点，这个自称可以当厨子的复合型人才怎么会在这里荼毒大家?"

"人类是习惯用错误弥补错误，谎言掩盖谎言的物种，这是进化的本能。"元野谅习惯性地喝了一口咖啡，板起的脸色马上沉了下来。

"看来，老师的味觉没能跟上这种进化。"她接过他的杯子，将难喝的咖啡倒进垃圾筒，然后起身帮他重新泡了袋速溶咖啡。

"唉，我是一念之差。真希望这一个月快点儿过去。"

"老师，何必这么麻烦，想要弄走她，很容易啊。"柯馨婷用勺子在咖啡杯里搅拌了两下，自信地开口，"既然米蓝可以用非常途径进 Zero，我也可以用特殊的方式赶她走。"

"你说的特殊方式是?"元野谅摸着下巴的新胡碴，饶有兴趣地问。

柯馨婷那白皙好看的手指，弹指间亮出一张黑桃 A 的牌，信心十足地答道："就是赌徒的方式。"

……

魔术，有千百张面孔。

纸牌魔术，因使用的表演道具便捷，成为近景魔术中的优秀分支，具有自成一派的风格，有"寓言寻牌"、"意念控牌"等多种表演方式。

"手彩"，即是对扑克牌的控制度，是纸牌魔术最考验魔术师的技能要求，因道具过于朴素，所以将扑克牌玩得花哨，便可以成为迷惑观众双眼

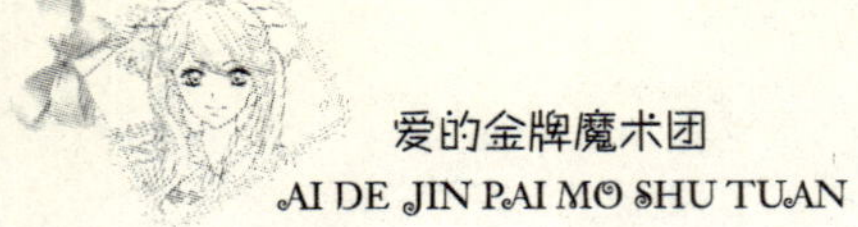

的障眼法。

Zero 里，柯馨婷的外号叫纸牌小魔女，所以姑且不论她是不是最强的纸牌王，但绝对是不能小觑的人物。

有时候，人们不想找麻烦，麻烦却会主动登门。

米蓝咬碎的棒棒糖还没咽下，就见柯馨婷拉开圆桌前的椅子坐下，回头朝她勾了勾手指，颇不客气地说道："过来，我们比比纸牌魔术。"

米蓝眯了眯眼，认出柯馨婷就是面试那天脾气欠佳的"可爱教主"，原本想说自己不会的话顿时咽了下去。她拉开了另一边的椅子，用力坐下，却底气不足地问："赌钱吗?"

如果输了要给钱，她死也不赌。

柯馨婷摇了摇头，她撕开一副新扑克的封皮，将它们全数取出来，熟悉无比地洗牌，那洗、切、抽的手法，都可以拍新版"赌圣"电影了，看得米蓝瞠目结舌。

将洗好的牌在桌面展成"一"字，柯馨婷的左手弹着桌面上的牌，右手快速将弹出的牌一张张迅速地翻开，那明明被洗了不下十次的牌面，竟然全是同花色的牌，并且每张牌都是按照大小顺序摆放的。

柯馨婷继续弹着牌，她的眼神甚至完全没有看牌，笔直地将挑衅的眼神投向米蓝。左手弹牌，而右手翻牌，不一会儿，四组同样花色的牌、大小鬼牌和广告牌纷纷整齐有序地摆在了桌面。

"这叫控牌，是纸牌魔术里最简单的，别说我欺负新手，你可以选出两组花色，或者你用纸牌表演别的魔术，只要是让人看不出破绽的，就算你赢。"柯馨婷自负地笑道。

米蓝沉默不语，她看着桌面的纸牌，缓缓地伸出手，许久，却只是执起一张黑桃 Q 颤了颤，又沉重地放下，叹了口气，她爽快地认输。

"既然你愿赌服输，那么按照传统……"柯馨婷轻咬着唇，颇有深意地笑道，"你去凯沃的西餐厅，给在这个房间里的人，我来数数好了，一、二、三……买七份提拉米苏。"

"你不是说不要钱吗?!"

“可我没说不要提拉米苏。”柯馨婷优雅地起身，扶着椅背，笑着对米蓝说，“忘记告诉你了，只要你没赢我，我想的话就可以一直跟你赌——这是 Zero 的传统。”

(3)

第一天到 Zero 上班，没拍到新老板的马屁，却被柯馨婷吃掉了贵死人的高级甜点。

米蓝心想，反正是第一天上班，就认栽了。

没想到那个小魔女吃上瘾了，三五不时地拖她出来 PK 一下，一天下来，零零碎碎地加起来，她竟然赔了五百多。

她的钱是拼命打工辛苦赚的，可不是从天而降的！这下倒好，第一个月的“高薪”还没拿到，自己的那点儿家底就被吸进那个无底洞里了！

怪不得别人说，十赌九输！

烂赌鬼，烂赌鬼，烂赌了就变成鬼。

如果不是因为最后一丝尊严撑着，米蓝一定会拆了夏果的纸鹤，把那八万元支票提现。

再这样输下去，怕是还没到一个月的时间，她就坚持不住先提出闪人要求了，为了不让这种丢脸的事再发生，她只能先用缓兵之计，谎称有重要的课不能跷，请了一天假。

下周就学期考了，部分重要科目都已经停了，只剩下一些可有可无的自修课还在开课，认真刻苦的学生都涌进了图书馆温书，偌大的校园里只剩下闲人三五个，冷清得很。

米蓝坐在草坪上，一边听着 MP3，一边望天咬指甲。

夏果收拾着战利品，她刚刚又卖出去几份学期报告，“魔女灵异之旅”的旅费也差不多凑够了，大后天就可以出发了！

收拾好，搡搡身旁的人：“五点了，还不回去吗？”

“不是还有晚自习吗？”米蓝神志不清地呢喃道。

“哪来的晚自习？你还在念高中吗？你大三了耶，如果不被延毕的话，

明年毕业后，就是社会新鲜人了。”

“我对这个社会，可不新鲜，我已经是老油条了！”她对夏果做了个鬼脸，坐起身来，用手拨弄了下原来就乱蓬蓬的头发，叹了口气，啧着嘴问道，“夏果，如果我逃走，会不会很丢脸?”

“会！”夏果脱口而出，顿了顿之后反问，“什么事想逃走?”

“不逃就要一直赔钱。”

夏果若有所思地点点头，说：“那逃吧，赔钱的事，咱不做。”

看着夏果“不是好就是坏”的简单表情，米蓝可没法像她想的那么轻松。毕竟，也是花费了心思才进入Zero，什么都还没有学到，就要逃走，实在是很丢人的事。如果言唯熙知道的话，一定会把她嘲笑死的，而且，她自己也很不甘心。

但按照目前的情势发展，再跟小魔女 PK 几次，她的家产就要精光了，到时不走只会更难看。

如果有个两全其美的办法就好了，既可以让她继续留在Zero，又可以让她把赔掉的钱全部赚回来。

米蓝挠着头，那根脆弱的发圈啪的一声寿终正寝，她那一头自然卷的三千烦恼丝，也如金毛狮王般散落下来。

一抹阴影在这时经过她的身边，却又突然退了回来，伸出大大的掌心，粗鲁地向后拔了拔她的头发：“米蓝，你扮鬼想吓谁?”

她呼了声痛，分明感觉有几根头发断在那人手里了，眯了眯眼，对视上那双流气又欠扁的狭长眼瞳，心口忽而抽痛了一下。

之前，他为了在元野谅的魔术表演里捣乱，还曾一度利用过她，但是这一切的恩怨，在他不顾危险跳下蹦极塔救她之后，就变得不值一提起来。

“你怎么在这儿?”她好奇地问。

言唯熙耸了耸肩，有些讪然地出声：“接我弟啦。”

“你弟是谁啊?”

米蓝发问的同时，突然感觉到一股强烈的气场，从左侧三十五度角的位置向她逼近。她缓缓地转过头，看见韩宇拓永恒不变地穿着那身连帽 T

恤，只不过颜色跟言唯熙很接近，都是偏米色的那种白夹灰。

咦？该不会……

“哥。”韩宇拓沙砾般粗哑的声音，即使在大白天听见了，也让人直起冷疙瘩。

“你们是亲兄弟？”米蓝诧异地低嚷。

其实她早该想到，虽然言唯熙张扬跋扈，韩宇拓冷漠寡言，但两人有着极为相似的俊美，连眉眼间流过的柔软与冰雪，都那么酷似。

“不是一个爸。”言唯熙淡淡地说了句，看到她一脸困惑不解，不禁又开口解释，谁知越讲越乱。

“拓的父亲跟我老爸是亲兄弟，而且他随母姓……唉，这关系超复杂的，你干吗要我讲?!”

“明明就是你自己要讲的，干吗赖到我头上?”

“你一脸期待我讲的样子，女生不是都喜欢打听这种事吗?”

“我期待你就讲，你是笨咧，还是暗恋我啊！”她学起他惯用的自恋说法。

“猪都比你有可塑性！我宁可暗恋猪，也不会喜欢你！”

“言唯熙！这话是你自己讲的哦，如果你喜欢我，你就是猪！”

“是，我说的！要我喜欢你，除非你是猪！”言唯熙恶狠狠地吼，然后向冷脸在旁观战的韩宇拓喊了句，“拓，我们走！继续跟这种妨碍地球运转的笨蛋说话，你的智商会降低！”

“降、降、降、降你个头啦！跟你说话，我还降血压啦！”米蓝一反平日里口齿伶俐，有些结巴地喊道。

夏果盯着米蓝脸上那两团可疑红晕，开口道：“我看你不是降血压，是往上升了。”

米蓝心虚地捂住脸，喊了声：“被他气的！”

“你以前可没那么容易生气。”夏果顿了顿，狐疑地瞄着她，说，“你最近提到言唯熙这三个字的频率有点儿高哦，平均每天七八次，每天最高次数 29 次，最低次数 3 次……”

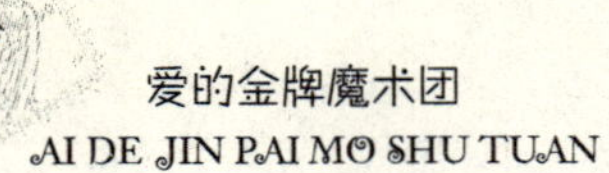

“我只是，只是……”米蓝咬着嘴唇，脑中灵光乍现，脱口道，“我只是想拜托他教我魔术，对！就是这样，如果他可以教我魔术的话，我就不用再帮柯馨婷那个小魔女买甜点了！”

说不定，还能小赚一把。

可是，以他们俩这种一见面就吵架的架势，要她怎么开口跟他讲学魔术的事嘛！真的是，连让她说一次都不肯。

“坏蛋，诅咒你摔个狗吃屎！”

谁知，这话才刚一说完，言唯熙居然真的一头向前栽去，见状，米蓝万分惊恐地看向身旁的夏果。

“我没说话，是你说的。”夏果一脸无辜，她偏着脑袋，像是突然想到什么似的，开口道，“你猜，如果你走过去，抢在韩宇拓之前扶他起来，然后笑眯眯地对他讲‘唯熙，教我魔术好不好?’他会怎么做?”

米蓝怔怔地看着夏果，半晌才说了句：“夏果啊，你太有才了！”

说完，便撒开腿向摔倒的某人狂奔而去了！

言唯熙，你一定要等我！

在我扶你起来之前，你一定要保持帅气地趴在地上，一定哦！

(4)

米蓝飞快地跑到言唯熙身旁，发现韩宇拓正架着他，无意中对上她的眼神，闪过一抹慌张。

而言唯熙正闭着双眼，脸色跟嘴唇都白得跟鬼一样，这种情况让她不禁联想到，在蹦极塔出事那天，他也是像这样突然昏了过去。

难道他到现在都还没有恢复?

米蓝的心一虚，连忙伸手准备搭把劲儿扶他，没想到韩宇拓却有些抗拒地搡开她的手，并且用自己瘦弱的身体，挡在两人中间。

“不用你帮忙。”

“你的小细胳膊搬不动他的。”她看一眼言唯熙越发苍白的脸，正色地说，“而且，现在也不是闹情绪的时候，没看到他很难受的样子吗?”

他咬着唇，一脸委屈地瞪了她一眼，颇不甘心地钻到言唯熙的身下，用肩膀架撑着他的手臂。见状，米蓝会意地拉起言唯熙的另一条手臂，挂在自己的肩头。

言唯熙的头顺势偎在她的颈窝里，一头浅白的柔软发丝搔着她的脖子，她扭转着脖子蹭痒，鼻子不经意略过他的发丝时，嗅出一股极淡的木叶味。

“不准你离我哥这么近！”韩宇拓说话的同时，伸手把言唯熙的头揽到自己的肩头。

“谁稀罕。”她吐着舌头，做了个鬼脸。

他们穿过操场后面的树林，抄近路到了保健室，可惜房间里空无一人。这也难怪，在学校几乎全面停课的状态，保健老师适时地偷个懒也很正常。

“你去找保健老师！”韩宇拓阴恻恻地说了句。

从刚刚起，他就一脸誓死保护言唯熙的模样，让她好气又好笑，不禁想要捉弄他：“又不是我哥，我不着急。就等吧，天黑时保健老师也许会回来。”

“你……”韩宇拓恼怒地瞪了她一眼，便拔腿跑出去找人。

“兄弟俩个性差这么多？”她喃喃自语，在床边坐下，眼睛转向双目轻闭的言唯熙。

算起来，他是第二次在她面前昏倒，他的身体真有这么差？

该不是又在捉弄她吧？

思及此，她咻地弹起来，半跪在刚刚坐定的位置，用食指戳着他的脸：“喂，言唯熙！”

见他没有反应，她又改戳他的鼻子，将那英挺有形的鼻头变成猪拱嘴，谁叫他总爱骂她是“猪头”，如果不趁着他昏迷，她根本没有机会作弄他。

原来，欺负人也挺开心的。

米蓝哧哧地笑着，翻身坐到他的身上，掏出手机，对准他的“猪鼻”造型，谁料刚按下拍摄键，就听到一声嘤咛。言唯熙竟……竟然醒了！只见他颇不舒适地拧着眉头，睫毛微颤着，缓缓张开眼。

一股雾气从他那种深的黑瞳里绕了出来，像无形的手，紧紧勒住她的

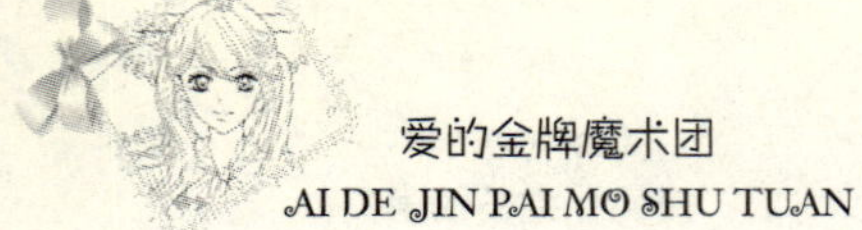

脖子，令她呼吸困难。

“你要怎么解释现在的状况?”他用轻描淡写的口气说话，却用饶有兴趣的玩味眼神紧紧地盯着她。

状况?

她本能地看向自己的双手，好险！在他睁眼之前，她便把手机和戳他鼻子的手及时收回，不过，她似乎忘记了自己坐在哪儿。

像是想要提醒她似的，他没预警地向上拱了下腰身。

她被这突如其来的动作吓了一跳，本能地向前扑倒，双手撑到软软的枕头时，鼻间那股淡雅的木叶香气也近了许多，不止这样，还有一丝微热抵着她的嘴唇。

心中一凛，她无比慌乱地撑起双臂，俯视着身下，正抬起手背捂着嘴唇的言唯熙，看到他眼中浮动的危险因子，她不禁颤抖着，语无伦次地说：“你相信我……绝对不是故意的……打死我都不想亲你……其实也没碰上……就是沾了下……一点儿感觉都没有……”

“一点儿感觉都没有?”他语意不明地重复着这句话，眼神中竟然带着一丝极淡的怒气。

她实在没勇气在他杀人眼神的注视下，说出“亲他就像亲到了水果布丁”这种搞笑的话，只能心虚地点头。

言唯熙突然大手一抬，直直地就向她脸的方向挥去。

米蓝一惊，她的大脑还在拼命计算是往左闪快一点儿，还是往右闪安全些时，只见他的大手移到她的脑后，停顿了片刻，突然用力按下她的头，滚烫的唇在瞬间贴近她，掠夺她的唇舌，她的呼吸，像任性妄为，又寂寞太久的孩子，腻人地纠缠着她，丝毫不放松。

她的血液翻腾着，伴随这个极为突兀，又极为强烈的吻，几乎要冲爆她的胸腔，狂怒着奔涌而出。

“现在有感觉吗?”他的呼吸抵着她的唇角，声音低沉沙哑地问。

她在回答时，温柔地贴上他的唇……再狠狠地咬了一口！

言唯熙哀号着，一把推开她，翻身跳下床，捂着流血的嘴唇，愤愤地

喊道：“你除了是女的以外，哪里像女生？这么暴力！”

一个枕头扔过去！

“你除了是男的以外，哪里像男人？这么流氓！”

“我流氓?”他指着自己的鼻子，不可思议地反问。

刚刚是谁跨坐在他的腰上？是谁把猪嘴凑上来亲他？反过来骂他是流氓？有没有天理了！

他想出声反驳，却在见到她红肿的唇瓣后，一时语塞。

发觉到他的脸上泛出可疑的红晕，米蓝的嘴向下一扁，吸着鼻子，红着眼圈：“你怎么能对我做这么流氓的事，你要对我负责！”

他的眼神颤了颤，咬着牙盯着她的脸看了半晌，像是下了某种决定般，正色地说道：“对不起，是我过分了……你要我怎么负责，跟你交往吗?”

“呃，我想一下。”她一扫先前的委屈神情，转了转眼珠，“告诉我，有关魔术的捷径吧，就是速成的方法。”

“什么?”他一脸诧异。

以为他没听懂自己的问题，她索性把跟小魔女柯馨婷 PK 魔术赌甜点的事，从头到尾说了一遍。语毕，她托着腮问：“我只要找到魔术的捷径，就不会一直输钱，就可以继续留在 Zero 里学习……”

毕竟，在她的心中，言唯熙可是比柯馨婷强得太多，无论是他那个看似简单的瞬间解索，还是他跟元野谅从水箱神奇的逃脱，都令她为之叹服。

言唯熙，他像一块充满神秘与诱惑的紫色宝石，将她一步一步引入通向魔术的大门之中。

(5)

告诉我，有关魔术的捷径吧，就是速成的方法……我只要找到魔术的捷径，就不会一直输钱，就可以继续留在 Zero 里学习……

言唯熙的脸色阴沉了下来，他紧紧地攥着拳，指节泛着白，他强压住心中的怒气，低沉地问：“你刚刚说要我为那个吻负责……”

负责吗?

她下意识地咬唇，一抹淡淡的清香，是他还残留在她唇际的味道，她的心颤颤地一紧，眼眉不禁有些黯然地低垂下来。

很明显，他只是因为她的一句“没有感觉”，而负气地吻了她，明明是不带一丝感情的吻，却让她的心跟着那股微热悸动不已。

真的要她像个傻瓜般又哭又闹地喊着让他负责吗?

罢了罢了，佯装洒脱总比丢脸要强。

她摆晃着手，笑道："算啦，你又没有口臭，我没那么小气的，而且，我也咬了你呀，扯平啦。"

“没有口臭就可以跟你接吻，是这个意思吗？你还真大方。”他冷冷地问道。

“你自己也是随便抓人来亲，没有资格讲这种话。”她强扯的笑容被他一句话逼回去，板起脸回了一句。

为了给他个台阶下，她连追究初吻被抢的责任都放弃了，他还敢给她摆脸色，什么世道啊!

“你冲我瞪什么眼睛！难道我说错了吗？难不成你喜欢我？你可不要忘了，言唯熙喜欢米蓝的话，是要当猪的!”

“米蓝，你……有种!”他恨恨地说了这一句，冷笑了两声，眼眉一挑，用又酷又转地语气对她说，“想问我关于魔术的捷径吗？没有！就是有，也不告诉猪!”

说完，他便头也不回地走出保健室，经过门口时，撒气般地用力踹了一脚房门。

砰的一声响，听得米蓝耳膜一震，脸上那股倔犟不认输的表情，如斑驳的墙灰般片片脱落，露出那藏也藏不住的忧伤，骄傲女生独有的那股隐痛。

如果言唯熙看到这种神情，他一定不会那么气急败坏地离开。

可惜，连自己的心都看不清的人，同样也看不清他人的真心。

“我可以告诉你有关魔术的捷径，只要你答应我一个要求。”如鬼魅般的声音，浮响在6月里，白天的保健室里。

米蓝抬起纠结的脸，怔怔地看向以同样阴森的神情立在门边的韩宇拓。

“只要你答应我，绝对不要爱上我哥，我就告诉你，怎么样？”他继续抛出诱饵。

闻言，她的心脏紧缩地痛了下，无视这怪异的生理现象，她应承道：“什么嘛，我本来就不喜欢他啊。”

“你发誓，如果你骗我，就会跟你爱的人死不相见。”

跟夏果同频的阴森磁场 + 美丽的面孔 + 邪恶的心肠 = 韩宇拓！

这种加法公式让她直打冷战，搓了搓陡然变冷的手臂，她竖起三根手指指向天，中气十足地说道：“我，米蓝发誓，如果我骗小鬼韩宇拓，某一天神经脱线爱上了他哥言唯熙，就让老天惩罚我跟我爱的人死不相见。”

“死不相见”四个字让她的心莫名地沉了一下，呼了口气，她望向韩宇拓，问，“这样可以了吗？小鬼。”

韩宇拓露出孩子般单纯又满足的笑容，却在连空气里都弥漫着燥热的6月里，让米蓝从心底里打了个寒战。

他的手塞在裤袋里摸索，走近她时，左手随即掏出一叠白色卡片放在床上。

“这是什么？”她本能地觉得跟扑克有关，因为它们跟纸牌的形状和厚度完全一样，唯一不同的就是卡片上没有扑克的花色。

他不言语，只是阴恻地指着卡纸，示意她洗牌。

“上面什么都没有，洗鬼啦？”她不解地嘟囔着，但还是依言把白色的纸片洗了两遍，重新把它们放在床上时，他突然一把抓住她的手，她心里刷刷地冷了把，他的手简直冰得不像活人，而他接下来说的话，更加不像人话。

“你的手，把卡片弄脏了。”慢吞吞的语气，像在玻璃上缓缓划过的金属条。

“喂，小鬼……”她刚要发作，却戛然而止。

只见他不知打哪儿抽出一条灰白格子的手帕，用极为认真的表情，擦着她的手指，擦完了左手，擦右手，动作细致而轻柔，仿佛这是一项很了

不得的工作。

从她的角度看去，他那张漂亮到极致的脸上，蒙了层如月色般既冰凉又落寞的柔光，而此时，又有一种温柔的专注从那道光里渗透出来，那神情让她不禁语塞。

她记得，言唯熙也有过这种神情，在高高的蹦极塔上，偶尔扑面的风吹走6月的热，他的侧脸也如同被一种不为人知的忧郁蒙住，用一种遥不可及的眼神向下看，淡淡的忧伤在那一瞬间从他高大的身体里弥散而出。

乍一眼，竟让她有种灵魂早已经坠落地狱的恍惚。

“干净了。”他抬头，发现她正直勾勾地盯着自己，白皙的脸庞不禁一红，咻地弹起身，低嚷了句：“你不学魔术了？把牌再洗一下！”

嘶哑的声音将她拉回现实之中，她本能地揉了揉耳朵，干笑两声，看着被他擦干净的双手，鼻尖地嗅到一丝极淡的微酸香味。

他的手帕里喷香水了？

哼，人小鬼大，挺臭美的嘛！

她在心里取笑他，把手在衣服上蹭了蹭，然后重新去洗那些牌，边洗边说：“你的魔术是不是跟言唯熙学的，你们兄弟俩感情很好嘛，不过，你变魔术的样子没有他那么炫……”

“那是因为，我本来就不是魔术师！”他突然按住她洗牌的手，另一只手快速地从她手中的一叠牌中弹出一张，用细长的手指夹住，亮在她的面前，“但是，我拥有可以让他人成为魔术师的本领。”

语毕，他手中的牌翻转向她，纯白的牌面上，黑色线条勾勒出一个笑容诡异的小丑，棕紫色的小丑帽，漆黑的手掌，分明就是一张大鬼牌。

“怎么可能是鬼牌?”她瞪着那张在自己的眼皮子底下，活生生由白色卡片变成的鬼牌，将不可思议的眼神转向他。

韩宇拓的脸上没有丝毫得意之色，他又抽出一张白色卡片，这一次，他将卡片塞进她的手心，凑近她，浅语低喃：“除了鬼牌这个名字之外，它还有一个名字，叫‘王’。”

她像被催眠般，缓缓翻转自己的掌心，眼睛定格在那黑白小丑的牌面

之上。

扑克牌中，大小鬼牌又被称为“大小王”。大王代表火热张扬的太阳，而小王则代表忧凉寂静的月亮。它们代表生命的起始、时间的秩序、命运的道途，以及不可忽视的王者般尊贵。

“这……不可能……”她喃喃自语，脑海中反复回放着他在变这个魔术时的所有动作，试图找出一丝破绽。

“对你而言，的确不可能，因为，这不是你该走入的命运。”他把那两张大小王，合拢后，又重新分开，它们又变回纯白如雪的卡片。将它们与那些卡片放在一起，收拢后用灰白格子的手帕包好，放在她的身旁，“这个魔术的名字叫‘鬼来了’，好好练，它会为你省一大把钱的。”

(6)

如同寒冬里的雪，融化成细长的黑水，流成被雕刻了千年的轮廓，如奇迹般，乍现的王者脸庞，露出最为诡异的笑容……

“鬼来了?”井云颂的声音里有种难以掩藏的讶异。

然而，他的声音并没有传入正在大厅的长桌上进行魔术 PK 的两个女生耳中。

穿着粉色抹胸 T 恤的甜美女生憋红了脸，她反复检视着摊放在面前的白色卡片，将每张都翻来翻去，迎着光照观察，甚至放在自己的鼻端细嗅，但仍找不到一丝端倪。

用卑鄙手段混进 Zero 的家伙，到底是怎么在她的眼皮底下把牌变掉的?

“牌是在你自己手里变掉的嘛，说不定，是你的手有问题。”米蓝看向柯馨婷时眨了下眼睛。

被她挑衅，柯馨婷用力地拍了一下桌子，弹起身，木制椅脚划着地面，弄出突兀的响声，让屋内的其他人不禁纷纷侧目。

“婷，你居然输给刚学魔术的新人？不是故意放水吧?”

“哈哈，百战百胜的柯馨婷也有马失前蹄的时候哦？请客哦。”

“算了，婷，偶尔栽一下，不用觉得没面子。”

众人起着哄，围到桌边，还有人好奇地拿起那些白色的卡片，反复地打量着。

柯馨婷的脸色越发阴沉，她从他人手中抢过那些卡片，大手一指对面的米蓝，喊了句："这次不算，你耍诈！"

其实，米蓝原本的想法，是通过这次的魔术 PK，让柯馨婷知难而退，以后不再找麻烦，但看对方一脸输不起的样子，不禁有些气结，倔劲儿也上来了。

"我耍诈？柯馨婷，你脑子跟你的胸部一样，装的都是脂肪吗？你从头到脚就是摆明了欺生，明明知道我只懂速成魔术，却还要跟我 PK 魔术，难道我真傻得不知道你故意针对我吗？我跟你比，不是因为怕你，不是因为不知道天高地厚……"

而是，有一种探索的本能，让她好奇，为什么那些牌会消失？为什么那些牌无论怎么洗都不会乱？

她想通过自己的眼睛，真实地看见魔术背后的秘密，而不是经由他人的转述。

"在你每次变魔术的时候，会通过各种方式转移我的注意力，当我分神的瞬间，你就换掉一整副扑克。知道我为什么知道吗？因为我看见了！知道我为什么会看见吗？因为你是个失败的魔术师！你根本什么都不是！"

米蓝的话一出声，所有人都愣住了。

柯馨婷脸上的血色，一瞬间变得灰白无比，细瘦的肩头微微地颤抖着，她咬紧牙，垂在身侧的双拳紧紧地攥着，颤抖着，如同她的脸色般，泛着青白。

突然，她缓缓地抬起左手，高过头顶，又急速地向米蓝的脸颊扇下……

没有预料之中的掌掴……

一道高大的身影，在柯馨婷挥手的瞬间，灵活地跳过沙发背，挡在米蓝的身前，牢牢地抓住柯馨婷的手："我说，你干脆地认输，还没有太丢脸。"

"井……"柯馨婷颤抖的声带只发出这一个字音。

"反正输了，就去给大家买点儿乳酪派和红茶，晚餐时间还早，大家应

该都饿了。”井云颂冲她一笑，推着她往门外走。

柯馨婷有些执拗地不愿离开，他附在她耳边低声说：“不想丢脸到家，就出去哭。”

闻言，她才恍然意识到，眼眶就快盛不住那些汹涌的水流了，水汪汪的眼恨恨地回瞪了他一眼，愤然地跑出房间。

十分钟后，乳酪派和红茶被酒店的服务生送进房间。

不见柯馨婷，米蓝的心里有些堵，她避开众人，独自坐到阳台上发呆，两张白色卡片在她的手指间翻转，竟然在阳光下若隐若现地浮出黑色的线条。

“是 K•H 液吗?”井云颂端着点心碟坐在她的身边。

“K•H 液?”米蓝喃喃地重复，若有所思地自语，“原来，那玩意儿叫 K•H 液啊。”

韩宇拓教她的那个“鬼来了”的魔术，灰白格子手帕是关键道具，就是她最初嗅到的，误会是香水的微酸味，那其实是一种特殊药水 K•H 液中的显液 K，而那副卡片牌上的大小王牌上，则被涂了隐液 H。

K•H 液的特性是，显液和隐液相遇时，在瞬间，可显现图案，但这种显影只能维持不到三十秒的时间。

这也就是牌面神奇地变成大小王后，又变回白色卡片的秘密。

在使用了 K•H 液后，还需要用特殊的手法，辨认出唯一的大小王牌，以及利用表演的技巧，巧妙地将显液擦到柯馨婷的手上。

韩宇拓说得没错，他并不是一个魔术师，但他的确有让任何人变成魔术师的本领，因为他拥有连 Zero 的道具魔女柯馨婷，都不能与之相比的天分。

K•H 液制作原料很容易弄，但调配出完美的比例，才能制作完美的 K•H 液，而一丁点儿调配的误差，都有可能会影响到整个魔术。因此，成功的 K•H 液魔术跟道具师的天分，是成正比的。

韩宇拓，他明明只是个高中生，却能轻易地调配出传说中的 K•H 液，真是让人难以置信。

他根本就是个设计道具的天才！

“你说柯馨婷是失败的魔术师时，有没有想过，其实谁也没有资格说这

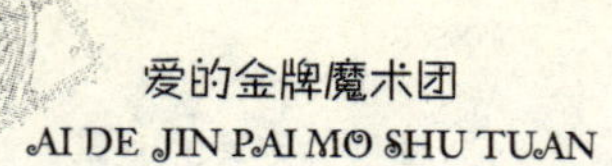

种话，包括你。”井云颂抿着红茶，平淡地说。

米蓝一愣，她抿唇不语，看着井云颂，他那张帅气的脸上，写着云淡风轻，却隐着些许的阴郁。

似乎，井云颂跟柯馨婷的关系，并没有外界传言的那般差。

“一个成功的扑克魔术师，对手指的灵敏度要求很高，三年、五年或十年的练习，都是很稀松平常的事，她为魔术所做的努力，以你现在的起步来说，是永远追不上的，而且……”他望向她，眼中的明亮隐去，换上一丝寒色，冷冷地继续说着。

“只依靠魔术道具，完全没有真才实学的你，有什么资格去批评，通过努力练习成为魔术师的人？你太自以为是了，比起她，你才是什么都不是的家伙。”

手中的魔术卡片，悄无声息地掉落到地上，以一种极为滑稽的笑容，无声地嘲笑。

米蓝死咬着下唇，怔怔地望着井云颂。

他所说的每一字每一语，都让她的血液缓慢地变冷，那种从一开始就纠缠着她的复杂心情，也无处藏身地暴露出来。

她当然无力反驳，因为，她确实从一开始就动机不纯。用荒诞的誓言跟韩宇拓换来的，不是魔术，而是一个完美无缺的魔术道具，包括每一个细节的动作设计，都是完完全全地模仿他。

这个“鬼来了”的魔术，只是她在尽力地去表演韩宇拓而已。

井云颂说得完全正确，她才什么都不是！

“你现在的表情是在后悔吗？”井云颂的眼角突然多了一抹异常的温柔，他放软了音调，贴着她的耳际，“后悔已经晚了，她没做完的事我接手，米蓝，你要自己走？还是被我踢出 Zero？”

无比轻柔的呢喃，却如同恶鬼般的诅咒，就在这一刻，米蓝豁然明白——鬼来了。

鬼，真的来了。

Chapter 05
隐身术，井云颂的反击

(1)

米蓝坐在博尔公园的白色长椅上，腿上放着秋田市的早报，翻开娱乐版，几乎所有的版面都是关于Zero，每场表演的照片，所有成员的采访报道，还有一些从不知名处挖来的真假难辨的小道消息。

版面主打的还是团队魔术主创元野谅，在左下方的栏目，是团队成员的报道，其中，也有一些是关于井云颂的。

报纸上说，他是中法混血儿，擅长幻术和近景魔术。

7岁时，便拜在法国魔术师欧塞门下，学习魔术道具设计，到15岁时，已经跟随欧塞五次登上“纽易斯Q蓝”的舞台，被欧塞称为“对魔术拥有恶魔般天分的少年”。

就在外界开始关注这个天才魔术少年时，他突然神秘地销声匿迹了，十年之后的再次露面，居然是在“纽易斯Q蓝”的魔术大典上，以Zero主创魔术师元野谅的学生之名，并担负着团队中的魔术设计工作。

若不是还有人对曾经的魔术少年念念不忘，断然不会有人能认出他的，因为此时的井云颂无论是从身高外形，还是魔术手法，都与之前的那个天才少年，有了云与泥的差别。

感叹过后，也令人不禁唏嘘，即便是天才般的神话，也终究会变成一个远去传说。

只是，事实真的如此吗?

井云颂曾经的老师欧塞，他有多么的了不起?

抑或是五次登上“纽易斯Q蓝”的舞台，对魔术师来说，是怎样的

殊荣?

像这些问题，米蓝无法了解。

所以，她也同样无法弄懂，为什么人们对他以元野谅学生之名复出而失望的原因。

她只知道一点，那就是当她变完那个“鬼来了”的魔术之后，在场的许多人，包括在 Zero 里专职道具设计的柯馨婷都没能看出，但他却能轻易地说出那个魔术的秘密。

K•H 液，这种魔术道具，在整个魔术界里，知道的人屈指可数，而能够调配它的人，更是少之又少。

能轻松调配出 K•H 液的高中生，能轻易拆穿 K•H 魔术秘密的井云颂，还有，名不见经传，但实力却丝毫不逊于元野谅的言唯熙，他们像谜样的三角，磁铁般地牢牢吸引着米蓝前进的步伐。

毋庸置疑，这些现在还隐入黑夜的魔幻之手，终有一天，会成为舞台之上，绽放出的灿亮光芒。

而她呢?

她是会成为最终的旁观者，念着不属于自己人生的旁白，既羡慕又伪装淡然? 还是追逐着他们的身影，无所畏惧地向着不可预知的未来奔跑呢?

汪汪——汪汪——

奶声奶气的狗叫声打断了米蓝的思绪，她捶了捶坐得有些发麻的双腿，视线循声望去。

一个胖胖的小男孩，正粗鲁地按着一条黄色的小柴犬，半蹲下身，用双膝夹住它的小脑袋，然后从口袋里掏出一串鞭炮，将其绑在它的左腿上。

小狗似乎意识到危险，不停地哀嚎着。

可是，小男孩完全无视它的悲鸣；相反，他笑呵呵地掏出打火机，准备点燃鞭炮。

见状，米蓝噌的一下从椅子上弹起来，冲到小男孩的身后，快速地抢过打火机，并屈起手指弹了一下他的脑门骂道：“小胖孩儿，下次再让我看到你欺负小动物的话，我就在你的大肚皮上放烟花。”

说完，她作势要抱过小狗，谁料到那个小男孩的身子突然向下一矮，机灵地一个转身，跑到旁边，冲她拉着眼皮做了个鬼脸。

“大白痴。”他骂了句，然后抱着小狗跑开了。

“小胖孩儿还挺机灵的！”她有些气结地自言自语，随即发力追了上去。

两人在公园里上演“你追我跑”，小男孩体形偏胖又抱着狗，本该跑不快的，但他终究是个小孩，再加上经常来公园玩，对路线比较熟悉，所以上蹿下跳地逃，一时之间，她还真追不上他。

好几次，眼看手就快要抓到他的后领子，都被他缩着脖子躲开了。她不由气得脱下凉拖，“咻咻”地发了两次暗器。

别说，还真起作用，一次砸到他的屁股，一次砸到他的脑袋。

不知是跑累了，还是被她的凉拖砸痛了，他突然停了下来，站在一个圆形的空水池沿上，回头看着她。

“怎……怎么，跑不动了！死小胖孩儿，逮到你就，就死定了！”她喘着气瞪他。

却发现，此时，小男孩的脸上露出古怪的表情，这令她隐隐地感觉到有丝怪异。

“你才死定了！”他语意不明地顶了一句，然后跳下池沿，继续向前跑。

米蓝顾不上多想，径直追了上去。

可是，当她跳下池沿的一瞬间，突然意识到自己可能做了一件非常愚蠢的事。

眼前的视野里，那些熟悉的场景，让她豁然明白，这里竟然是……

一股寒凉，附着她赤裸的脚趾，如阴寒的蛇一般向上蜿蜒。

根本来不及反应，就见一条透明的水柱极为猛烈地向上喷涌，她只觉得左脚一麻，整个人便被强大的水压给冲倒在地，而与此同时，距离她不到十五厘米远的几处喷泉水柱，也从地底喷涌而出。

天，是彩虹喷泉！

博尔公园，为了吸引游客，特别增添了彩虹喷泉的景观，每天下午两点准时开放，那高达几十米的喷泉水柱，在工程师的特殊设计下，展现出

的效果如彩虹般绚丽。

可惜，此刻被困于喷泉中心的她，却无暇欣赏。

喷泉中心的水压极强，仅是刚刚那一下冲击，就让她的左腿完全麻胀，连站立都十分困难，更别提冲出这片喷泉了。

掌底，有一种寒气突生，她眼神一凛，机警地向一旁滚去，几秒的时差，她的耳边便传来水柱瞬间涌出的轰响声。

好险！

她抚着胸口，将那颗险些冲出胸腔的心脏重新按回去。

喷薄的彩雾，攀附着向上奔涌的透明水柱，如镜面般清澈，又如幻镜般模糊。外面的景色，抑或是那个淘气的男孩，此时都如同扭曲、拧结的色彩，像毕加索的画纸般，缓缓地铺展开来。

然而，就在这样一团色彩纠结的画图之中，一抹极为清晰的灰色人影，由一个细小的线，缓缓地近了。她的视线里，那细长的线不断地膨胀，扩大成一个高大的身影，隔着远如另一个世界般的水柱，用深邃而熟悉的眼神凝望着她。

她失神地回望着，完全没有留意到正对自己胸腔下面，那个闪烁着金红色光泽，正翻涌着喷薄欲出的水柱。

(2)

“危险！”米蓝的耳边匆匆地响过这两个字。

便见一抹灰色的影子如利剑般，破开激涌的喷泉，还未来得及将来人的脸看清，她就被一股极为霸道的力量拉了过去。随后，一股更为强烈的水柱，从她的后背冲涌而上，强大的水压仿佛一记闷棍，让她趔趄了几步，连带将正紧紧抱着自己的人撞倒。

砰的一声，两人摔到池子之中的喷泉外围。

那里一开始是干涸的空水池，在喷泉开放后，慢慢地蓄满了水。

米蓝落水的一瞬间，唯一能想到的就是——

每次遇到他，都会遇上水灾。

她咬着下唇，眼神定定地看着从水池里站起身的人。

他向后拨着那一头湿漉漉的头发，淡亚麻金的颜色，在阳光的照耀下，尤为闪闪动人，再加上那张俊美的脸，让她不禁浮想联翩，水池中的他到底是人，还是来自人鱼国度的美丽王子？

“你没事吧？眼神有点儿痴痴呆呆的？”言唯熙锁着眉头，伸手过来掐她的脸蛋，“喂，平胸女！”

一句“平胸女”，把米蓝从幻想拉回现实。

她哪里有病吧？居然会把坏心又毒舌的言唯熙想象成王子！

她气呼呼地打开他的手，想靠自己的力量爬出池子，却发现左腿由麻转痛，稍一施力，就痛得她倒吸冷气。

“逞什么强？”他轻声骂了一句，一把将她横抱起来。

一股混着湿濡的木叶香味，像是被雨水打湿的青草地，既干净又清新，直往她鼻端里头钻，她只觉得气血噌地向脸部集中，连耳根子也火辣辣地痛了起来。

她在心里挣扎着呐喊：放我下来！

可惜，这有骨气的声音还未来得及冲出她的喉咙，他便出了池子，动作轻缓地将她放在地上，连一句安慰的话都不讲，蹿起身冲向作势要逃跑的小男孩身边，从他肉乎乎的肚子上拦腰一抱，扛在肩膀上，冷笑着说了句：“你以为捉弄人很酷？”

米蓝坐在一旁，听见他说这话，不由从内心中狠狠地鄙视了既爱捉弄人，又爱耍酷的言唯熙一把。

“放我下来！”小男孩受到了惊吓，把怀里的小狗往地上一扔，哇哇大哭起来。

她有点儿看不下去了，一拐一瘸地走到他的身旁，拉了拉他湿淋淋的衣衫，说了句：“算了吧，等下被人看到，丢脸死了。”

言唯熙瞪了她一眼，不言语，突然大步向池子走去，像扔铁柄一般用力一丢，砰的一声，那个小孩就被扔进了水池。

那个池子不深，但被人突然扔进去，还是会受到惊吓，小男孩扑腾了半天才站起来，然后便号啕大哭起来。

见状，米蓝拉着罪魁祸首，像铁拐李一样往后跑，边跑边低嚷着：“言唯熙，你居然欺负小孩！”

“我欺负小孩？刚刚是谁追着胖小鬼跑了半个公园？谁用鞋子当暗器来着？”

闻言，她猛地停下脚步，回头狐疑地望着他，反问：“你怎么知道我追着他跑，还有用鞋子丢他？”

难道他一早就发现她了，然后事不关己地看她演猴戏？所以，刚刚那一场英雄救美，不是偶然哦。

言唯熙的脸上浮现出一抹可疑的赧色，他别扭地咳了一声，抬手搡了她一把，敷衍地说道：“经过啦！”

“经过？”博尔公园离他住的酒店那么远，又不在明竣商大的附近，他没事来这里“经过”个鬼啊？

该不是，又有什么阴谋了吧？

“就是经过！”他露出阴森森的小白牙，一脸恼怒状地回吼道。

“凶什么凶啊？”她揉了揉被“雷”震到的耳朵，气势微弱地嘟囔了一句，“经过就经过嘛，干吗一脸心虚？”

“你有完没完，不怕被人看到你欺负小孩啊，走啦！”

他颠倒是非的能力让她自愧不如，只能恨恨地瞪了他后背一眼，然后抱着狗，单腿蹦着跟上他。

才蹦了几步，就一头撞向他的后背。

他一脸恼怒地回头瞪她。

“我绝对不是故意的。”她举起单手向天起誓。

随后，就感觉脚底一空，自己整个人被言唯熙横抱了起来。

“如果我没有弄错，那个，你用的是公主抱法？”某女喜笑颜开。

“我才不想抱你！”某男咬牙切齿。

“你没有抱我，你只是托举……”某女冷嘲热讽。

“够了哦，我是看你蹦得像个笨蛋，才抱你的！”某男欲盖弥彰。

“那你又说你不想……”某女穷追不舍。

“是你用那种乞求的眼神一直看着我！”某男颠倒黑白。

某女跟某男吵吵闹闹，一路吵着出了公园。

出口处靠近马路，来来往往的行人，纷纷把异样的眼神投注到两人身上，这让米蓝不禁有些心里发慌。

这可是在她的家门口。

估计不用半小时，她被某男子抱出博尔公园的消息就会沿街暴走，明天她就会传奇般地成为新一任的花痴女。

言唯熙拦了出租车，把怀里连人带狗毫不客气地丢了进去，粗声问道：“去哪儿？”

“只要离开，哪里都行。”她往车里爬，隔着玻璃窗，躲着行人的侧目。

他低声骂了句，也坐进车里，对司机说了一个地名，她既没听清，也不关心，总之，能尽速离开这个是非之地，就是大吉。

到了目的地，言唯熙掏出湿答答的钱付账，司机一脸嫌弃地收下，语气很差地把另一个赖在车上的人也撵下车。

她一拐一瘸地跟着言唯熙，走进一家装修非常考究的精品店，迎面向他们走来一位店员，面带微笑地礼貌问道：“先生，请问您有贵宾卡吗？我们AVA只招待会员……”

“没有贵宾卡。”言唯熙淡淡地说着，走到沙发旁，毫不顾及身上穿着的湿衣服，一屁股坐了下来，冲傻站在一旁的米蓝勾着手指，“脚不痛啊，坐下啦！”

他这一提醒，她的左腿又生生地疼了起来，也顾不得店员嫌弃的眼神，她单腿跳到他对面的红色沙发旁，坐了下来。

“这位先生……”店员有些微恼地低嚷了一声。

“我们并不是无赖。”他瞄一眼朝自己走来的三名保安，从钱包里取出一张湿得快看不清的名片，递给店员，“打电话给这个人，就说我拿了两套衣服没付钱，相信我，这个人会很乐意成为你们AVA的会员的，对了，我叫言唯熙。”

(3)

“打电话给这个人，就说我拿了两套衣服没付钱，相信我，这个人会很乐意成为你们 AVA 的会员的，对了，我叫言唯熙。”

这是什么话?

讲得好像是什么了不起的施舍一样。

他难不成真以为，“言唯熙”三个字是可以转得无法无天的金字招牌吗?

米蓝充满忧虑地紧盯着店员的表情，发现对方从不屑一顾，到难以置信、到狂喜、到怀疑……

在电话确认之后，店员更是从最初有些微愠的神情，突变成如沐春风的笑容，热情无比地问：“林先生，请问，您需要什么样的衣服呢?”

米蓝是彻底傻了，她拧了下自己的大腿，呼疼，也引得言唯熙向她投来鄙视的眼神。

“先把她搞定，我穿什么都 OK。”他无比自恋地说。

“好的，请稍等。”店员微笑着，转向米蓝。

不得不说的是，那个女店员望着她的眼神，非常非常的后妈，让她这当事人不禁有些怕怕地向单人沙发里缩，不过最后还是被对方给连拖带拽地拉了出来。

店员不知从哪里又吆喝来几个人，七手八脚地按着她，将她从头到脚，彻底地“蹂躏”了一番。

于是乎，犹如偶像剧惯用情节般的事件发生了。

一头蓬松的狮子头，在电烫夹板的高热功率的压迫下，变得柔软平顺，如同午夜贞子般贴附着她的脸颊。

胸前的空旷，被加厚的隐形胸垫，和弹性极强的塑身衣，神奇般地挤出如同唐朝宫女们胸前的鸿沟。

化妆是让她觉得最为恐怖的一件事。

滋润水、美白霜、隔离粉底，一层又一层地将她原本的健康肤色掩盖，换成亚健康状态的苍白，冷色调的腮红和眼影打底的阴影，更像是病到连眼圈都乌青。

“这样真的好看吗?”

米蓝穿着店员精心挑选的桃红色小礼服，用手撩拨了一下裙摆那有些可笑的蕾丝蝴蝶，缓缓走出来。

面对着偌大的整体墙镜，她看到言唯熙已经换上了干净的衣服，正背对着她，接过店员递过来的饮料。

他穿着左胸印着烟青色图腾的浅色衬衫，袖口的颜色稍深些，钉上两枚烟青色的袖钉，下身穿着米灰色调的休闲裤，一身英伦的打扮，在他的身上散落着一些痞气。

尤其是那头桀骜不驯的发色，让人想忽视都难。

像是感觉到被人注视，言唯熙转过身，在看见她时，他的神情明显一愣，眼神随即变得深邃起来，极为性感地咬着下唇，缓缓地走向她。

米蓝看着镜子中走向自己的身影，突然发现自己从头到脚都无法动弹，她只能僵硬地凝视着镜子里那张脸，心跳加速。

难道是，偶像剧里的情节真的要发生了吗?

灰头土脸的女主角在精品衣饰店里，被一群潮人疯子改造之后，被男主角惊鸿一瞥，从此相亲相爱到一发不可收拾。

米蓝的胸腔里，有一股强大的飓风，刮过小宇宙，快要汹涌澎湃地冲破胸腔，然而……

言唯熙却突然停下来，他咬着牙，一脸狰狞状地揪住一个正高举着梳子微笑的男人，恶狠狠地骂道：“就是你，把她弄得像午夜凶灵一样的吗?”

“不……不是，化妆的是 ViVi。”发型师惊恐无比地指着手提着化妆包，正准备逃走的女子。

“烟熏妆没问题，其实是衣服配得不好。”ViVi 仰头望着向自己逼近的高大身影，声音越来越小。

“这件短的连屁股都盖不住的衣服，是谁挑的?”言唯熙阴森地问道。

“大哥，我错了！”有人泪流满面道。

“知道错的话，就赶快把这个鬼，给我变回人！”

米蓝震惊了，绝望了，小宇宙崩溃了……

原本言唯熙不是对她惊艳，而是被她吓到了！

事实证明，她的审美观符合大众标准。

事实再次证明，偶像剧里的情节，还是不要轻易模仿，白天还好，晚上是会吓到小朋友的。

米蓝有些虚脱地被同样虚脱的一群人重新架回去，整整用了两倍的时间，才重新走出化妆间。

原先那一头蓬松的自然卷发，被挽起藏在头发里，配合耳侧被削短的发丝，看起来像是明媚可爱的短发。

极淡的裸妆盖不住她的轮廓，却将她的眉眼装点得格外明媚清秀，橙色和桃红点的腮影打底，搭配上粉嫩光泽的唇蜜，看起来如夏日般清新。

一身浅绿色的小洋装，没有复杂的蕾丝花边，也没有多余的蝴蝶结，单肩带，黑色漆皮的高腰带，裙子的长度在膝盖上面一点儿，刚好可以露出修长的双腿，而裙摆有些蓬松，有点儿灯笼裙的感觉。

唯一有点儿不足的，就是在脚下那一双软底的平底鞋，很淑女的黑色表面，在鞋侧处有几何状的金色磨砂设计，而更为“别致”的是，在她左腿的小腿肚上，一路向足踝延伸的跌打药贴，虽然用的是那种轻薄型，而且还用接近肤色的粉底打了一层，但若细看，还是能看见。

她有些兴奋地在巨大的墙镜前，做着滑稽又可爱的造型，那种女人对美丽独有的虚荣与喜悦，统统在脸上表露无遗。

言唯熙没有上前打扰，他的双臂展开，搭着沙发背靠，凝望着在镜子前无比欢快的身影，脸上不自然地流露出一丝温柔的笑意。

“我漂亮不漂亮?”米蓝光自己玩还嫌不够，在转身之际，朝他问了句。

他清了清嗓子，有些别扭地说了句：“还凑合。”

“什么叫还凑合啊，我这已经是美女的标准了好吧！”经过这么长时间的折腾，她的左腿已经没有先前那么痛了，她小心地一拐一拐地挪到沙发

边。

他淡淡地扫了她一眼，不自然地扭过头去，“美女算不上，不难看。”

“小气鬼，夸一句会死啊。”她低声嘟囔着，然后把脸转向店员，礼貌地问了句，“请问我们的衣服已经干了吗?”

她刚刚换衣服时，有听人说他们的衣服被送去烘干。

“是的，已经干了，在这里。”店员将印有AVA标志的袋子，摆放在沙发旁的茶几上，并捧出一个亮玫红色的纸盒，打开来，里面放着两款时下流行的情侣手机，“另外，这两款情侣手机，是本公司的限量VIP赠品，请收下。”

VIP的赠品居然是手机，太夸张了吧?

“收下哦，反正原来的手机掉在喷泉池里，已经报废了。”言唯熙抓过那部男款手机，往口袋里一塞，站起身，向半依在沙发上的米蓝伸出手。

她本能地递过自己的手，结果就在两人的手快要碰到的一瞬间，他的手突然向旁边侧过，抓起茶几上的纸袋：“走啦！肚子饿死了。”

什么嘛，她还以为他会扶她一把。

米蓝不满地冲他的后背做了个鬼脸，抓过另一部女款手机，迈着小步跟了上去。

“那男的，可真够拽的。”发型师望着两人的背影说。

店员回头瞄了他一眼，哼道：“当然要拽了，可不是什么人都会有大明星帮忙埋单的！”

(4)

米蓝跟着言唯熙一起，到高级餐厅不花钱地风卷残云一番后，两人一起回到凯沃酒店。

走入大厅，她伸手去拿他手里拎着的那个袋子，并笑着谢道：“今天谢谢你了，还麻烦你送我回来，衣服交给我就好。”

他用莫名其妙的眼神瞪着她，“到我房间来拿，衣服放在一起了。”说完，他快步走到总台，向酒店服务人员索要万能房卡，随后便步入电

梯离去。

原来他不是送她，而是自己顺便回住宿的酒店！

她为自己的自作多情感到羞愧，并在内心里发誓，再也不当花痴。不过，今天真的非常不适合出行，不过是在公园里头坐坐，就遇到了危险。

衣服全湿、手机报废、房卡失踪……刚刚在喷泉池那里的损失可真大。

不过话说回来，言唯熙看起来整天无所事事，但是他住豪华酒店，自由出入高级精品店和餐厅，他从哪里来的钱？难道真是富家小开吗？

该不会……他是被什么女富豪给包养了吧？

想到这里，她不禁觉得好笑，如果真是那样，包养他的那个人一定要有极好的修养和忍耐力，不然一定会被言唯熙的坏脾气跟毒舌，气得爆血栓。

“你一个人，站在人来人往的厅堂中央，在傻笑什么？”一身休闲打扮的中年男子，从后面轻拍了拍她的肩。

回头一看，原来是杰米，他是Zero的经纪人。

“你今天有约会吗？很漂亮。”杰米由衷地赞美道。

她忍不住得意，又觉得有些害羞，视线瞄到他手中一大款资料，不禁好奇地问道：“这些是什么？”

“都是资料，订机票和酒店很烦的。”

“订机票？酒店？”

“对啊，明天秋田的巡演结束之后，所有人分两批，坐明晚九点和后天早上八点的飞机去吉晃市，准备下一场巡演。”

“吉晃吗？”她喃喃地自语，眼神有丝恍惚。

“对了，我帮你订一套单人标间，你抽空把行李带到酒店来，后天上午跟我们一起走。”杰米没有注意到她的恍神，他走了几步，像是想到什么似的，又折回来，扶着眼镜架，有些正色地说了句，“差点儿忘了，颂在找你。”

“哦。”她讪讪地应了声，走了几步，又转过头，有些无助地看了杰米一眼，犹豫着开口问，“报纸上都说婷跟颂的关系很坏，其实，恰恰相反

吧?”

杰米笑了笑：“你看得很清楚嘛！那么，就算是颂为了婷出出气，你也大方地接受好了。你就当成是……”他抿着唇，思忖一番，道，“就当成是你想要融入这个团队，所需要经历的关卡吧。”

这就好比是在玩游戏，先通过最简单的初级关卡，后面的每一级关卡都更加的艰难，也极具挑战性。最后是完胜通关，还是 GAME OVER，就看玩家的本事了。

而井云颂，就是她必须要通过的关卡。

坐电梯来到六楼，迟疑了片刻，她来到 661 房间门前，井云颂跟杰米同屋，住的是豪华双人套间。

她刚敲了两下，井云颂就来开门了，他穿着菱形格衬衫和休闲裤，松开颈部的两粒扣子，隐隐可见颈上的黑色链绳，他的发型是时下流行的那种极短的卡尺，古铜色的肤色，如阳光般明亮的黑眸，充满了热带男生的阳光朝气。

“进来。”他微笑着说，高大的身形向旁边让出空隙。

米蓝吸了口气，缓慢地走进房间。

同样是凯沃酒店的豪华套间，元野谅的房间就像是工作室，永远都是在讨论魔术或谈论工作的人；言唯熙的房间就像是吸血鬼的城堡，华丽、另类、昏暗，充满神秘感。

而井云颂的房间，就如同他的外表一样，阳光充裕，他甚至撤下了阳台的窗帘，让明亮得有些耀眼的阳光，赤裸地照进整个客厅。

CD 机里放着 BossaNova 曲风的歌，慵懒的腔调唱出一丝清新。

她环视着房间内的物品放置，发现无论是 CD 还是书本，都摆放得整齐有序，甚至，在柜子上还摆放着香薰瓶，一股微苦的绿茶味，缓缓地在房间里弥散着。

“喝茶吗?”

闻声望去，他坐在白色的木制茶几旁，手里执一根火柴，在自己的手指上轻轻一划便燃着了。他用火柴点燃茶槽里的白色蜡烛，然后把水壶放

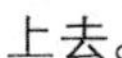

上去。

透明的玻璃里，玫红色的茶水像红宝石般晶莹剔透。

“这是玫瑰花茶，婷很喜欢，她对甜食很钟情，总是加很多糖。可是我觉得，不加任何物质，茶本身的味道也很迷人。”

米蓝怔怔地看着他，半晌，僵硬的神情舒缓下来。

看来，他当时只是想帮柯馨婷出气，才出言吓唬她的。

这种想法让她紧绷的神经得以放松，她咧嘴一笑，快步走到他对面的椅子旁坐下，好奇地盯着玻璃水壶，开口问道：“玻璃做的，不会烧炸吗？”

“用蜡烛的细微火苗慢慢煮，茶本身是煮过一遍的，只要用微火保温就可以了。”他眯了眯眼，语意深长地对她说了句，“当然，如果火太大太急，也是会烧炸的。”

这句话，分明是对她说的。

优秀的魔术，应该是通过精心的设计，辛苦的努力而得到的成果，而不是利用道具，粗浅的知识，通过走捷径的方式，而完成一项表演，那种危险行为，同大火烧玻璃茶壶的性质是一样的。

“玫瑰热情如火、芳香浓郁、带着尖锐的刺，即使是它刺破你的手指，也只是会让你流出滚烫的鲜血。但是用它煮出来的茶，却并没有一丝的甜味，知道为什么吗？”井云颂将加热后的花茶给她倒了一杯，问道。

“是因为……不加糖？”她傻傻地反问。

井云颂摇摇头，将金色瓷杯移到唇边，轻抿一口，细细地品尝一番，才缓缓道来：“因为，外表会骗人，越是华丽的外表，内在往往都很朴素，甚至腐烂。

“就像让你赢婷的那个魔术道具——K·H液。你知道吗？为什么那个配方没有被广泛流传，只是因为调配技巧难度太高？你知道K·H的配方里，有腐蚀皮肤的药物吗？你知道对阿莫西林过敏者，沾到K·H液会马上休克，甚至猝死吗？

“你想说你什么都不知道？那么你的罪孽感可以减轻些吗？有时候，就是你这种什么都不懂的人，才能轻易地毁掉一切。”

井云颂将茶杯放下，用最温柔也最寒冷的眼神，看向脸色陡然间苍白如纸的米蓝，微微一笑：“米蓝，你想看看我的魔术吗?”

(5)

白色的火焰，多么妖冶的颜色?

在井云颂的掌心中，犹如乖巧的猫咪，他交替翻转着两个手掌，让那团白色的火焰在自己的手掌，甚至是手臂上蹿动。

米蓝不可置信地看着，就在井云颂问她要不要看他的魔术之后，他将手指伸进茶槽，在她的惊呼声叫，他的手指如点燃的火柴般，出现在她的面前。

火苗颜色快速变浅，由蓝到白，一瞬间变成一团白色的火焰。

“你在想，我的手里或许沾染了类似磷粉这类的道具，对吗?”他的声音带着一丝蛊惑人心的沙哑，传入她的耳中。

她不知是否该点头时，他手中的妖火戛然熄灭，将修长漂亮的双手摊在她的面前，让她随意检查。

袖子里没装道具，双手上也没有涂抹磷粉类的道具，他的手，丝毫没有火焰肆虐过的痕迹。

摇摇头，她认输了，抬起布满困惑的眼神，问道：“你是怎么做到的?”

从容无比地将火焰玩弄于股掌之间，井云颂是如何办到的?

“没有人告诉你吗?”井云颂舒缓着眼眉，在她未曾察觉的瞬间，悄然地拿起了茶几上的那半根点燃过的火柴，凛色地笑道，“魔术师的秘密，不能问！希望这种痛楚，能让你深刻地记住这一点。”

痛楚？她还没有反应过来他话中的意思。

就见他忽然用那半根火柴，在她的手背上一划，瞬间，如血般鲜红的火焰，在她白皙的手背上燃烧起来，那陡然滚烫的温度，让她惊慌失措地从椅子上弹跳起来。

她冲到盥洗室，将着火的右手，对着开到最大的水龙头拼命地冲着，当火完全熄灭后，她震惊地发现，自己的手背上同样没有一丝被火烧过的痕迹。

双手撑着洗手台的大理石表面，手心之下越发感觉到一丝寒冷刺骨，镜中的脸，苍白里带着一丝惨淡的青灰色。

“你脸色很差，需要我送你去医院吗?”他的声音适时地响起，高大的身形倚着盥洗间的门边，透过镜子看着她，脸上没有丝毫的愧疚之色，仿佛他什么过分的事都没有做，只是单纯地关心她。

她的嘴唇颤了颤，眼神有些惧怕地缩了缩，但还是咬着牙与他对视，“我的手上没有烧伤，这是魔术的成功，也是最大的败笔，至少它让我知道，这一切都是假象。

“我想，你应该是用类似K•H液的东西，一种没有气味和颜色的道具，涂在皮肤上可以产生火焰效果。我的手背应该是在没察觉时，被你刻意地涂上。就像我在变‘鬼来了’那个魔术时，也是将K•H液用牌面涂在柯馨婷的手上，让她亲手变出了那些大小王。

“虽然说我滥用道具，你自己何尝不是……”

“你以为自己看清了真相?”井云颂翻转左手，掌心里俨然多了一把形状奇怪的金色小刀，他伸长手臂，迈步向她，“让我来告诉你，魔术师所最先愚弄的就是——观众的眼睛。”

几乎是在说话的同时，他的手竟然……凭空消失了!

井云颂仍在前进，但每前进一步，身体都会随之被肉眼无法看清的未知世界而吞噬，而那把金色的小刀却仿佛冲破了诅咒般，悬空着继续朝她而来。

最后，他的整个人消失在盥洗间，就那么神奇地在米蓝的面前，不过一臂之长的距离内，消失不见了。

冰冷尖锐的刀尖抵着她的肩膀，随着压力的增大，肌肤隐隐地痛着，她的双眼，充斥着一种前所未有的恐惧，眼前的情景，已经超越她的认识，难道，她的双眼真的被井云颂给愚弄了吗?

不！她不甘心，这只是魔术，并不是特异功能，或哈里波特的魔法，一定有迹可循！

她倔犟地上前一步，伸手在空气里一通乱摸，再上前一步，继续排查不被肉眼所察的机关，待她上前第三步时，刀尖冲破肌肤韧性所带来的阻力，哧地一声，刺破了她的皮肤，流出线一般细长的血丝。

疼痛、流血、伤口……这些通通都在提醒着她，这一切都不是假象。

井云颂，他是真的消失了，而他手中的那把小刀也确确实实地刺伤了她。只是肩膀上的疼痛，怎样都比不上心里那股极度的震惊与破败感来得强烈。

她在一场完全没有胜算的对抗中，输得彻头彻尾。

"很抱歉，伤了你。"

在米蓝失神的空当，井云颂再次出现，打开镜子后面的药橱，取出创可贴，准备给她止血，却被她一把抓住。

"我会跟柯馨婷道歉，我知道现在说这种话像个傻瓜，但是，拜托你，让我留在 Zero，我是真的希望有一天，可以成为真正的魔术师。这个想法虽然没有在我 22 岁以前的人生中出现过，但此刻却是活生生地存在的，是我无法漠视与扼杀的梦想！"

所以，请不要赶她走！

无论是想帮喜欢的女生出气，还是想教训一下对魔术不懂装懂的后辈，抑或是给想要融入团队的菜鸟的下马威，总之，让她留在 Zero 就好。

井云颂盯着她，眼瞳里明亮的光泽暗淡下去，投向她的眼神复杂纠结，怜悯被残忍无情地掩住，慢慢变得漠然。

摇头，不带一丝感情，他说："别一时兴起，其他的魔术师十年前就在做的努力，你现在才起步，那是奋力去追，都追不上的良好根基。

"没有魔术师的天分与才华，只懂投机取巧，却不懂道具与魔术的设术，无论是从后天条件，还是先天资质，都注定你成不了魔术师。

"或许有一天，你可以当表演滑稽魔术的三流魔术师，但为了三流的梦想而咬着牙拼命撑下去，值得吗?"

一时兴起……三流的梦想……值得吗……

井云颂的声音，带着一种蛊惑人心的低沉，爬进她的耳朵，钻进她的胸腔，让她心痛不止，那些明明是从她的身体里流出来的血液，变得冰冷无比。

“放弃你的自尊心，把骄傲的头低下，转身离开Zero，迎接你的，将是原本就属于你的美好人生。”他小心翼翼地将创可贴粘在她的伤口上，用手指轻轻抚平，扶着她的肩，“关于魔术师，那只是你无意中走进的一条岔道，你迷了路，现在找回了方向，所以，该是时候把它们都抛之脑后了。”

她阴郁地望了他一眼，内心的呐喊与悲鸣，在瞬间凝固成沉默。她寂静无声地将痛苦埋回心底，低垂着头，无声无息地仿佛一个从不曾存在过的影子般，离开他的房间。

即便是内心已然滂沱，但她的眼眶却是干涩无比，这种欲哭无泪的感觉，让她连呼吸都变得哽咽。

不是梦想，只是迷失的方向吗？不是梦想，只是骄傲的自尊心吗？不是梦想，只是一个三流的未来吗？

那她的心，为何还那么痛，痛得几乎要裂开，裂得七零八落，血流成河。

“你是在哭吗？”

一道突如其来的声音，拉扯住她奔跑的双腿，也让她豁然发觉，那双干涩的眼眶早已经满溢，泪流成河。

……

米蓝离开之后，井云颂将沾血的匕首丢进洗手池，刀尖在瓷砖的边沿撞出声响后，居然垂直地竖立起来。

“阿武！”井云颂冲紧封的房门喊了一声。

道具组的几名工作人员鱼贯而出，为首的男生摸了摸后脑勺儿，有些犹豫地说了句：“颂哥，我们是不是做得太过分了？”

白天，井云颂通知道具组的阿武，在他房间的盥洗室内外加装特殊道具，而且都是舞台上表演隐身术的灯效道具。

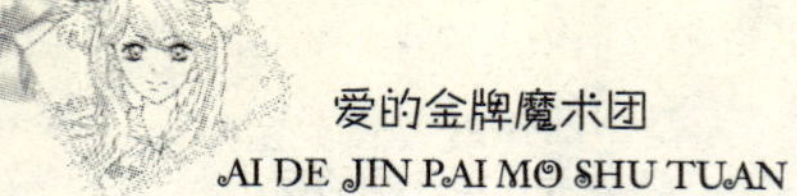

甚至连用在下场表演的卷帘显像幕也装上，而且还将拷录画面反复地演练了许多遍，阿武一直以为井云颂是为了幻镜魔术的表演在做练习准备。没想到他做的这一切，只是为了要赶走米蓝。

隐身只是数码显屏的投影，当然可以轻易消失，井云颂利用不反射影像的墙镜，将自己伪装成镜子中的影像，用透明的线控制匕首，而灯效的混淆越发加重了这种视觉上的落差，便形成了所谓的“密室隐身术”。不过坦白地说，在狭窄的空间里表演隐身术穿帮的概率相当高，虽说井云颂在利用肉眼的“视野死角”与“错觉原理”这两点上，已经近乎完美，但盥洗室内外的改造太多，只要是专业的魔术解析师或道具师，都能看出道具的破绽。

对于阿武的问话，井云颂不置可否地挑了挑眉，修长的手指熟练地解开悬在匕首手柄处的两根透明的线，他仿若自语般地低喃道：“可以被清除掉的是杂草，无法被清除掉的是磐石。”

而她到底是什么？连他也不知道。

Chapter 06
觉醒，梦想的天性

(1)

“你是在哭吗?”极为沙哑低沉的声音，让听见的人不由从脖颈子向下蹿着冷气。

韩宇拓戴着卡其色的帽子，半个身子缩在门影里，阴影遮住他的侧脸，模糊了他的神情。

闻声，米蓝的脚步停滞，她有些无措地抬手，粗鲁地擦着眼睛，那些泪水顺着她的指缝，仿若流也流不尽地掉落着，完全收势不住，她颤抖着用双手捂住嘴巴，生怕有一丝哭泣的声音溢出。

“你……”韩宇拓向她伸出纤细瘦弱的手臂，有些怯生生地试图接近她，却几乎要挨到她的后背时，被一道慵懒低沉的声音惊得缩了手。

“拓，你杵在外面做什么?”言唯熙站在韩宇拓的身后，手臂勒着他的脖子，正要将其往屋里拖，眼角的余光却瞄到米蓝的身影，脱口而出，“平胸女!”

听见言唯熙的声音，她的眼泪掉落得更加厉害，逃走的意念同时也变得更加强烈了。

她拔腿就往前跑，言唯熙见状愣了几秒，推了一把门框，如猎豹般身形矫健地冲向她，借助四肢修长的优势，轻易追上了她，长臂一把扯住她的手肘。

“你干吗拉住我，快松手啦。”她别开脸挣扎着，声音里带着一丝哭腔。

“我干吗拉住你?我……”他语塞，一时之间也无法对自己的行为作出合理的解释。

总不能说看见她在哭，看见她衣服上淡淡的血迹，看见她拔腿就逃的身影，他就完全控制不了自己的意识和身体，本能地冲上去把她给拉住的吧?

“我拉你是因为……你的衣服还在我房间里。”清了清嗓子，终于让他找到个理由。

“那衣服我下次再拿不行吗?”她抹干眼泪，红肿着双眼，可怜兮兮地望着他。

“不行，你再多穿一会儿，这套超贵的裙子就退不掉了!”

言唯熙连拉带拽，把米蓝拖进房间，在进门时，她不小心撞到韩宇拓。

“对不起。”她下意识地回头，却见他低垂着头，嘴部以上的部分都缩在帽檐的阴影里。他伫立于长方形的门框内，诡异得如同一副阴恻的抽象画。

她的牙关不由自主地打了个冷战，韩宇拓缓缓抬起头，极为漂亮的枣核形眼瞳里，向她投射出颇为不谅解的眼神，掺杂了些难以言喻的复杂情绪，深深地看了她一眼，随后，便沉默不语地转身离去。

“你弟他走了。”不知为何，韩宇拓的离开，让她的心哽了一下，有些不安隐隐地泛了上来。

言唯熙闻言，神情一愣，他有些不信地朝门口望去，发现那抹身影的确已经不在了。

“这小子不是说有非常重要的事找我，怎么跑了?”他有丝困惑地自言自语。

她嚅了嚅唇，用手指戳戳他：“松手啦，我去洗把脸。”

他像触电般猛地松手，她白皙的肌肤上缓缓地浮现出清晰无比的红色指印。

揉着手肘，她走进盥洗室，关上门，打开水龙头，然后全身无力地坐在浴缸的边缘，眼神呆滞地望着雾气茫茫的镜子，脑海里不禁回想起刚刚在井云颂房间的盥洗室里，那惊世骇俗的一幕。

就像科幻电影里的隐形人，在她的眼皮子底下，居然悄无声息地失去了踪迹，然而，他却没有离去，却无形地执着一把小刀，任由锋利的刀尖，刺进她的肉里。

疼痛、恐惧、震惊……所有人类在超出认知后都会有的情绪，都自然而然地产生。

在这场滑稽不堪的赌局里，她输给了自己完全打不赢的人，也赔掉了想要努力走向的未来。

咚咚……咚咚……言唯熙敲着磨砂花菱玻璃的声音，干扰着她的失魂落魄。

"我说，平胸女！"他小声地喊道，见没有回答，又加大了敲门的力道，并改口，"米蓝。"

"什么事?"她闷闷地出声问道。

门外，他似乎松了口气，清了清嗓子说："你把水龙头关小点儿，不知道现在全球水资源匮乏吗?"

叹了口气，她起身关上水龙头，没有了水声的影响，即便是隔着一扇门，言唯熙的声音还是能清清楚楚地传入她的耳中。

"米蓝，你遇上搞不定的人了吧?"他转了个身，后背贴着门，若有所思地问着。

"是，比你还难搞定的人。"她淡淡地说话，手指下意识地摸着肩上的创可贴。

井云颂——在他那张比热带阳光还灿烂明朗的外表下，却有着极端的阴晴不定，难以琢磨的个性，就像是隐藏在黑色云朵后面的月亮，阴郁、寂静、清冷。

他用了一种最为极端的方式，粗暴地将她驱离，让她的信念与自尊在瞬间支离破碎。

"言唯熙，你学习魔术多久了?"

"十一年，呃，准确地说是十一年零四个月又二十三天。"

果然，井云颂没有骗她。

"那你擅长哪些魔术？为了它而练习过最长的时间是多久?"

“擅长吗？近景和逃脱术，没有所谓最长的时间，我每天都会抽空练习，魔术表演现场会出现很多的不可预知，稳定的表演来源于良好的基本功。”他顿了顿，语重心长地说，“还记得我对你说过，魔术没有捷径的话吗？我是认真的。”

魔术师的成长之路，本身就充满了艰辛和坎坷，每一分的成功要靠十分的努力得来，连没有崎岖的平坦大道都极为少有，更别提捷径了。

她天真地认为那句“没有捷径”，只不过是赌气话，所以压根儿就没往心里去。

现在，只不过是换成井云颂，告诉她同样的道理。

那扇门，缓缓地开了，细长的缝隙里，米蓝被泪水泡红的双眼，带着一线期待，一丝怯然。她舔着干涩的嘴唇，鼓起莫大的勇气问：“你说过我会成为魔术师的这句话，是纯粹的谎言，还是有可能成为现实的事呢?”

言唯熙侧过头，怔怔地盯着她的脸，从苍白的嘴唇，上升到失去光芒的眼眸，黑瞳不由幽深了几分。

突然，他冷哼了一声：“你是完全被打败了吗?”

“我没有，我只是……”她本能地脱口而出的话，又被他粗鲁地打断了。

“我讨厌讲大道理，但鉴于你的脑容量逐渐趋于你的平胸，所以我才不厌其烦地告诉你！”他伸出食指，在她的面前画了个弧，勾住她的下巴，轻捏着将她拉近自己，“你的人生，关别人鸟事啊！”

一如既往的任性妄为，这是言唯熙的风格，却是告诉了米蓝最为简单的道理——想成为魔术师也好，想放弃通向魔术之路也罢，人生除了自己以外，任谁也无法左右。

(2)

距离魔术表演还有三小时。

各位助理们都忙碌地准备表演服装，道具师们仔细地检查所要表演的道具。

今天的表演是Zero在秋田市的最后一场表演，随后他们将前往吉晃市开启全国魔术巡演的第十站。所以这场演出，对所有人来说，都是极其重要的，绝对不能出任何岔子。

米蓝穿着一件红色的无袖T恤和牛仔短裤，菠菜绿的发圈将蓬松的头发揪成乱蓬蓬的一团。此时，她正按照道具师的要求，踩着登高梯，检查藏于黑色布帘下的钢索。

待她检查完，扶着梯子往下爬着，眼角的余光突然看见井云颂与柯馨婷并肩走来，他们似乎是注意到了她偷窥的目光，不约而同地将眼神投向她。

柯馨婷自然是充满敌意的杀人眼神，而井云颂的眼神依然和煦得让人如沐春风，望向她时，甚至还带着一丝笑意，仿佛昨天在他房间里，逼她离开的一幕根本没有发生过一样。

米蓝在心里给自己打气，但脚底还是没有骨气地一麻，踩空了一阶，幸好杰米眼疾手快，及时地从后面架住了她的胳膊。

“小心一点儿，演出之前别倒下！”杰米严肃地提醒着。

因为在演出之前倒下的话，无疑是将巨大的工作量压在其他工作人员肩上，既会引起他人抱怨，又会拖延工作的进度。

米蓝感激地看了杰米一眼，点头道：“我知道了，我会多加小心的。”

“没有必要吧！”尖细的女声响起，引得周遭正忙碌的工作人员，纷纷停下手边的工作，齐刷刷地望过来。

柯馨婷带着深紫色的BOBO头假发，一身白色的束腰迷你抹胸裙，将她妖娆的好身材展露无遗，她蹬着七寸高的紫色漆皮高跟鞋走向米蓝，冷笑道：“听说你跟颂的赌约输了，怎么还有脸继续留下来。”

“婷，三小时后就要演出了，现在不要闹。”杰米上前一步，挡在两个女人之间。

“杰米，她在的话，我根本就没有办法工作。”

“柯馨婷，你继续闹的话，有麻烦的不是米蓝，而是你老师的表演！”杰米有些生气，他抿着嘴，环视了一眼停下手边工作、傻站着看热闹的人，

有些撒气地大吼，“你们都不想干了是不是？想进 Zero 的人排成队在外面等，不想干了就给我滚！”

众人见经纪人发飙了，顿时作鸟兽散。

柯馨婷还想说些什么，却被井云颂按着肩膀，强忍了下去，恨恨地别开脸，丢了句：“不想难堪的话，演出结束后自动消失。”

米蓝皱着眉头，错开柯馨婷的眼神，看向井云颂，他浅浅地勾着唇角，冲她眨了一下右眼，那看似亲昵的神情，若是不知情的人看了，还以为他们俩的关系有多要好。

事实上，米蓝心中清楚得很，他只是在用温和的态度，说着跟柯馨婷相同的话——滚出 Zero。

“井云颂。”她犹豫着，最终还是叫住了他。

赶走恐惧最好的方法，就是面对恐惧。

“难道你是想要求饶吗？”柯馨婷回过头，将鄙夷的眼神投向她。

米蓝用眼角扫了她一眼，淡淡地说：“我是欠你一句对不起，但现在没你什么事，难道你改姓井了？”

“你！”柯馨婷没想到米蓝居然还敢让自己难堪，不禁气结，她重重地跺了下足下七寸的高跟鞋，正要冲上前发脾气，却被井云颂一把按住肩膀。

他咧开嘴，露出一丝明朗的笑容，先是低头对柯馨婷说：“如果吵不赢，也打不过，就安静点儿控制好自己的脾气。”然后不理会她不满的瞪视，将视线投向米蓝，先是用探索的眼神上下打量了一番，才缓缓地说道，“说吧，什么事？”

米蓝深深地吸了口气，鼓足勇气开口道：“昨天你赢得很漂亮，也很不光彩。”

“哦？”既赢得漂亮却又不光彩吗？井云颂对她的说话非但没有恼怒，反而感到有趣，他摸了摸鼻头，等待着她下面的话。

“如果我没猜错，你昨天的魔术是只会在大型的魔术舞台上才会表演的舞台型幻术中的——隐身术。这种魔术是魔术师利用特殊设计的魔术道具，舞台背景特效，以及灯光特效，而让自己的身体在观众的双眼里，出现隐形的效果。

“之所以将其归类于舞台魔术，就是因为隐身术有着很大的局限性，因为人的身体再怎么也无法超越科学的认知。而真正意义上消失不见，必须依赖于特殊道具和舞台特效。而你可以在我的眼前，甚至那么狭窄的盥洗间里，表演出神奇的隐身术，这当然是赢得很漂亮了，可是……”

说话间，她的余光突然瞄到一抹熟悉的身影，正悄然地推开公演厅的门，沿着观众席的通道缓缓向舞台走来，语气不由得顿了顿。

“可是什么？”井云颂口气平淡地问。

米蓝猛地回神，吞了一口口水，继续说道：“可是你作为欧塞和元野谅的学生，学习魔术十几年，擅长幻术和近景魔术，而且又曾经多次登上了‘纽易斯Q蓝’的舞台，这就好比你开着马力超强的跑车，却要求在蹬脚踏车的我，跟你比赛谁跑得快一样，完全没有公平性可言。”

任何不平等的约定，都应当是无效的。

“你的表情看起来很信心满满。”井云颂有些无奈地笑了笑，向她走近了几步，只是被她看见的眼神中，流露了一丝危险，“我看起来像是可以商量的人，所以你以为几句话就可以说服我？”

他的语调极低，仿佛压着厚厚的积雨云。

“哪怕不能说服你，我也……”米蓝咬了咬牙，狠狠地说了一句，“我也会厚着脸皮留下来！”

“你说什么？”他的眼神中闪过一丝诧异。

“我说，我要厚着脸皮留下来！给我一个月实习期的是元野谅，不是在场的任何人。若是说，非要有一个人可以决定我的去留，那也只会是他！而且，是在一个月之后。”

井云颂沉默不语地看着她，而柯馨婷则在怔忡了片刻后，暴怒地想要冲向她，却被杰米跟其他工作人员强拖带扯，拉进了后台。

舞台之间，只剩下她与井云颂的沉默对峙，而在这团低气压的怪异僵局里的，还有另一个人。

“我有一个提议哦！”

言唯熙双手插在兜里，张扬着他那一头浅亚麻金色的头发，嘴角咧出淡薄的弧，掩藏不住的张狂笑意从那道漂亮的弧里溢出。

(3)

说完，言唯熙单臂撑着舞台的边缘，动作灵敏地跳上舞台，他将双手插在低腰牛仔裤的侧袋里，从米蓝和井云颂之间的空隙穿过时，有些挑衅地撞了井云颂一下。

言唯熙和井云颂的身高体形差不多，前者是染了一头另类发色的张扬美男，后者是笑容温煦如阳光的热带帅哥，两人即便是在舞台上，气氛紧张地对峙，却也是一道极为赏心悦目的风景线。

“我的提议就是……”言唯熙话未说完，便被人打断了。

“有人说过要听你的提议吗？工作证出示一下。”由于魔术的特殊性，所以除 Zero 内部员工外，是不允许外来人员随意出现在表演准备现场的。

井云颂无视言唯熙转向米蓝：“你知道助手的工作内容里，也包括驱逐非工作人员吗?”

驱逐非工作人员?

米蓝脑海里似乎有那么点儿印象，在第一天上班时，杰米发给她的工作手册里，好像的确有这一条。

她有些为难地看了一眼言唯熙，后者正恶狠狠地瞪着她，眼神闪动的危险信息似乎在说——不怕死就来赶我走!

“言唯熙。”她喃喃地念了句，偷偷挠了挠他的手背，示意他先行离开。

他将那只猫爪子反手一握，背到身后，摆出一副一脸施舍的神情道：“你叫井云颂吧，住 661 的？我是代表凯沃酒店来找你的。”

闻言，两人不禁同时望向言唯熙。

这家伙，搞什么鬼？米蓝一边狐疑地瞪着他，一边努力想要挣脱被他牢牢握住的手。

“凯沃酒店?”井云颂也有丝纳闷，他一早就认出言唯熙是上次表演时，上台挑衅元野谅的人，怎么他现在又成了凯沃酒店的代表?

“对，要谈的是针对661房间，未经我方许可，擅自改建的赔偿问题。”言唯熙刻意地顿了顿，背在身后的大手，用力扯了一把米蓝，似乎在提醒她认真听自己下面要说的话——

“盥洗室外隐形墙镜的增添，盥洗室内加装了镭射灯与特殊光效的投影仪。另外，从电线分布的密度来看，应该加装了卷帘式的数码显像屏幕，啊！对了，你还有一截透明钢丝线悬挂在顶侧。井先生，你是把我们酒店的房间，当成你魔术表演的舞台了吗？”

随着言唯熙的话，井云颂的那双一贯冷静的双眼中，居然也流过一丝不可置信之色。

不错，他那个“密室隐身术”，先是利用隐形的墙镜，在盥洗室内外形成双层的隔间，再将只能在舞台上使用的特效灯光道具，改良成可以在近景中表演的精巧镭射灯和投影仪，用其制造投影，再利用数码显像屏制造立体分身效果。

于是，所谓的隐身，只不过是显像屏上的影像被短暂屏蔽了而已。

而那把刺伤了米蓝的小刀，其实是为了阻止她探密，而碰触到显像屏的心理暗示效果，使用透明钢丝悬挂，利用魔术的手法，在色彩光线与背景的转换下，巧妙地让它产生随着“隐形人”的前进而前进的效果。

只不过，井云颂没有想到，倔犟的米蓝竟然真的被刺伤了。

而让他更想不到的，是言唯熙……

他分明早已经将所有的道具撤下，并让工作人员将改建过的位置复原，若是工作人员马虎，也只会留下些许痕迹而已。那么，面前的这个男人，就是单凭那些细微的蛛丝马迹，轻而易举地点破了他的隐身术吗？

虽然言唯熙说得很含糊，但米蓝顺着他的话，回忆起当时的细节——

盥洗室内的光线相对于整个房间的明亮，则显得昏暗许多！

井云颂的盥洗室分明比言唯熙房间的要狭窄，但他们明明又住同一楼层。

那把刺中自己的小刀，在井云颂再度现身时，却没有出现在他的手中。

……

这些看似细微的细节，却与魔术的破解是息息相关的。

对此，她的确也有所怀疑，但是总觉得自己的根基不牢，而不敢轻易地下结论。

“怎么样？井先生，你现在有兴趣听听我的提议吗？”言唯熙勾着嘴，眼神时不时地泛着挑衅又浅嘲的笑意。

井云颂寒着一张脸，沉默不语，眼神异常冰冷。

言唯熙继续无视，轻描淡写地说着：“元野谅的压轴魔术是逃生水箱，如果我没记错的话，上次表演里因为意外，被某人砸了。

“之所以会将原订在第二天的表演，往后延迟了近一周的时间，是因为凡事追求完美的元野谅大师，在等那只从德国空运回来的特制密封水箱。

“压轴表演是绝对不可以出错的，所以在表演前，会由元野谅本人或是他钟爱的学生，亲身进入水箱检查机关是否正常。”

他顿了顿，背在身后的手一牵扯，将正认真听他发言的米蓝一把推到了舞台左边那个高大的物体旁。

她因突如其来的力道而失去平衡，本能地扯住物体上的褐黄色封包纸，摔倒时向下一扯，随着一阵撕纸的声音，在物体最上层的封包纸被连带撕下一个竖形的长条，清晰可见其内有一只四米高的金色圆筒形水箱。

与此同时，言唯熙爆炸性的话也同时响起：“就以此作为一决胜负的方法如何？”

水……水箱吗？

一决胜负的意思是什么？

米蓝一骨碌儿地从地上蹿起来，诧异地看着言唯熙：“你该不是让我表演水箱逃生术吧？”

这个难度会不会太大了？

“我想，他的意思是——水中绳索解除术。”井云颂看着言唯熙从口袋里取出的两捆白色绳子，淡淡地接口，“你觉得我会答应？”

“你怕啊？”言唯熙把绳子展开，嘲笑道，“听说欧塞大师也是用这招来当入学考试，你是怕她解不开绳子淹死了，还是怕她跟你一样解开绳索啊?”

“我只是很讨厌浪费时间。”井云颂双手一摊，哗然一笑，“不过紧张的表演之前，看看即兴节目，舒缓下神经，也不赖。”

言唯熙不置可否地挑了挑眉，朝眼珠子几乎要瞪下来的米蓝勾勾食指：“过来。”

她愣了一下，才猛然回过神：“你们两个，不要擅自决定别人的事！”说完，又转身上前凑近言唯熙的耳际，低声吼了句，“你想我死啊！”

“你不会死，还记得跳蹦极塔那天，我的绳索不是自行断落的，而是你帮我解开的。”他的神情极其认真，全然没有平日里那股玩闹与喧嚣。

不可能！

当时，她的手指已经完全麻木了，只是凭着最后一丝本能，死死地扣在绳结的缝隙里，一直到坠落时，她的手指都没有知觉。

试问，全然没有知觉的手指，要如何解开绳索。

她无法相信，但是他的神情又令她不得不相信这是一个事实。

(4)

“绑那个吧，林顿蓝氏结。”井云颂突然说道。

言唯熙抓着绳索的手，不禁紧了一下，他抿着嘴，用鄙夷的眼神看了井云颂一眼：“你还真喜欢欺负外行。”

林顿蓝氏结，是极为牢固的水手结，它有一个特性，就是遇水则发涨，涨起来的绳头会充满绳圈间的缝隙，增加解结的难度。

“她怎么算外行？在她有想成为魔术师的想法时，就不能用看外行的眼光看她了。”井云颂挑着眉毛说。

他走到水箱旁边，将外表的那层封包纸彻底清除干净，熟练地将三根引水管和水箱电源接好。

这只金色的水箱，与先前那只有些不同，加粗的引水管，会加速充满水箱的速度，但水箱的内层使用了三层中空的设计，引水管会先充满前两层，最后才到有人的第三层，这个设计，从观众视觉上，会产生魔术师在

充满水的水箱内待很长时间的错觉。

也为解开绳索或逃生赢得了更多的时间。

井云颂看着接好的引水管，深凝的黑色眼瞳思忖了片刻，伸手将其中一根引水管拔掉，然后他走到米蓝的身边。此时，言唯熙已经帮她将双手绑好，他伸手扯紧了两边的绳头，将另一根尼龙绳用特殊的方式缠紧，用力一扯，弯下腰，紧紧地绑住她的脚踝。

米蓝微躬着身子，咬紧牙关，在心里一遍又一遍地给自己打气，但心里仍有种强烈的恐惧感。

她不过是因为一时的好运气，解开了言唯熙的蹦极索，但那并不是她的真本事，至少她到现在为止都没有回想起解结的方法。

然而，就在这种情况下，她居然任由他们绑住手脚，准备开始进行“水中绳索解除术”。

只是，内心深处仍有种期待，像未打磨的宝石，隐隐地泛着光芒。

也许，她真的可以解开这些绳索也不一定，言唯熙教过她解索的方法，她也在最危急的时刻解开过，她只需要冷静地回想，她一定行!

“别走神。”言唯熙捏着她的脸，附耳道，“蓝氏结跟伪死结的解法一样，但它遇水则发涨，你要注意，不过水箱里的水会先通过前两层，所以你还有约三分钟的时间可以用，第三层的水满后，如果你不溺水，还有四分钟可用。井云颂给你绑的脚绳是普通的布林结，解结的绳头在第三结绳圈。总之，以那天在蹦极塔时，不成功必死的求生心态，你一定能解开它们。”

“如果我解不开，你会砸破水箱吗?”她问。

“别傻了，一只进口的特制密封水箱要十几万，砸坏了你赔啊?”

“那你就看着我淹死?”

“你淹不死，因为……”言唯熙顿了顿，用极为坚定的眼神看着她，“你一定可以解开它们。”

井云颂退后一步，神情冷漠地吩咐工作人员用起重机，钩住米蓝双手的绳索，将她放进敞开盖的水箱。

在米蓝进入水箱的同一瞬间，箱盖也咚的一声闭合了。

水箱的第一层快速地涌入水流。

她深吸一口气，将中指努力向绑在自己双腕间的绳结里伸，不知是绳结绑得太紧还是她先天性手指过短，总之是手指接触到绳索约两到三秒，马上就有抽筋的感觉。

咬着牙，她有些无助地看着隔着几层玻璃外，言唯熙那张神情模糊的脸。

就在这时，有种突如其来的湿凉在瞬间没过她的双脚。她惊诧地低头，发现竟然是水流进了第三层，并且正在快速地向上涌！

这是怎么回事儿？

言唯熙明明说过，水流会先充满前两层，约三分钟后才会到第三层，可是她才刚刚进入水箱，最多只过了一分钟左右，水怎么就漫到脚踝了？

水箱外，言唯熙显然发现不对劲儿，他的双眼紧紧地盯着水箱外围，最后落到底盘处那空置的引水管上。

他马上意识到出了什么事！

井云颂在安装引水管时，没把第二层的引水管连接上，以至于水在第一层流完后，直接流入第三层，也就是米蓝所在的位置。

“你这浑蛋！”言唯熙愤怒地低吼着，冲上前一把揪住井云颂的衣领。

井云颂没有丝毫负罪感地笑着，轻松地说道：“水，到腰了哦。”

原来，他不只少接了一条引水管，还加大了水流的速度。

魔术道具的使用是否正确，不但是对一场魔术表演的影响，往往还关乎到魔术师的生命安全。

闻言，言唯熙顿时松开手，回头望向那只水箱，此时，水流已经漫过米蓝的腰际，并快速地涌上她的肩膀，她像青蛙一样蹬着双脚，尽量将自己的身体向上游，并高举着双手，不让蓝氏结沾到水。

可是，她这样撑不了多久，水箱只有四米，最多一分钟时间就会被充满，如果她在一分钟内解不开蓝氏结，那么成功的希望就会降到两成。

一旦她的全身进入水中，就意味着她在跟死神争分夺秒，因为这只水

箱跟先前的单层水箱设计不同，即使是他尽全力用铁锤在外面砸，至少也要四十多秒的时间，而破坏箱盖机关需要用的时间则更长。

言唯熙望着水箱里，那个快要被水淹没，却还是没能将绳结打开的身影，垂在身侧的手掌不禁紧握成拳，青色的筋脉像愤怒的图腾般显现着。

“比起她能不能完成水中绳索解除术，我更好奇的是，你什么时候会去救她？不要想太久哦，错过一秒，都可以要了一个人的命。”井云颂如恶魔般地笑着，他望向水箱中的人影，没有丝毫的怜悯，只有比冷淡更冷淡的漠视。

言唯熙复杂地看了他一眼，在接触到他胜负欲极强的好战眼神时，他豁然惊悟到一件事。

井云颂不是在跟米蓝赌！

虽然“水中绳索解除术”这个赌约，是言唯熙提议的，但井云颂却顺水推舟。无论是封闭的水箱，抑或是在水箱里的米蓝，都只是井云颂考验言唯熙能耐的工具。

现在米蓝处于随时溺水的危险之中，如果他营救得过早，就等于直接宣布她输！但如果他营救得过迟，可能会让她活活地溺死在水箱里。

介于生与死、胜与败之间的那一秒的拿捏，也是对逃脱术魔术师的考验。

他居然被算计了。

(5)

言唯熙从肺里冷哼一声，他没想到井云颂居然是在算计他，而应允米蓝的赌约只不过是个幌子而已。

但是为了自己的胜负欲，居然将他人的生命置于危险境地，这个男人实在是很差劲儿！

“水箱再过几秒就充满了哦？你觉得她能撑多久？”井云颂面无表情地说。

言唯熙沉默着，他向水箱望去。

约一寸的距离，水箱就会充满，但这现在已经完全没有意义。因为早在刚才，水就已经漫过米蓝手中的绳结，此时，她的身体开始无力地漂浮，缓缓向下垂。许多气泡从她的口中冒了出来，越来越多，越来越大。

不好！她可能要溺水……

就在这个想法成形的那一瞬间，米蓝的左腿突然抽搐了一下，然后她开始挣扎，表情痛苦，全身躬成虾子状，用细瘦的后背对着两人。

言唯熙心中一惊，冲到水箱前，大手贴着水箱的玻璃，重重地打击两下，水箱里，米蓝翻转过身子，一脸痛苦的神情，绝望地与他对视。他狠狠地一咬牙，没有丝毫的犹豫，冲到战战兢兢杵在一旁的工作人员面前，一把抢过他手中的铁锤，再跑回水箱旁，用力地抡起。

“你不再等等吗？也许她还可以撑几秒？”现在就砸吗？他也真沉不住气。

言唯熙背对着井云颂，说：“输赢对我来说，一点儿都不重要。”说话的同时，他将抡起的铁锤用力挥向水箱外层的玻璃表面。

几乎在铁锤快要碰触到玻璃层的那一瞬间，置身于水箱之中的米蓝突然平静下来，并且朝言唯熙做了个吐舌头的鬼脸。他顿时愕然，手中铁锤的方向本能地随之急迅转向，这突然的反转，让他双臂的肌肉感觉到一股明显的拉伤疼痛。

随着铁锤的抡空，他再度将视线投向米蓝时，她正将嘴对准手腕间的绳子，用一种被水模糊了，但依旧可以看出的狰狞，狠狠地咬动着绳结，约三十秒的时间，手腕的绳结居然真的有了松动。

她继续咬着绳结，用一种非常人，也非魔术师的方式解着绳结，言唯熙既哑然也震慑地看着，心里莫名地生出一股不知名的强烈情绪，滚烫地在他的胸腔内奔腾汹涌。

在蹦极塔上，哪怕到了最后一秒，都在拼死想要解开他的绳索，坠入湖中时，体力早该透支的她，却还坚持着想要将他带出水面。

极度挣扎的求生欲，死皮赖脸的坚韧心，这些原本就是米蓝的本性啊。

手腕间的绳子，在米蓝近乎变态的啃咬下，烂了一大半，她边咬边挣

扎，终于让那个可恶的蓝氏结断开了，随后，她蹲下腰，快速地解着绑住自己双脚的绳结。

在所有的绳结都解开之后，她像一条美人鱼般，冲游上水箱顶，沿边一阵摸索，在按下机关之后，突然一串急速的水流上涌，加上水箱外围的彩灯，在一瞬间，将水箱中的身影拉长到一种极度的模糊状态。

几秒之后，水箱恢复正常，平静得宛若巨大的水晶石一般，其内却空无一人。

米蓝，神奇地消失了。

言唯熙有片刻的失神，随即马上反应过来，他跑到距离水箱约三米左右，舞台某处不太显眼的角落，单膝跪地。修长的手指扣动着地板上的活动机关，只听啪的一声细微声响，地面上一块约一米左右的方形地板平行弹开。

他用双手撑着边缘，黑凝的眼眸紧紧地盯着正站在弹簧机关上，全身湿淋淋的米蓝，她从水箱的机关暗格里掉下舞台，此时正非常认真地在弹簧垫上蹦来蹦去，全然没有注意到，言唯熙投向她的眼神里，包含了太多复杂的情绪。

“我发现了一个问题，这个弹簧机关好像是坏的。”当她抬起头时，言唯熙眼中的情绪已经恢复如常。

“开关在你左脚边，猪头。”他骂了一句。

她恶狠狠地瞪了他一眼，然后依言踩下左腿边那个黄色的按钮，还来不及反应，就被一股力量弹了上去。

第一次用弹簧机关，平衡有些难以拿捏，米蓝直接在舞台上摔了个狗趴，抬起头，从自己面前的那双球鞋，望向言唯熙漂亮的脸，她吐着舌头像小狗般讨好地笑着，后者则用鄙夷的眼神回瞪她。

“这种摔法，会让你的胸越来越平的！”他恶劣地说着，伸手将她拉起，然后冲井云颂昂了昂下巴，“如何?”

自从米蓝咬开绳索，到她在水箱里消失，井云颂的脸上始终保持着冷凝的无表情状，仿佛一只白色的陶瓷面具，紧紧地罩住他的脸一般。

虽然米蓝是用“咬断”这种妖异的方法解开绳结，但就一个新人来说，在水箱充满时间缩短的情况下，还能安然地从水箱里“逃脱”，她的确赢了。

而言唯熙，他虽然稍早便决定砸开水箱，但最终停了下来。

一次赌约，他输给了两个程度完全不同的人。

这真是太……太扯了。

“像个男人点儿说话。”言唯熙嘲讽道，“我记得你们的赌约是，谁输谁滚。”

井云颂脸上的面具颤了颤，他沉默了片刻，突然笑意不明地说了句：“好啊，就依赌约。”

那股极为寒凉的笑容，让米蓝没来由地打了个冷战，她怔忡地望着井云颂，对他说的话有些地方还不甚明了，正想开口问时，突然有一道响亮的男声插了进来——

“我说，你们这群小鬼，是不是完全无视我的存在啊！表演不到两小时就要开始了耶。”不知何时回到舞台之上的经纪人杰米，暴怒地吼道。

“已经有些热情的观众，早早地等在TK展览馆的门口，等待着Zero在秋田市的最后一场公演，在这么紧张的准备阶段，你们居然在玩水箱，弄得舞台湿答答的！还有，道具怎么随意乱丢！”

“杰米，我们只是在……”米蓝原本想说“打赌”，但看到杰米脸上暴出的青筋，硬是将到口的话又咽了回去，改成，“我们在检查水箱机关。”

“Oh，My God！”杰米冲到米蓝身边，碎碎念地大吼，“去吉晃的机票没送来，工作人员的住宿酒店也没有订好，我忙得头都大了，你在这里瞎胡闹什么！检查水箱机关这种高难度的事，是道具组和设计组的工作，跟助手没有关系！”

说完，他便拉着从头湿到脚的米蓝，怒气冲冲地离开。

“今天，我不是输给你。”井云颂说。

言唯熙无聊地扯了扯嘴角，拽拽地跳下舞台，只丢了句：“你永远不会输给我，因为——想跟我比，你不配。”

Chapter 07
诞生，全新的幻镜

(1)

距离表演开场还有十几分钟时，发生了一件让所有人都想象不到的事。

井云颂，失踪了，不只是他，连带柯馨婷也消失了。

道具组的工作重心在准备工作，所以说，即使柯馨婷作为道具组负责人，在现场表演时失踪也不会有太严重的问题。但是井云颂不一样，他本身就参与现场魔术表演，并且在双人魔术幻镜里要扮演重要的角色。

听到这个消息后，元野谅面色凝重，他沉默不语地按动着手机按键，不知道是在给什么人发短信。

杰米气急败坏地给两人打电话，井云颂的手机始终在关机状态，而柯馨婷的手机也只是通了一下就关机了。

“这两个人想毁了演出吗？疯了吗？为什么？”打不通电话，杰米不禁气得直跺脚。

为什么？

是因为输了赌约而一时不忿吗？

如果说柯馨婷是这种人，米蓝还相信，但井云颂绝对不是这种沉不住气，又任性的个性，难道……

难道说，是井云颂依照两人的赌约——输了离开的吗？

他真的要离开 Zero 吗？

米蓝心中一惊，她咬着嘴唇，最终没有把心中的想法对元野谅和杰米说出来，而是转过身，从后台绕到公演大厅，拔腿跑了出去。

如果那两人一直到演出结束后都不回来，她至少要做一些事情。

此时，TK展览厅外面，已经排了长长的队伍，人们手拿着Zero的演出手册，兴致勃勃地讨论着自己喜欢的魔术，她望向黑压压的人群，再低头看了看手表，那颗在奔跑中狂跳不止的心，更加焦虑起来。

那家伙，他在哪里?

该不是已经离开了吧!

舔着有些发干的嘴唇，她的视线就这么在茫茫人海里搜寻着，突然，看到一抹淡淡的，在阳光下很耀眼的浅金色。

“言唯熙!”她大叫着冲上前，为了能刹住脚，双手用力地搂住他的手臂。

“你是在抓小偷吗?”他的手臂险些脱臼，不禁吃疼地低吼。

她也不啰唆，拉着他的手就往公演厅的后门方向走，待避开燥热的人浪之后，她才开口：“找你帮忙啦，跟我来!”

他挑着眉，用手中卷成筒状的演出手册，指着她问：“你又打什么鬼主意?”

一把抓住那份手册，用蘸着唾液的手指翻着彩色的页面，最后停在某一页，将其面对着他，很天真地说道：“就是这个——幻镜魔术，你来代替井云颂。”

柯馨婷虽然不在，但前期的准备工作几乎全部结束了，只是在魔术中场时需要转换道具，这些由道具组的人员来处理就可以了，而井云颂，就由言唯熙来暂代好了。

不管怎么说，也是因为她跟言唯熙共同篡谋，赢了跟井云颂的赌约，才让那家伙在公演之前玩失踪的，若是真的因此而毁掉了所有人都费尽心血的演出，那他们两人将成为千古罪人。

既然有错，就极力弥补好了。

画页上一面看似普通的镜子里，老态龙钟和年少轻狂这两种截然不同的半张脸，组合成一张诡异无比的面孔。

这就是由井云颂设计的双人魔术——幻镜。

“我为什么要代替那个卑鄙的家伙。”他拒绝，一想到井云颂为了想要

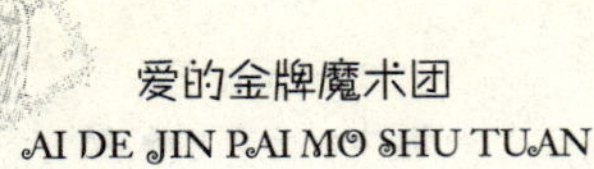

试探他的实力，不惜以她的生命相挟，擅自摘下第二层的引水管，他就很不爽。

“因为在你说‘谁输谁滚’之后，他就不见了。”她有点儿泯灭良心地把所有的责任都推给了他，“现在幻镜魔术的角色有缺，Zero里暂时找不出可以胜任的人，杰米说与其让表演开天窗，不如取消幻镜。”

“那就取消好了。”他无关痛痒地说。

“取消?”她用力地晃着手册，大声说，“幻镜和水箱逃生，是观众最期待看到的魔术表演票选前两位！如果就这么取消的话，肯定会引起观众的不满！”

“那就开天窗。”反正跟他一点儿关系都没有。

“你这个人真……”她咬着下唇，把想要骂人的冲动压下，换上笑眯眯的表情，“所以说，要拜托你啦，如果你代替井云颂的话，一定会表演出让观众赞叹不已的魔术！”

他侧过脸，极为漠然地一笑：“不要，我不想做的事情，谁都别……”

“你不想做的事情，谁都别想逼你做！”她有点儿抓狂，吹鼓着腮颊低嚷道，“你又要讲这句，我在逼你吗？我在拜托你耶，你既然愿意帮我赢了跟井云颂的赌约，为什么不愿意帮元野谅完成他的幻镜?”

“因为……”他无聊地向上翻了下眼，伸手把她瘦小的身体往旁边一搡，迈着大步离开，只丢下一句，“我讨厌他。”

因为讨厌井云颂而选择帮她，因为讨厌元野谅而拒绝表演幻镜。

他这个人真是连骨子里都没有讨人喜欢的个性!

“讨厌！讨厌！讨厌！”她几步追上，蹿到他的身前，双臂一拦，有些愤愤然地追问道，“你就没有喜欢的东西啦，反正全世界都让你讨厌掉了！”

言唯熙平静无波的神情，因她一句无心的话，而变得古怪起来，有点儿像被踩到尾巴的猫。

见状，她不禁有些呆了，双眼死盯着隐在他麦色肌肤下，那抹不太明显的可疑红晕，突然感觉到自己被一团软软的、糖丝丝的棉花团给糊住了

嘴巴，什么恼怒的话也说不出，只能傻傻地看着他。

对峙的气氛瞬间变得有些怪异，这时，突然有一道熟悉的声音。

“没用的，如果他肯帮忙，就不会一而再、再而三地拆台。”

元野谅一身军装风格的黑色西装，在左肩处有几道弧线状的水晶钉面，像黑夜中绽放的烟花。与上一场表演不同，他放弃了烟熏妆，改化了透明感极强的裸妆，高挺的鼻梁上架着一副在边缘处镶嵌黑晶石的无框眼镜，从衣饰到妆容都选择了低调神秘的黑色系，却在细节上绽放着让人无法忽视的华丽感。

“你看起来并没有因为表演要开天窗的事焦头烂额嘛！”言唯熙冷嘲热讽，他貌似无意地扫了一眼元野谅佩戴的链饰，眼神变得幽深了起来，紧紧地抿着冷漠的唇。

那是一条不规则七角形的红宝石男式链饰，没有打孔的完整宝石在银制托底的映衬下熠熠生辉，却也无比刺眼。

“明明就是你不要的东西。”元野谅眼神低垂，修长的手指抚摸着宝石的表面，幽幽地低语，“愤怒、猜忌、嫉妒、渴望……得不到的欲望让宝石变得如血般鲜红璀璨，这果然是用来搭配你的东西，可惜你总是不领她的情。”

“捡别人剩的东西，你还很乐衷！”言唯熙讥讽道，转身离开。

元野谅凝眸望去，沉吟片刻，对言唯熙的后背喊道：“如果你学不会正确地表达情感，总有一天，我也会像收下这条链饰般将她夺走的！”

闻言，言唯熙的后背一僵，他停下脚步，却没有回头，像是在强撑着某种快要爆发的情绪，半晌，他才冷哼着出声：“在你夺走她之前，会遇上比想象中更多的绊脚石，在我出手之前，他们也会让你一无所有的。”

“我只知道，唯一可以阻挡她的人，只有你。”

“我？我才不稀罕。”他冷哼着丢下这句话，便头也不回地离开了。

望着言唯熙仓促的背影，米蓝的心中有了一种莫名的纠结，尤其是在他们聊到“她”的时候，虽然言唯熙的神情，看起来是满不在乎，但她却将他眼底的脆弱与忧伤一览无余，那是种害怕失去，又因为强烈的自尊心而不肯低头的复杂情绪。

愤怒、猜忌、嫉妒、渴望……得不到的欲望让宝石变得如血般鲜红璀璨。

而透过红宝石一眼望去的，又是什么呢？

是无比渴求的灵魂？还是极力隐藏的忧伤？

还有，那个神秘的“她”是谁？

(2)

直到正式演出时，井云颂和柯馨婷也没有现身。

每个人都隐约地感觉到出了一些事，但惧于原本就很紧张的局势，只能提起十二万分的精神做事，不敢随意打听。

公演就在这种诸事不顺、风雨欲来的状况下，缓缓拉开了序幕。

开演十分钟后，热场魔术表演结束，原本应当进入与观众互动的趣味教学表演环节，但不知为何，舞台上的灯光忽而一暗，随着观众席传来的一片惊呼与哗然，在舞台的正中央出现了一道狭窄的光束。

光束里，背对着观众的女子，身穿米色的雪纺长衫，搭配亚光的银灰色紧身裤，外罩同样亚光深蓝色的宽肩短外套。

“怎么回事儿?”望着舞台上突然出现的人，米蓝有些慌张，她求助般地望向杰米，发现他的脸上竟然有一种松了口气的神情。

几乎在同一时间，观众席突然爆出惊呼声。

“韩玛零！韩玛零！”

闻声，米蓝禁不住诧异地看向舞台，那道光束内的女子已然转身，优雅的额头、深邃的眼眸、孤傲的颧骨和淡薄的嘴唇，一种比那张漂亮的脸更为动人的气质，从骨子里散发出来。

无论怎么看，她都不像是个 41 岁的女人。

她作为神秘嘉宾，参加元野谅的悬浮魔术，做出让人惊叹不已的魔术表演。一轮表演过后，她又担起元野谅舞台助手的工作，时不时几句幽默风趣的对话，小小的火花，又引得观众一阵尖叫。

大明星的助阵表演，令现场的气氛一度火暴到失控，幸好经验丰富的经纪人杰米，在得知韩玛零到来的消息后，及时联系了秋田的三家保安公司，才控制住现场的爆棚。

“明天的报纸又有八卦可以爆了。”杰米看着舞台上和元野谅配合默契的韩玛零，神情轻松了许多。

虽然整场表演的质量，因为少了井云颂而有所下降，但韩玛零的到来，却让观众的情绪极度高涨，从而忽略了一些细节上的差池。

“虽然报纸上都说是忘年恋，但看起来就像差四五岁，而且看起来很般配。”米蓝凑过头，八卦道，“他们在柏林真的有出入酒店吗?”

“一个要出去吃饭，一个要回房睡觉，完全不认识的两人在旋转门遇上了，就成了报纸上说的出入酒店。”

当时那个无良的狗仔，还以这种滑稽的照片，不约而同地向两人勒索，被双方拒绝后才恼羞成怒地登了报纸。而有趣的是，两个素不相识的人，居然就因为这种荒唐的机缘成为了朋友。

“这么说的话，原来他们不是恋人。”

“也不尽然，凡事都有可能改变。”杰米另有玄机地说着，“至少，我不会送普通朋友红宝石，或是冒着绯闻缠身的危险去助阵表演。”

“那条红宝石项链是韩玛零送的吗?”不知为何，她的脑海中不禁回想起言唯熙注视红宝石时，那种想极为隐藏却又盖不住的嫉妒眼神。

“嗯，他把它当成了幸运符一样，每次公演都戴。”而这一次，送出它的人，也的确为元野谅带来了好运气。

韩玛零优雅地笑着，极淡薄的眼神时不时在观众席间扫过，又在某处短暂地停顿。在她视线停顿的方向，一头浅亚麻色张扬短发的少年，漠然地起身，转身向门外走，挂在裤兜里的手机震了一下。

“透过红宝石，可以看到红色的天空，但那是你想要的吗?”信息是米蓝发来的。

情侣手机的短信上会有一个桃红色的爱心表情。

“白痴。”言唯熙讥诮地暗骂一句，但嘴角却不自觉地上扬。

合上手机，才走两步，它又震了。

“你不帮忙，是因为元野谅泡了你的偶像吗？你这超级任性的小孩兼骗子。”在十几个省略号之后，又附加了一句，“追星族的爱情不可靠，你这笨蛋。”

他看着短信，眉头忍不住抽跳了下，手指快速地按着键钮：“什么都不知道的人少自作聪明。”附上一个猪脸的表情。

片刻，几个黑色的炸弹扔过来：“哪怕你讨厌元野谅，也该为观众期待而表演幻镜，至少你喜欢魔术，而不是真的讨厌全世界。如果你相信人的前方总有光明，你就能给他人带来希望，完成别人的期待的同时也会令自己开心的，你为什么抗拒?”

“因为你所说的前方的光明，它并没有选择我。”他的手指按出这句话后，停在发送键上不动，片刻，他将短信一个字一个字地删除，合上手机，神情凝重地走出大厅。

米蓝倚着后台的柱子，望着言唯熙毫不停留的背影，长长地叹了口气。

还有两场魔术，就到了幻镜的表演时间，如果井云颂赶不回来，而言唯熙又抵死不肯帮忙，那么幻镜就势必要取消。

毕竟，比起开天窗和中途穿帮，还是取消表演来得稳妥。

她翻看着之前从言唯熙手里抢来的表演手册，那片造型妖异的全身镜里，两张被时光错开的脸孔，像两个各自遗失了一半的灵魂。

幻镜魔术，本身就是讲述了一个关于时光的故事，白雪皑皑，寒风凛冽，支着拐杖在雪地里行走的老者，在一面被遗弃在地上的镜子中，看出自己曾经的青春年华，那是已经消逝与凋零的岁月。

那些青春岁月却再次清楚无比地浮现在老者的面前，而更为吸引人的是，他发现了可以青春长驻的方法，那就是穿越镜子，每穿越一次，就可以年轻一些，当他终于从佝偻的老人，变成英俊的少年时，他忍不住嫉妒心的驱使，为了可以独占青春，为了不让他人像他一样变得年轻，他选择砸碎镜子。而在镜子破碎的那一瞬间，他却如泡沫般地消失了。

依旧是白雪皑皑，依旧是寒风凛冽，依旧是老态龙钟……所发生的一

切像幻像一般，那些被蹉跎的时光，仿佛从来没有回来过。

时光，是永远折不回头的东西。

“言唯熙，难道你也要像幻镜里的老人一样，蹉跎掉那些永远不会回头的时光吗?”米蓝喃喃自语，眼眸蒙上一层淡淡的忧郁之色。

(3)

观众席的某一角，穿着骆色衬衫，戴着鸭舌帽的男子，正安静地注视着舞台上的表演，而坐在他身边的女生，神情却不似他那般放松。

“颂，很快就要到幻镜表演了，没有搭档的话，老师没法一个人表演，我们是不是该……”柯馨婷犹豫地说道，却被他抬手打断。

井云颂露出一丝笑容，眼神里却没有笑意，“如果我的存在如此可有可无，那么Zero就不是我的终点。”大手揉了揉她的头发，带着一丝宠溺的口吻说，“不如，你跟我走。”

“去哪里?”她茫然地看着他，眼底里有一丝莫名的恐惧。

一个沾染魔术不到一个月的新人，却用她连调配比例都无法拿捏的K•H液，表演了她从未见过的魔术。

起初，柯馨婷以为自己那令人羞愧的第一次败北，只是因为米蓝的投机取巧和好运气，但是她昨天在后台，却亲眼看到米蓝抵死拼命，以非常人的毅力咬断绳子，从水箱的机关里逃了出来。

那一瞬间的震撼是无法用言语形容了。

每个人都渴望被认同、被赞赏，而惧怕当个失败者，所以她选择跟井云颂一起叛逃，但她现在却后悔了。

韩玛零助阵表演，所有的一切都井然有序地进行着，即便是她跟井云颂最终都不出现，只要取消幻镜魔术就可以了。

这仿佛在说明，没有他们也可以!

想到这里，柯馨婷的恐惧更强烈了，她清着干痒的嗓子，说道：“我要留在Zero，哪里也不去。”

“是吗?即使我不在那里?”他的语气里突然多了一丝别离的伤感。

她皱着眉站起身，有些急躁：“你跟我一起回去，跟老师认错，他不会让我们走的。”

说完，她走向观众席中央的通道，走了几步，发现井云颂并没有跟上来，不禁有些烦躁地回头，后者依旧纹丝不动地坐着，用一种很凄离的眼神看着她。

“喂！走啊，别错过了演出。”她不满地低嚷道。

井云颂抿着唇，细长的弧线向外溢着一丝寒凉，半天，他才缓缓地起身，踱步到正一脸不耐烦地等他的柯馨婷身边，突然摘下自己的帽子，反手扣在她的头上。

“对自己好一点儿，别因为怕胖就不吃糖，甜食有助于克制你的爆脾气……”他的声音越来越远，逐渐被其他嘈杂的声音所掩盖。

她向上推着宽大的帽檐，只来得及看到他伸手推开公演大厅的门，有些心慌地脱口喊着他的名字，却被震耳欲聋的掌声，压得连一丝声音都没有。

柯馨婷在大门跟舞台之间，来回看了几遍，最后一咬牙，拔腿向后台冲去。

韩玛零的独唱为元野谅争取到十分钟的中场过渡，他站在金色的全身镜面前，看着帮自己快速更换演出服的工作人员，眼中闪过一丝莫名的伤痛。

“杰米，拿把剪刀给我。”他突然开口说道。

“要剪刀做什么？”杰米跟米蓝使了个眼色，示意她给元野谅拿剪刀。

元野谅不语，正要接过剪刀，就听到一道尖细的女声响起——

“老师，不要，不要毁了它！”柯馨婷气喘吁吁地跑进后台。

闻言，米蓝本能地一缩手，让元野谅抓了个空，他拧眉，有些恼怒地瞪着她：“拿来！”

“你要毁掉道具吗？”她摇头，一把将剪刀背到身后。

开什么玩笑？

听说独立设计的魔术道具都超贵，而且夏果说过，镜子烂，霉运来。

“没有人表演的道具，不需要它！”元野谅有些微恼道。

米蓝咬着唇，正愁不知道如何回应，就见柯馨婷拨开旁人，从服装架上取下原本应该是井云颂的演出装，然后冲到元野谅的面前，用近似哀求的音调说：“老师，让我来，我可以。”

幻镜魔术具有舞台剧般的表演性，以类似寓言般意味深长的故事架构，利用舞台光效，近色系背景，以特别的魔术道具，为观众展现隐身术与人身穿越魔术。为了反复检测道具功能，柯馨婷曾无数次地陪着他们一起练习这个魔术，可以说，对于魔术里的每个环节，她都了如指掌。

“你跟颂的身高差太多了，又是女生，怎么能扮成另一个元野谅？”杰米第一个跳出来反对。

“我可以！”柯馨婷无比肯定地说了一句，她抱着衣服跑进更衣室，差不多一分钟后，她走了出来，身高陡然上升到跟元野谅几乎平行的高度，而胸前的丰盈也扁平了许多。

她扣着胸前两排设计烦琐的盘扣，衣领间的空隙，隐隐可见白色的裹胸布。

“我穿上根据高跷原理设计的道具鞋，在裤管的掩盖下，就可以达到想要的身高效果，这样一来，就不用因为身高问题，来限制幻镜的表演搭档了。”她一边卷着过长的衣袖，一边说。

元野谅眯起眼，泼了盆冷水：“你的手脚比例差太多，我们该如何向观众解释，穿越过镜子的人，手短了一截，是变年轻的副作用吗？”

“我可以拿长形物件，像拐棍，我依靠道具来延长臂长，你则用它缩短臂长，舞台离观众席有一定距离的，只要灯光昏暗一点儿，干冰弄重一点儿，观众根本看不出来的。”

闻言，元野谅用极为复杂的眼神盯住她，半晌，他摇了摇头，趁米蓝不备，一把夺过剪刀，锋利的刀尖，闪着白惨惨的冰冷光泽，抵住镜子顶端的边缘，他说：“你们太儿戏了，不知道魔术师在舞台上的穿帮，就等于扼杀职业生命吗？我宁可毁掉这面镜子，也不会让穿帮的戏码出现在我的表演里。”

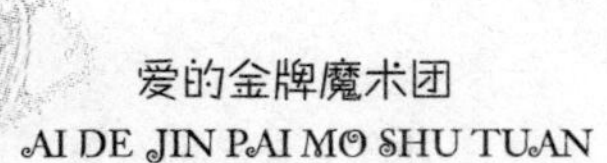

“老师！”柯馨婷的声音里带着一丝哭腔。

她扑向镜子，一把抓握住剪刀的刀锋，用力一扯，然后抓住自己的如海藻般蓬松漂亮的长发，沿着耳根用力一剪。

咔嚓几声，她那一头漂亮的大波浪就变成了短短的男生头，跟元野谅的发型乍一看还真有点儿相似。

“我可以穿二十厘米的高跷鞋，我也可以剪掉留了几年的头发，这些都无所谓，但是‘幻镜’这个魔术，我没有办法放弃，老师，拜托你了，哪怕是冒着穿帮的危险，跟我一起拼一次吧！”

柯馨婷说完，便向元野谅深深地鞠了个躬，垂在身侧，紧握着剪刀的右手，向下流着丝丝的鲜血。

在场的所有人都被柯馨婷的行为震惊了，众人沉默着，齐齐地望向元野谅，等待着他最后的决定。良久，他缓缓地开口：“婷，你还不明白吗?”顿了顿，他眼角转向别处，淡淡地说了句，“你不行……”

(4)

“你不行……”元野谅说。

柯馨婷怔然，一脸备受打击的挫败感，唇嚅了嚅：“意思是，没有颂，就不行?”

他叹了口气，不答。

柯馨婷强忍住快要掉下的泪水，背过身去，那一身宽大的男装让她的背影看起来有些萧条。

道具组的工作人员在杰米的眼神示意下，向舞台走去，准备撤下原先为幻镜准备的道具，在经过她时，纷纷投以怜悯的眼神。

站在一旁的米蓝实在有些看不下去了，她吮着嘴唇，思忖了片刻，终于下了决心。

“小魔女，我欠你的‘对不起’，今天就彻底还清了啊！”

这一句乍听起来让人摸不着头脑的话，刚一落音，就见米蓝一把背起比自己还高的全身镜，如打了鸡血般，以百米冲刺之势，超赶在道具组人

员之前，跳上那片不在灯光笼罩下的舞台区域。

所有人都傻了眼！

傻了眼的人们根本来不及拦下势如破竹的米蓝。

她自然是顺利地背着镜子上了台，刚把镜子放置好，几个道具组的人员就冲上来，三五个人猫着腰隐身在阴暗的区域，起初，她还以为那些人铁了心要撤镜子，所以像只母鸡似的双手一展，低嚷道：“那个臭美的小魔女，连头发都剪掉了，就让她试一试吧，别轻易对一个人说‘你不行’！”

可以失败，但不可以放弃！

道具人员面面相觑，互通眼色，有两个绕到米蓝的身边，架着她的手臂，将她往下拖，另几个人则半趴着身子，在镜子底部摸索。

“喂，你们好歹是道具组的人，看到自己的老大这么被欺负，没良心！”她被拖下后台时，小声且愤愤地骂了句。

站在左边的丽丽扯着她的手臂，淡笑着小声说了句：“小龙和阿武在调试道具。”

“对哦，我们怎么会看着老大被欺负。”右边的可乐冲眼圈红红的柯馨婷挤眉弄眼，然后又正色道，“而且，我们相信你一定行！”

因为在柯馨婷高傲的外表之下，为魔术而付出的辛苦汗水，无人能了解的寂寞与疼痛，想要成为优秀的女魔术师的梦想与憧憬……每一样，都如宝石般闪闪发亮，不容小视。

她绝对比任何人，都有登上这个舞台的资格。

此时的元野谅，已然是骑虎难下，他眼神中的不谅解，缓缓转变成一丝无奈之色，深深地叹了口气，右手在柯馨婷的身侧悬了一会儿，最终还是拍了拍她的手臂：“认真点儿，这是你的舞台魔术处女秀。”

说完，他便拿起表演用的拐杖，一脸优雅从容地走上舞台，在经过米蓝时，用拐杖状似无意地在她的小腿上力道微重地抽了一下：“回头跟你算账。”

米蓝呼痛一声，偷偷吐着舌头，待元野谅站上舞台后，她揉着有点儿隐痛的小腿骨，催促着神情微怔的柯馨婷：“加油哦，魔术处女秀耶。”

真令人羡慕，只是不晓得，从现在才开始努力学习魔术的她，要多久之后才能有自己的魔术处女秀呢?

也许只有这扑朔迷离的命运知道吧?

柯馨婷颇不自然地望了一眼米蓝，片刻，她快速地抬起手背，把突然流出眼泪的湿濡狠狠地擦去，嘴唇嚅了嚅，想说什么但终究没说出口，而是转身向机关走去。

干冰制造的雾气升起，昏蒙的光照之下，一面边缘如金色花藤般扭曲缠绕的全身镜，幽幽地立在舞台之上，哥特色彩浓郁的音乐，像妖姬的纤纤指尖，冷情却又魅惑地撩拨着观众的耳膜。

米蓝记得魔术手册上曾说过，幻镜是元野谅与井云颂联名设计的魔术，以“穿越实物道具加移形换影”为魔术表演主题，混合隐身术与镜子魔术等多元成分，这也是擅长舞台魔术的元野谅与擅长幻术的井云颂一起表演的双人魔术。

镜子面对观众，元野谅负责老者的角色，他绕到镜子后面，冲向看似实体的道具镜子，然后在众目睽睽之下，元野谅的身体以井云颂的姿态，如镜中产生的双生子一般，奇迹地现身。

然后他们转动镜子，以镜子的侧面对着观众，再以相同的方式表演，在穿越的过程中，一个人消失，一个人现身，这也是幻术中的移形换影。

镜子里根本无法藏一个人，它只是在镜框浮凸的地方，根据错觉原理的设计，可以让快速移动的物体，在观众眼睛里呈现的影像出现四到五秒的错觉逗留，因为四秒本身也是肉眼停顿的间隙。

这四秒的时间，足以让元野谅迅速掉下地面机关，也足以让井云颂从舞台下方的弹簧现身舞台。

但，绝对不能超过这个时间，因为一旦观众们的视线恢复正常，那所有的一切都会被看得清清楚楚。

同样是隐身术，却又跟井云颂在盥洗室内，完全借灯光和镜子之类的道具，独立表演的隐身术有所区别。首先，它是双人魔术，需要两名魔术师之间惊人的默契；其次，它在魔术部分的难度比独立隐身术要低，但却

具有舞台表演性，所以更有趣味，更有可看性。

米蓝看着舞台之上，元野谅跟柯馨婷已经成功地穿过镜子，观众席中传来的掌声，证实了他们成功的表演。

垂老的暮黑，青春的金黄。

两种色差强烈的布帘垂落而下，影响着观众的眼睛，柯馨婷转动着镜子，将其侧面转向观众，然后捡起地上的拐杖，保持跟元野谅相似的臂长，欢快地跳着加入街舞元素的爵士舞，这是第一次穿越镜子的老者，身体里的每一个细胞里，都充斥了阳光与朝气。

跳着跳着，她将拐杖向空上一抛，然后整个人冲向镜子。

按照魔术设定，她应该在拐杖掉下之时，隐身于先前元野谅消失的位置，而元野谅会现身，以一张老者的面容，颤巍巍地拾起拐杖。

啪——

有什么不在预期中的声音，在柯馨婷的耳边轻微地炸开，随后，她的左脚向下一沉，身体也本能地向左边倾斜，眼见那面镜子下方的机关，就在离她还有几步之遥的地方。

明明是还差一步就可以完美地结束整场表演，只可惜……

咚！随着一声突如其来的巨响，她的身体因失去平衡而摔倒，断裂脱落的高跷鞋的鞋跟，无比讽刺地滚落到一旁。

而对此毫不知情的元野谅，依照预定时间，站上弹簧板，现身于舞台。

在干冰笼罩，光线昏暗的舞台之上，一面散发着寒意的镜子旁，站着一位身形高大的魔术师，而匍匐在他身旁的，却是跟他穿着相同衣服的另一位魔术师。

元野谅震颤的眼神里闪过一丝绝望，他滞然地望着柯馨婷，她半趴在地上，双眼直勾勾地看着地板，僵硬的身体向外释放出一丝惨淡的破败。

现场更是一片哑然，观众根本来不及消化，毕竟，这可不是什么三流的魔术表演，而是在“纽易斯Q蓝”里，首位获得最佳新人奖的华人魔术师的巡演，怎么会出现这种……

穿帮?!

(5)

舞台之上，正上演的穿帮的戏码。

后台，杰米几乎要抓狂，他用双手揪着自己少得可怜的头发，向米蓝暴吼道：“你为什么一定要把镜子搬上台？你以为不管什么事，只要不放弃就会有好结局？你以为幻镜魔术是看过几次就能完成的速成魔术？明明是身高不足的女人，却非要去做男人的分身！不是你们的人生，就这么儿戏吗？看看你们都毁掉了什么？哦，我要疯了，这是元野谅的全国巡演！你们要让他一生都不能再登上魔术舞台吗？自以为是的傻瓜，现在谁能收拾这个残局……”

米蓝缩在墙角里，脸色越发苍白，她的双手随着杰米的话而紧紧攥住，指尖硌在肉里，让掌心生硬地疼痛着。

她承认，坚持让柯馨婷参与幻镜魔术，本身就是一种极度的冒险，也因此，她有失败的心理准备，但杰米的话，分明是在说，那个失败会直接影响到一个魔术师的表演生涯。

她看着摔倒在舞台上，那个僵硬并且没有生息的身影，心里有种哽咽住的难受。那家伙该是怎样绝望的心情啊？怕是恨不得自己从来没做过拦下元野谅毁镜子的事，压根儿就没有登上舞台吧？

越来越多的观众回过神，哗然声开始越来越大。

她紧紧地咬着唇，牙尖沾上一线浅浅的腥味，这时，一道浅金色的光亮浮现在她的面前，神情有些冷冽：“喂，你想求我帮忙吗？”

米蓝在心底大骂着“死言唯熙”，却在看清他的神情时，突然噤了音。此时的他，脸上分明就挂着一抹忧虑之色，却还在做垂死挣扎，只因为那强烈的自尊心，以及对元野谅的厌恶感，让他任性地拒绝了幻镜的表演，所以，即便是现在有心帮忙，却拉不下面子。

思此及，米蓝的眼神不禁软了，她幽幽地叹了口气，有些无奈地看着他，十分配合地说着他想听的台词：“求你了，言唯熙，帮忙吧，别让这么优秀的魔术，以这种凄惨的面貌收场，我知道，你一定能挽回局面的，

对不对?”

言唯熙感激地看了她一眼后，迅速地把上衣脱掉，露出纹理性感的结实肌肉，从衣架上拎出一件演出服换上，不知情的工作人员想阻拦，却被一脸赧色的米蓝挡住：“相信他吧，无论他做什么，都是为了拯救这场演出。”

不再理会众人那充满不信任的眼神，她问道：“我能做什么?”

“关灯。”言唯熙眼疾手快地搜寻着幻镜的备用道具，站上舞台下面的弹簧板，说道：“我要舞台灯全灭，停顿十五秒后开启，一束深蓝光罩镜子，两束浅蓝光罩元野谅和另一个人位置，你必须做到。”

“没问题!”她爽快答应的同时，也拔起短小但快得惊人的双腿，向灯光师所在的工作区冲去。

推开门的一瞬，她手表的指针刚好到四十九秒，她深吸了一口气，向正措手不及的灯光师大喊：“杰米哥说，舞台灯全灭!”

一听到杰米的名字，灯光师们纷纷关闭了自己负责区域的所有灯光。

“十五秒后开启三束光照……”她继续用“杰米”这道鸡毛令箭。

1秒、2秒、3秒……她屏住呼吸看向手表的指针，平日里缓慢的时间，在此时突然变得极缓。

“时间到了，伊欧，开B6、C6区蓝光；杰森，开F1区的浅蓝光，A普弱光全开。”经验丰富的艾伦开始操控现场灯效。

舞台之上，突然亮起的三束光圈，泛着深蓝与浅蓝的色泽，分别照在镜子、元野谅和柯馨婷所处的位置。

柯馨婷仍旧是匍匐在地上，没来得及起身，观众席再度响起一片哗然，许多抱着灭灯是为了救场的想法的观众，不禁对台上的状况倍感不解，就在这个时候，突然从镜子里伸出一双诡异的手。

由于之前，镜子是侧面面对观众放置的，所以当镜子的一边伸出手，而另一边却是空无一人时，便有种鬼片里贞子从电视里爬出来的感觉般，令人心里阵阵发怵。

只是，镜子里并没有人爬出来，反而是摸索着，抓着柯馨婷的双脚，

画图停顿了一到两秒后，那双“鬼手”忽然发力，柯馨婷匍匐在地上的身体如弹簧般，咻地一下便缩进镜子内。

观众讶然，连前排的观众都不能相信自己的眼睛，纷纷起身，向舞台方向探长脖子，想一探究竟。

别说观众，就连隔着操作玻璃，看向舞台的米蓝，也一脸的不解。为了舞台灯效的完美效果，灯光师的工作区是设在与观众同视角的地方，所以她也如观众一般，亲眼见到那双伸出镜子的手，神奇地将柯馨婷变不见了。

这世上没有鬼怪，不可能有所谓真的消失，一切皆是障眼法。

只是，言唯熙他是怎么做到的?

为什么要坚持开两条色差那么近的光罩灯? 魔术师的舞台灯不应该是绚烂的、色差对比大的灯吗? 这样才能让观众产生“异视感”，也就是所谓的错觉。从而掩护魔术师比常人快速的表演手法。

他这样做，只会降低对比度，而产生道具差异的模糊感的。

“模糊感……”她看向舞台，喃喃自语，突然像是想到什么似的，眼神忽而一亮，脱口而出，“难道说，他用了同色系幕帐……”

闻言，众人纷纷望向舞台，临场经验丰富的灯光师艾伦率先看出端倪，他摸着光头，充满赞赏地夸道：“是阿颂来救场了吗? 还能想到同色系幕帐，五十秒的时间就在镜子边框上安装好道具，速度变快了啊，好小子，有前途！”

同色系幕帐，米蓝在杰米那里听说过一次，他们曾在“纽易斯 Q 蓝”的舞台上看到过，那是像变色龙般，可以跟背景混在一起的幕帐，原理就好比在黄色的画纸上再涂一层黄色，只会有深浅度的不同，这时再利用可以模糊色彩对比度低色差灯效，就可以让两种同色系的颜色融为一体。

原来，言唯熙是利用那五十秒的时间，先在镜子一面的边框处安置了这种幕帐，又安排了低色差的光罩，所以观众所看到柯馨婷被拖入镜子的画面，事实上，是她被拉进镜子另一边的幕帐内。

此时，大部分的观众都已经相信，所谓的摔倒只是像上一场的水箱魔

术般，跟“溺水”一样的作秀。唯有极少数的人，还瞪大眼睛死盯着舞台，想看出些许疑点。

舞台之上，表演仍在进行。

元野谅所扮演的老者拄着拐杖，抖颤地走向镜子，伸出手反复地抚摸着镜子，那是他早已经远去的青春时光，可怜他手指却只能碰触到冰冷的镜子。

“只是浮华的幻景，它充斥了人们的内心，却无法带领人们走向光明。”言唯熙低沉的声音通过麦克风，响彻在整个表演大厅内。

“不！我不相信，你这制造幻影的恶魔，把青春镜子还给我！”元野谅模仿着老人的声音怒骂道，愤怒地冲向镜子。

他的速度并不快，但每一步都带着股冲破一切的力量！

离镜子越来越近，三步、两步、一步……轰！

巨响声突如其来地炸着观众的耳膜，乍听起来，仿佛是撞破镜子的声音。有些胆小的观众不禁伸手捂住脸，却还忍不住从指缝里窥视，而胆大的观众则瞪大双眼，看着冲过镜子的元野谅，居然……

能有什么比这还神奇？

冲向镜子的元野谅，却在身子隐入镜子的一刹那，在三米远之外的地方，神奇地现身了，这是魔术中的移形换影，是指魔术表演到达不可能到达的距离。

在他的表演下，那三米的距离就仿佛是一个时间的裂缝般，让人为之惊叹不已，而唯有米蓝无比清楚，所谓的移形，只是打扮相似的言唯熙，掐准时间，从同色系幕帐中走出来。

经验丰富的灯光师开始压低光线，当道具组在舞台顶部收起同色系幕帐后，加重干冰，制造出雪天的背景。

白雪与寒风下，老者与镜子，就如像魔术手册中那被时光欺骗了的灵魂般，让人看着触目惊心。

找回时光——那只是恶魔手中新鲜的诱饵，最终只是为了蚕食人们的灵魂，因为时光纵然宝贵，却也一去不复返。

如雷鸣般震耳欲聋的掌声，为这个明明穿帮，却仍以极完美的收势结束的新幻镜魔术，圆满地画上了句号。

随后的几场魔术表演，都异常的精彩，观众的热情比起上一场要高涨许多，而在这样的气氛之下，元野谅带领他的Zero团队，顺利地完成了全国巡演的第九站表演。

下一站，吉晃，加油。

Chapter 08
猝睡症，魔术师的悲哀

(1)

空无一人的观众席，宽阔空旷的舞台，地板的缝隙间还有水箱魔术残留下来的湿意。如此安静，竟让人不能相信就在不久前，这里人声鼎沸，掌声雷动，长达十五分钟的谢幕，才让处于高度兴奋状态下的观众陆续离席。

米蓝束手向背，一脸恬然地踱步向舞台的正中央，环视着空荡荡的座位，蹙眉微笑，学着元野谅的语气说道："三年后，我会再来，我保证。"随后，她弯下腰身，深深地鞠了一躬。

也许，三年的时间太短，但总有一天，她会站在掌声与期待中，说着"我会再来"这样的话。

她抬起头，赫然发现言唯熙跷着腿，坐在观众席里，脸上挂着吊儿郎当的笑意定定地望着她。

脸没来由地一红，她直起腰，清着嗓子，说："你怎么在这里？没跟车走吗？"

他不答，脸上的神情正经了些，开口问道："那么想成为魔术师吗？"

没料到他突然提这个问题，她愣了一下，望着他的眼睛，黑凝着一股难以言喻的光芒，令她不自觉地怦然心动，沉默着点点头。

"米蓝，你不……"

"请你不要说'你不行'。"她快速地打断他还未说出口的话，深深地呼了一口气，坦言，"我知道，也许五年之后，我也达不到柯馨婷的水平；也许要十年的时间，我才可以不依靠 K•H 液，单纯地变扑克魔术；也许十五年后，我只能是一个给小孩变魔术的三流魔术师；也许所有的努力，在他人的眼中，甚至多年后我自己看来，都是不值得的！

“但不为梦想搏一次的话，我不甘心！以后的事，以后再说，我决定的是现在这一秒的人生——我，米蓝，要成为魔术师！”

他紧紧地抿着唇，凝着眼眉端望着她，久久都不言语，她没有避让那抹带着一丝探究的复杂眼神，用明亮而坚定的眼神安静地回视。

“我想说的是，你不要后悔，这条路走起来会很辛苦。”

“你会帮我的，不是吗？就像这一次，你会帮元野谅一样。”虽然每一次他都拒绝，但最终他都会伸出援手。

“我只是，不想糟蹋了一个好魔术罢了。”

言唯熙讪讪地辩了句，对视着米蓝强忍着笑意的眼神，他愤愤地瞪了她一眼，转身向外面走去。

“喂，言唯熙，你有骑车吧，带我一程。”

“你去搭捷运，我的车不载女人。”

“捷运要钱的，你载我啦！反正你一向当我是空气……”

“啰唆死了。”他不耐烦地骂了句。

伸手捞过头盔，原本要戴到自己的头上，可是她却一直站在旁边碎碎念，他翻了翻眼，单手将头盔扣在她的头上：“上车啦！”

米蓝扶正头盔，笑着跨上后座，双手悬在他的腰侧，正犹豫着该不该搂时，他的车子往前一个急蹿，后座向上拱了下，她惊呼着搂紧了他的腰，上半身牢牢地贴住他的后背。

“抓紧点儿，摔下来很痛的。”他的声音带着一丝戏谑。

她闻言，腮颊不禁有些发热，上身向后倾了倾，想将双手移到他的肩上，却没想他的车像风儿般，在车水马龙中急驰，她稍一松手就有被甩出去的危险，于是便搂得更紧了。

言唯熙在一条三岔路口，突然掉转车头向北行驶，约十几分钟后，他的车驶进了上山的盘道。

她向上推开头盔的挡风镜，看清了眼前的景色，这不是回凯沃的路。

扑面灌鼻的风很急，刮得她几乎睁不开眼睛，但他身上那股极为干净好闻的气味，类似被雨水冲洗过的树叶，再带了些薄荷的寒凉，一丝一丝地溜蹿进她的鼻端，令她有些恍神。

又过了几分钟的工夫，车子在半山腰的路旁停了下来。

“下车。”他说。

“哦。”她嚅嚅地应道，跳下车，摘掉头盔，环视着四周有些荒寂的景致。路的一旁挨着山，另一边是秃草和散置的石块，天色渐渐暗了下来，天空像被一层灰蒙蒙的纸盖住了光亮。

言唯熙半跪在地上，仔细检查车胎，她有些好奇地凑上前，却没想到他突然回头，两人的脸颊不小心互蹭了一下，然后不约而同地跌坐向两边。

“天快黑了，不要扮鬼吓人。”他的脸可疑地红着，心虚地骂了一句，快速地爬起来。

经他一提醒，米蓝恍然地看了一眼手表，都已经是傍晚时分了，怪不得天色这么暗，正想着，路旁那只杆上生了锈迹的路灯，刺了两声，闪烁着亮了起来。

她不禁后退一步，双手护在胸前，吞咽着口水说道：“这么晚了，你把我载到这么偏僻的地方，莫非……我不是那么随便的女生。”

他眯起眼，恶狠狠地瞪着她，咬牙切齿：“如果不是你一屁股坐坏我的车，我也不会停在这半山腰，况且，我又没瞎！”

“我明明是要回凯沃，你把我载上山，车在半山腰坏，那是天意！而且……”她不服气地驳着，然后嚅嚅地啐一句，“你又不是没做过坏事。”

两人不约而同地想到保健室那次，虽然意外和负气的成分居多，但总归是 Kiss，赖不掉的。

言唯熙的脸一红，从工具袋里掏把扳手出来，对着她的鼻尖晃了晃，心虚地扯开话题：“你以为我的车是捷运啊，想停哪站停哪站，我本来就是要上山的，是你非要黏上我。”

他的话音刚落，那好不容易亮起的路灯，刺一声又熄了，这让原本就很灰沉沉的天色更暗了。两人面面相觑，她忽而轻笑出声，那笑容虽不如风铃般清脆悦耳，却也让人心情舒畅。于是，他也笑了，虽有些淡薄，但嘴角浮现的是不同以往的温暖。

他索性也不管那辆坏掉的机车，把扳手往袋子里一丢，往车座上一靠，并空出一截后座给她。

像这样融洽的气氛，两人之间还从来不曾有过。

“喂，米蓝，除了魔术之外，你还有过别的梦想吗？”沉静了片刻，他突然开口问。

她想了想，说：“算有过吧，钢琴。”

(2)

“钢琴？”他咧着嘴笑，不由分说地抓起她的手，放在掌心里细细打量。

纤细的手指轻轻贴着他那双带着些湿意，却冰冰凉凉的手，一丝微悸的电流瞬间划过她的指尖。心轻颤了一下，暖暖地夹着丝痛，她的眼中滑过一丝迷蒙之色，心灵深处有些不知从何说起的话，突然间如溪泉般潺潺而出——

“我还记得，小时候，父亲抓着我的手，用他温暖而巨大的手，教我弹钢琴，他甚至说，我以后会是钢琴家，但他死后，我就慢慢忘了弹钢琴的方法。

“你听说过沙器吗？那是用沙子做的器皿。可是，沙子做出的东西，哪怕是看起来固若金汤的城堡，也会在风与水的侵袭下轻易消散。

“于是我明白了，从别人口中说出来的梦想，固然美丽，却如沙器般难以实现。”

所谓梦想啊，也许就是因为无法实现，才别样美丽吧。

米蓝7岁之前的童年里，有玩具熊、游乐场、冰淇淋和钢琴，但这一切都从父亲患中风开始，一点一滴地消失了。

中风前期，父亲的脾气变得暴躁起来，慢慢地，他的双腿不再灵活，必须依靠轮椅活动，又病了一阵后，他的双手也开始不听使唤，最后只有左手的三根手指可以活动，但他还是一如既往地弹奏着钢琴。

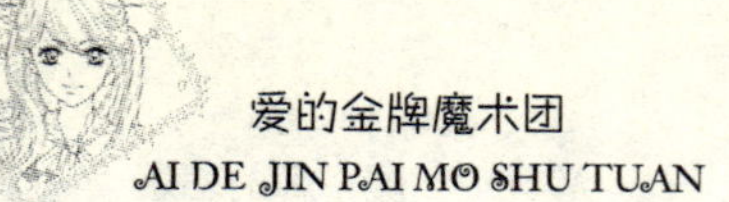

三根手指，在黑白相间的琴键上，敲奏出简单却悦耳的音符，像是夏夜里，跳纵在电线上的星星。只有在弹琴时，父亲的神情才是最幸福的，仿佛只有那单纯的音符，才能让他的灵魂得到满足般。

可母亲却在巨额医药费和家计压力的双重夹击之下，逐渐失去耐心，为了偿还债务，她最终选择变卖了父亲的钢琴。

米蓝到死都不会忘记那一天，天空晴朗得如同一块晶莹剔透的蓝玺石，没有多余的云朵，完全没有风雨欲来的压抑，一切都是那么祥和与平静。

然而，就是在这一天里，坐在轮椅上的父亲，为了追赶托运走钢琴的车，艰难地冲进车流奔腾的马路中央，迎面而来的货运车没来得及避让……

车祸的发生只有一瞬间，但却足以毁掉一些人的一生。

在那之后，母亲卖掉吉晃的房子，将大部分的债务还清后，带着她一起迁居到乡下，再后来，她考上明竣商大，便独自去了秋田求学。像许多人一样，经历了抽痛，也走过了伤痛，开始新的人生，只是偶尔回想起，心还是一阵阵扯痛，但再也不会哭了。

天色暗了，暖燥的风有些急，有些冷，刮着米蓝脸上的恍神，那细碎的发丝沾着脸颊，在她娓娓道来的往事里，显得犹为楚楚可怜。

言唯熙情不自禁地抬手，在她的脸颊不过一指的距离，悬了半晌，正欲收回时，她突然转过脸，柔软的唇瓣擦上他的指尖。

时间凝固在这一刻，幽然深邃的黑瞳，对着微微隐着伤痛的眸子，温柔与怜惜懒懒地散开，像妖异的藤蔓缠着彼此的心。手指上，呼吸间，是属于对方的温度与气息，不论是薄荷的寒凉，还是暖暖的微香，都令人怦然心动。

似是被蛊惑般，言唯熙贴着她唇瓣的手指移开，擦过她有些蓬散的头发，一把勾住了她的后脑勺儿，温热的呼吸，在她的唇瓣上顿了顿，然后偏移几许，在她的腮颊轻柔无比地落下一吻。

没有霸道，也不负气，像秋日里缓缓飘落的叶儿，春日里打照上眼眉的第一抹阳光，温柔、浅暖、醉人、缠绵地化了心中冷硬的冰。

眼泪，无声地滑落，夹带了太多也太复杂的情绪。

她曾经以为，不管是父亲早逝的伤心欲绝，或是对成为钢琴家的儿时梦想，都早已经在现实的生活中，被残酷地扼杀。

彩色的梦想在成人的世界里，只能成为随时被戳破的气球，每个人都被迫从幻灭中痛苦成长着，继而变得冰冷漠然。

她以为，终有一天，自己也会变得如此。

但是，言唯熙却带着那神秘莫测的魔术，未经允许地闯入她平静的人生，却如点燃了一盏灯，摇曳着小小的火苗，昏黄的光晕却足以融化心中积了多年的冰雪，强忍住的泪水也终于在此刻冲出了眼眶。

言唯熙伸手接着她滑落的眼泪，那一滴滴湿润溅落在他宽大的掌心中，令他的眉眼也松软了，双手慢慢上移，沿途轻拭着她脸上的泪痕，一寸一寸，小心翼翼。

也许是他的动作太过轻柔，却让她的眼泪流得越发厉害，她无措地抬手想捂住双眼，却被他一把拉入怀中，湿透的双眼埋在他宽厚的胸膛里。

“我会记得，你在我的面前一共掉过几次眼泪！你眼睛红肿的样子，你哭过之后越发明亮的眼睛，你每次哭凶了就捂眼睛的习惯，我都会牢牢记着，然后在你再也不轻易哭时，清楚地描述给你听。”

他的声音低沉呢喃，有种触碰到她心底的柔软。

耳边就是他的心跳，强健、有力、让人心安，如鼓般震着她的耳膜，一下又一下，侧耳倾听间，她的眼泪不知不觉干了，脸贴着被她哭湿的衣料，感受着他温热的体温。

呢喃般，有些话从她的嘴里溢出：“我喜欢你……喜欢你对待魔术的执著与专注，喜欢你总是拒绝却也总是挺身而出，喜欢你跳下蹦极塔时的奋不顾身，喜欢你恶毒又温柔地说给我听的那些鼓励。

“还有，我喜欢你送我的绿裙子，虽然我很讨厌菠菜的颜色，但是，我喜欢。”

也许，不久之后，她与他，也会如同人海里千万人般那样别离，甚至在更久以后，成为那种即便是错身而过也不相识的命运。

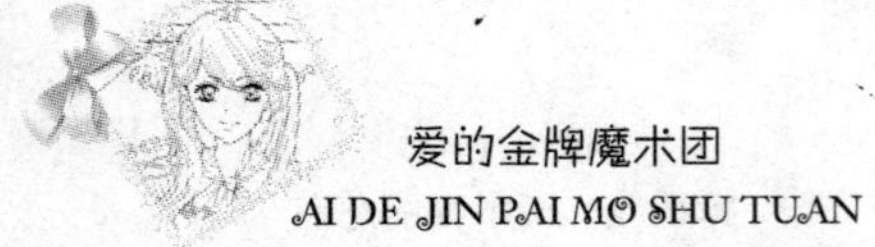

毕竟，分离与忘却，也是让人难以逃离的宿命。

但在那之前，她仍想让他清楚地明白自己的心意，那浅浅淡淡的喜欢，纵使不能填满一颗心，弥散的阳光却也足以温暖人心。

“傻瓜。”

言唯熙骂着，却把她搂得更紧了，生怕一松了手，便让她看清他脸上，那如少年般蠢蠢欲动的心悸：“既然你这么喜欢我，那我就勉为其难地先收下你的告白，作为回礼，我就陪你做一件看起来很浪漫的蠢事好了。”

(3)

所谓浪漫的蠢事，就是看日出。

可是机车却在半山腰坏了，没能爬上山顶，他分明是一早就有图谋，却非死撑面子，硬将其说成对她告白的回礼。

米蓝懒得拆穿他，就安静地陪在一旁，可是才九点多一点儿，天就淅淅沥沥地下起雨了，虽说是夏天，温度较高，没有冬天淋雨的那股冷劲儿，但半山腰飕飕的冷风夹在雨中，往本就穿着单薄的人身上打，也是不好受的。

雨越下越大，还伴着雷声，轰隆隆地响着。

他拿着扳手摆弄着机车，又发动了几下，但它彻底是罢工了。

无奈，他只好放弃，抓着头盔走向湿答答缩在雨里的米蓝，把头盔扣在她的脑袋上，讪讪地说了句：“看来要走着下山了。”

“你机车后备箱里应该放雨衣了吧?”一般摩托车里都会有这些东西，像应急用的工具袋，或是雨衣之类的物件。

“谁会带那种阿婆才会用的东西。”他双手往裤袋里一插，刚一说完，就见她狞笑着从他的后备箱里翻出一件红色的雨衣。

“阿婆?”她扬着雨衣，故意气他，“果然是阿婆喜欢的颜色。”

“那一定是阿拓那傻瓜，偷偷放在我家里的。”他一把夺过那可笑的雨衣，刚想随手扔掉，但看到她全身湿透的样子，愤愤地咬了咬牙，把雨衣摊展开，动作粗鲁地将其套在她的身上。

“走啦，这么大雷，小心被劈到。”他甩开长腿，快步在雨中急行，却适度地保持着两个人之间的距离，不会离得太远。

现在是九点多一点儿，天色已经随着积雨云完全沉了下来，路边的灯柱不灵光，时亮时不亮，所以山路湿滑又昏暗，非常难走。

她罩着宽大的雨衣，像个偷穿大人衣服的孩子般，紧紧地跟在他的身后，嘴里小声地碎念道：“就是劈，也先劈个子高的人啊。”

像是印证这句话似的，天边突然响起一声惊雷，炸得人耳膜发疼，她心虚不已地拍着自己的嘴巴：“呸呸，我胡说八道，别当真。”

“你自言自语什么呢?”言唯熙问道。

“没说什么，快走啦。”怕他追问，她便提着雨衣越过他往前走。

可能是走得急了，脚下不知踩到了什么，忽地一滑，她本能地想保持平稳，双手就自然平展开来，谁想到这手一松，她又不小心踩到自己的雨衣，摇晃了两下，她尖叫着向后摔去，啪的一声坐倒在水坑里，溅得水花四起，好不狼狈。

“言唯熙，你……”她望着他，心底有些微恼。虽然她没有幻想他会如英雄救美般将她托抱而起，但至少没想到他居然眼见她摔倒，却动也不动。

见他不做声，她不由得更恼，刚想开口骂道，一道刺眼的白光在天边急闪了下，而他那颀长的身影，就在这个当口儿，猝不及防地倒下了。

米蓝压根儿就没反应过来出了什么事，愣了会儿神，才心惊地扑过去，隔着头盔，轻声地喊了句：“唯熙，言唯熙！”

他双眼紧闭，脸色和嘴唇都苍白如纸，任由冰冷的雨水湿湿地打着，却没有一丝反应，见状，她不禁慌了神，用力摘下头盔，跪在他身旁，倾着上半身给他挡了些雨，伸手摇着他的身子。

“怎么回事儿？前两次也是，突然间就昏了……”她喃喃自语，焦急地掏出手机，刚按下120，就听到他的电话在口袋里响个不停。

她没多想就拿起来接了，左耳贴着正向120拨去的手机，右边对着他的手机喊：“我不知道你是谁，但如果你是言唯熙的朋友，能不能来秋田山道接他去医院，他突然昏倒了，我们是从G5道方向上山的……”

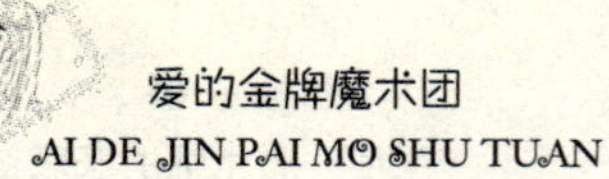

一道好听的女声突然出声打断：“在那里等我。”说完，对方便挂断了电话。

米蓝愣了愣，这时，120那边也接通了。

“请马上派急救人员到秋田山道来，是从G5道方向上山的，这里有病人，男性，症状是突然昏倒。”

“好的，我们马上派车，请稍等。”

放下两部手机，她深深地望着昏厥中的言唯熙，心里没来由地生出一丝恐惧来。她颤抖地用手覆上他的眼眉，像是安慰自己般，喃喃自语道：“不用担心，我打了电话，不管是谁，总会有人来救你的，你会没事的，会没事的。”

约过了十几分钟，一辆金色的保时捷急行地驶上秋田山道，车灯在昏黑的山道里显得尤为刺眼，车子驶过米蓝身旁，向前驰了一段，又退了回来。

两边车门打开，一道妖娆的身影赶越过高大的男子，先一步走到米蓝的面前，望了一眼昏倒在泥泞中的人，狭长的眼瞳一凝，向身后的男子喊道：“小杨，药箱拿来。”

米蓝惊呆了，因为在她面前的人，居然是韩玛零！

“老板，我来吧。”

杨昭把伞交给韩玛零，半跪在地上，用干净的毛巾先擦拭了下言唯熙的手臂内侧，取出棉棒蘸着酒精消毒臂内的一块皮肤，然后像个专业医师般，将一管透明的注射剂打进了他的手臂静脉中。最后，杨昭将使用过的针头用胶袋包好，放在药箱旁的废弃袋里。

“唯熙的体温和血压正常吗?”韩玛零有些忧心忡忡地问道。

杨昭轻笑着摇头：“我的双手不具备医疗功能，放心吧，我已经打了电话给唯熙的主治医生南咏丽，她正开往凯沃，一会儿会给唯熙做全身检查的。”

韩玛零眼神中的焦虑终于淡了些，她将双眼转向仍是一脸愕然的米蓝，浅笑着，点了点头：“谢谢你，第二次救了我的孩子。”

孩……孩子吗?

难不成上次给自己八万的暴发户就是韩玛零?

米蓝像金鱼般张了张嘴，半天没有说一句话。这时，突然有阵救护车的车笛声隐隐约约近了。

“这位小姐，你打了急救电话吗?”杨昭扶着镜框问。

“嗯，虽然她，呃，韩女士在电话里面说让我等着，但万一当我是开玩笑而没有来的话，该怎么办? 所以，我才会为了保险，打了急救电话……”米蓝讷讷地解释道。

“没有怪你的意思，不过你还真是浪费国家资源。”杨昭有些头痛地笑了笑，转向韩玛零，有些正色地说，“我们先走吧，老板，你最近的曝光率过高了，该低调些了。”

“知道了，我们去凯沃。”

(4)

杨昭的车头刚泊进凯沃时，南咏丽也正巧到了，他们俩叫上酒店的工作人员，一同将昏迷中的言唯熙送回房间，但韩玛零却拉住米蓝，埋身在车内，没有一同进去。

“为什么不跟他们一起进去。”米蓝急着想知道言唯熙的病情，焦急地脱口问道。

“肉眼所看不见的镜头，可是比野兽还凶猛。”

正说着，突然从酒店对面的树丛内，钻出一个鬼鬼祟祟的男子。他手里抓着专业相机，缩头缩脑地望着酒店里那团嘈杂的人影，又颇不甘心地看了看车子，又等了片刻，才悻悻然地转身离开。

“现在可以走了。”

韩玛零盘起头发，带上帽子和墨镜，又套了件中性外套后，才带着米蓝一同缓缓走进酒店。待她们到达房间时，南咏丽正在卧室内给言唯熙做全身检查，杨昭不在屋内，不知去了哪儿。

“坐吧。”韩玛零把伪装用的道具全数扔在地上，向室内走去，独留米

蓝一个人坐在空荡荡的客厅里。

还是很难想象，韩玛零居然是言唯熙的母亲？那韩宇拓也是……

如此说来，言唯熙之所以会那么讨厌元野谅，极大程度是因为元野谅跟他母亲的恋情绯闻吧？

毕竟没有哪个儿子，会愿意让母亲跟只比自己大三岁的男人谈恋爱！

对了，杰米说元野谅戴的那颗红宝石是韩玛零送的，想必这件事言唯熙一定知道，所以当时才会用那种嫉妒与愤然的眼神看向它。

不过，说起大明星韩玛零，她的私生活一向是被狗仔拼命追逐的新鲜骨头，曾有过一家娱乐报纸曝出，韩玛零早在成名前就结婚了，并是一个男孩的母亲，可后来又离婚了，导致离婚的原因据说是怀了丈夫哥哥的小孩。

这个消息一出，娱乐圈顿时炸开了锅。因为那时的韩玛零，才刚刚拿到双料影后的桂冠，又接下环球亚视的高薪合约，正是名利双收之际，却曝出这种会要人命的丑闻。眼见就要星途暗淡，可没想到，几天后，那家报社就登出了道歉启事，承认为了吸引读者眼球而做了不实报道，更在不久后关门大吉。

“换身干净的衣服吧。”韩玛零把折叠整齐的衣服和干净的毛巾放在茶几上，坐在一旁的沙发上，用令人难以辨察喜怒的语气说，“我原想帮你拿件衬衫的，却怎么都没想到，我儿子的衣柜里有女生衣服。不过他选衣服的眼光不错，淡绿色，我喜欢，适合夏天穿。”

米蓝拿起干毛巾，一边擦着湿淋淋的头发，一边偷偷地瞄着茶几上的衣服，那是上次在AVA买的，他明明说要退掉，为什么没退？

毛巾在头发上擦了很久，原本就很蓬乱的头发被擦得全散开了，韩玛零突然起身了，绕到米蓝的身后，拢过她的头发，用手指轻轻梳理着，缓缓地说：“我一直想要有个女儿，有一头黑亮又柔顺的头发，黑黑的大眼睛，就像洋娃娃一样。”

米蓝有些不自在地从她的手中拨回自己半干的发，低头说着：“我不像洋娃娃，也不是。”她顿了顿，开口问，“言唯熙，他应该没事吧。他突然昏倒，是不是有什么……”那个“病”字有些忌讳，卡在她的嗓子眼，没说出来。

“你在关心他吗？你喜欢他？”

韩玛零坐到了米蓝的对面，手指支着额头，眯着狭长而漂亮的眼睛，似笑非笑地看着她，说：“我就直说吧，我让人调查过你。听说你父亲生前是钢琴教师，因为病重欠下债务，他死之后你母亲为了还钱卖了吉晃的房子回了乡下。你考上秋田的明竣商大，除了第一学期的学费是家里出的，剩下的费用全是跑遍全市打工赚来的。换句话说，你很缺钱。一个有经济麻烦的女生，不管她以什么样的目的，待在一个男生身边，其动机都是有待考量的，你说对吗？”

闻言，米蓝不禁诧然，她居然遇上这种三流剧本中才会出现的剧情！这就是明星韩玛零的真实嘴脸吗？一副韩剧里的势利眼婆婆样。

“韩女士，很抱歉打断你，我想你的下一句台词，如果是让我收下钱，离开你儿子的话，观众会转台的。”她脱下手腕上的发圈，把还有些湿的头发绑好，起身，向韩玛零礼貌地点了点头，“我想，以言唯熙那种个性，应该还没有人可以干涉得了他的交友圈，而且，你们母子的关系看起来也没有那么好。另外，我好歹是你的粉丝，拜托你不要乱讲话，影响你在我心中的地位……那么，就先这样，您好好休息，我先走。”

“不看看唯熙，你就放心走吗？”韩玛零向已经走到门口的背影说道。

米蓝的脚步顿了顿，不禁有些好奇地转过身来。

这时，韩玛零突然笑了，并说：“我想你误会了，我只是觉得你的动机有待考量，而考量之后的看法是，我很欣赏你。关于你的一些事，我在杰米和小谅那里也听到一些。现在看来，你对唯熙而言，也是个很特别的存在，所以我以一个母亲的立场，请求你帮我做一件事。”

“我有什么能帮你呢？我只是一个再普通不过的人。”米蓝喃喃道。

韩玛零起身，一步一步，走到站在门边的少女面前，骄傲的脸上，竟也浮现出一丝母亲的恳求，她缓缓地说：“唯熙得的是遗传性猝睡症，每一代都有二分之一的患病率。不知道唯熙有没有跟你说过，我的前两任丈

夫是亲兄弟，小儿子叫韩宇拓。拓的父亲就患有这种病，所以我一直以为下个患病的会是拓，没想到却是唯熙。”

很多时候，我们所遭遇的一切，都是与梦想背道而驰的！或许，我们可以拨开层层迷雾而艰难前行，但唯独健康二字，却是怎样都跨不过去的鸿沟！

就像米蓝父亲的人生，最终也变成了一个令人唏嘘的省略号。

“想要成为一流的魔术师，需要很多精力，但是以唯熙目前的身体状况来说，并不适合将全部的精力投注在上面，我希望他可以暂时放弃魔术，接受我为他安排的治疗。你能听懂我的意思吗?”

“你说的暂时放弃，是指多长时间?”

“只要他完全康复的话，马上就可以投身魔术的世界。”只是这个康复的时间有可能是三年，也有可能是三十年。

猝睡症患者不能进行高空项目，也不能从事高危工作，万一病发，那么，无论是高空蹦极还是水箱脱生，都会轻而易举地要了他的命。

只是，要一个为了魔术练习了许多年的人轻言放弃，其实是一件很难办到的事。

见米蓝沉默不语，韩玛零有些焦急地说：“你帮我的话，我也会感恩地回报你。我会承担你剩下的学费，如果你以后想出国留学，或拜入像欧塞那类的名师门下，我都会想尽办法为你打点，我会给你比钱更好的东西。当然，如果你经济紧张，我也可以资助你……”

说完，她突然拿出一张签好名的空白支票，硬塞到米蓝的手中：“你可以随便填写金额，但请务必答应我的请求，有什么比身体更重要?医生说，如果错过了最佳的治疗期，就会加重病情，更难治愈了！”

“好啦，我答应你。”她幽幽地叹气，正要将那张空白支票还回去，却眼尖地看到言唯熙扶着卧室的门框。他的脸色看起来很苍白，黑色的眼眸有点儿不适应客厅里明亮的光线般，用力眨了眨眼睛后，视线游移着，定格在她的脸上，虚弱地笑了笑。

“唯熙。”她低喃着，情不自禁地向他走去，可就在差几步就走到他身边的地方，却发现他的眼神突然变了，幽深的眼瞳越发深凝，流转着一丝危险的因子，定定地看着她垂在身侧的手。

顺着他的视线，她看见自己手中紧握的支票，不禁愕然，正欲开口解释，便被他冰冷的语调打断："我累了，你们走吧。"

"南医生，你也是。"他侧身，给身后的南咏丽让出一条路，待她完全走出卧室后，他便看也不看客厅的人，径自将门关上。

那扇黑胡桃色的门沉默地紧闭着，让米蓝不禁惶惶不安起来，似乎被关上的并不只是一扇门，还有好不容易才打开的心扉。

Chapter 09
Hades，新的麻烦又来了

(1)

第二天早上，秋田仍在下雨，太阳缩在厚厚的云层里不出来，Zero 的部分员工已经连夜出发，提前赶往吉晃了。米蓝跟着杰米他们坐飞机前往，元野谅还有一些私人的事要处理，会在表演的前一天抵达。

经过六楼时，叮的一声，电梯门开了。

米蓝从杰米身侧的缝隙，看见走入电梯的男生身形颀长，穿着白色的纯棉背心，外罩卡其色的马夹，虽然戴着帽子，却丝毫压不住浅金色的张扬发色。

“嗨，唯熙。”杰米亲切地打招呼。

昨晚，杨昭来找元野谅时，他正好也在场，听了些关于言唯熙的事。

他很惊讶韩玛零有儿子的事，但更让他诧异的是，元野谅居然早就知道了这件事。

听说言唯熙有家族遗传的脑病，病发时，会不受控制地猝睡而倒。

要不是这个病，他还真想将他拉入 Zero 顶替井云颂，可是对方这种不受控制的昏倒，就像个定时炸弹，姑且不说大型的舞台魔术，就说逃生术好了，那本来就是拿命来赌的，太危险了。

言唯熙的视线低空扫视了杰米一眼，极为淡漠地说了句：“跟你不熟，别套近乎。”

说完，他拉着行李架往旁边一靠，双手交叉环抱在胸前，直勾勾地盯着电梯上方不停变动的数字。

大清早就碰了个钉子，杰米心里不爽，暗自啐骂了句：“幸好你有病，

不然我拉你进来，不是给自己找难看嘛。”

贴着电梯最里层的米蓝望着言唯熙的后背，故意咳了一声，想引起他的注意，见他没有反应，又重重地咳了一声。

“米蓝，你怎么了？昨天淋雨受凉了吗？”杰米伸手在行李箱的外侧一阵摸索，拿出一盒感冒药，“虽然我们赶去吉晃，是做开展巡演的前期准备工作，正式的演出在一星期后才举行，但是记得我说过什么吧，演出前别倒下！”

米蓝有点儿尴尬地收下杰米的药。这时，电梯也到达了一层，言唯熙拉着他的行李架，头也不曾回过一次地走了出去。

他一定是认为，她已经被韩玛零收买，随时准备劝他放弃魔术，而且，以他那种灰暗的思想，极有可能将他们之间所有的经历，都跟那张讨人厌的支票联想到一起，认为她是从头到尾都在骗他。

那种被欺骗的感觉，她是深有体会，但却不知要如何化解这个疙瘩？毕竟，他是亲眼看见她手握着那张支票的。

看来，他这次是真的生气了。

她到底该怎么办啊？这种令人忐忑不安的复杂心情，跟随着米蓝，从秋田一直飞往她的故乡——吉晃。

吉晃，U2 机场。

前来接机的粉丝团无比热情，他们高举着条幅，高亢的呼喊声此起彼伏，嘈杂得让人无法听清他们在叫着谁的名字。

“是来接我们的吗？”米蓝从没见过这种场面，她迈着小碎步跟在杰米的身后，负责拖行李箱。

助手艾小璐得意地笑着，扶了扶宽大的墨镜，说：“吉晃的粉丝真热情啊，我们在秋田还没有这么多粉丝接机呢。”

“那是因为在秋田的两场表演太精彩了，而且这次到吉晃，有事先宣传，所以粉丝接机很正常啊。”杰米扫了眼身后的两人，说道。

柯馨婷的声音突然响起：“条幅上写的是‘H-a-d-e-s’。”

在那天穿帮的幻镜表演之后，柯馨婷将头发修剪得更短，她剪掉刘海儿，露出光洁的额头，而她的性子也似乎跟着外表一起变得收敛低调许多，从秋田到吉晃这一路，她零零总总说了不到三句话。

众人闻言，将目光齐刷刷地看向此起彼伏的条幅，上面写的果然是“Hades”，而不是“Zero”。

“这是怎么回事儿？Hades 来吉晃做什么？没听说他们在这边有行程啊。”杰米拧着眉，感觉到事态有些不寻常。

见状，米蓝不禁好奇地问身旁的艾小璐：“Hades 是谁？”

“你不知道 Hades？”艾小璐神情夸张，有些陶醉地说道，“就是新近崛起的美男魔术团队啊！希腊语 Hades 的意思是掌握地底世界的冥王，冷酷、俊美、神秘……就是这个美男团队的写照啊。”

杰米白了艾小璐一眼，泼了盆冷水：“艾小璐，请问你的工资是 Hades 的那些帅哥发的吗？”

“是杰米哥你发的。”艾小璐闻钱色变，一扫先前陶醉的表情，换上一副义愤填膺状，挥着小小的拳头，“那些男生就是脸长得好看点儿，魔术表演根本是哗众取宠，以色相诱人，根本不能和在‘纽易斯 Q 蓝’上拿过新人奖的老板相提并论。”

“这还差不多。”

待杰米走得快了，艾小璐又露出八卦的神情，拉住米蓝到一旁咬耳朵：“我跟你讲哦，Hades 的队长好可爱，是个学院派的美少年，不过他不是魔术师，而是道具师。”她顿了顿，看了一眼柯馨婷的背影，“据说，是比柯组长还要厉害的道具师哦。”

道具师与学院派美少年……这个组合让米蓝本能地想起韩宇拓那家伙。

正在这时，只听见一阵刺耳的尖叫，整个机场出口仿佛失控了，举着条幅的粉丝个个满脸狰狞狂躁的神情，意欲冲向从出口走出来的三名少年，却被随行的保安纷纷拦下。

“Hades！”

“Hades！”

米蓝顺着这群势如破竹的粉丝，看向那三人，走在最前面的少年肌肉健硕，一身蓝色暗花 T 恤和牛仔裤，黑色的扎箍向后勒着他那一头金棕色卷发。中间的少年穿着淡青色的斜纹衬衫，松开一颗扣子的颈部松垮垮地打着条细领带，他留着跟井云颂一样的卡尺发型。

而走在所有人后面的少年，个头不高，罩着一件色调接近同行工作人员的外套，黑色的短发看起来很柔软，其实他应该不能算矮，只是站在两个一米八以上的人身边，从视觉上无形地缩短了高度。

只是这三人，都不约而同地在眼睛部位，戴上一副时尚感很强的面具，造型相似，只是颜色各不相同。

“他们个个都戴了面具，连谁是谁都分不清，你是从哪里看出他们是美男的?”米蓝对艾小璐的眼光十分怀疑。

“谁说分不清！戴银色面具的是队长道具师 T，戴黑色面具的是副队长魔术师 K，而戴铜色面具的是新来的设计师 J。面具只是挡住眼睛，还有其他部位可以看啊，而且声音性感，高大威猛……”艾小璐极力证明自己的审美观符合大众口味。

“高大威猛？貌似他们之中有不到一米六的?”

“那是意外……”

……

粉丝们见随行的保镖太过强势，便改变了路线，从米蓝所站的方向直冲向 Hades 少年们。结果，可怜的米蓝，就被奔跑的“犀牛”冲撞着，连退几步，在一片夹杂着嫉妒的哗然声中，跌跌撞撞地摔进那三人的队伍中。

更为滑稽的是，她用背撞倒了个头最矮的少年，并且一屁股坐在他的背上。

“我哥知道的话，会杀掉你哦！米蓝，起来！”熟悉的声音，即便是在白日里出现，也会让无意中听见的人毛骨悚然。

戴着黑色面具的少年迅速地蹲下身，用大手捂住被米蓝压倒的少年的嘴，低声说道：“韩宇拓，你开口会吓死人的，别再说话了。”说完，又转向米蓝，“不想再听这种半夜爬出井底的鬼叫，就快点儿把你的屁股从他背上挪开。”

她下意识地向后爬了几步，刚一站起身，就感觉到一道高大的身影，将笼罩在她身上的光线全部掩盖住了，她抬起头，看见不知何时站到自己面前的少年，他戴着铜色面具。

“又见面了，米蓝。”云淡风轻的调子里，却有一种扼住人喉咙的紧张感，这分明就是井云颂的声音。

天，现在是什么状况？

韩宇拓、井云颂，他们居然是人气火暴的美男魔术团队——Hades 成员？

她突然有种“要倒霉了”的糟糕预感，希望那只是她的错觉而已。

(2)

在机场遇到 Hades 的事，让杰米的情绪始终笼罩在阴云之中，上车后，他一直都在打电话，似乎在向各路人马打听关于 Hades 吉晃之行的目的。

一直到下榻的昆丽酒店，他才收了线，分配好房卡之后，他让众人先各自回房间整理行李，再到三楼的餐厅集合。

米蓝的行李很少，她跟道具组的两名女生住在三人套间。柯馨婷与她们住在同一层，不过却是走廊尽头的单人间，其他人都住在别层。

不过，听总台的人说，杰米还在这一层里订了一套单人间，不晓得是给谁住。

半小时后，众人赶到餐厅集合。

杰米早早就已经到了，他坐在吧台上，刚说完一个冷笑话，自己笑得前仰后合，而坐在一旁的灰衣短发女子，却依然不动声色地喝着果汁。

见人到齐，杰米起身，向众人宣布道：“我来介绍一下，Zero 的新成员岑今。我想没几个人知道这个名字，不过‘纽易斯 Q 蓝’里四次拿下过团队优秀奖的 Juppiter 中，专门负责技巧性魔术的 Zoe，大家应该很熟悉吧？”

他转过头，问：“Zoe，先帮我顶设计组长的空缺，OK 吗？”

岑今推着吧台，让椅子转向众人，一张冷俏的脸，熟女的长刘海，侧过眼眉，她先是向杰米点了点头，然后晃着手中的杯子，淡笑着说道：“叫我 Zoe 或岑今都可以，我不太会跟人相处，所以跟我工作的时候，你们只要闭紧嘴巴，按我说的做就可以了。”

此话一出，众人不知道要如何回应才好，只能面面相觑。这时，一个戴着茶色墨镜的男生走了出来，说道：“什么叫闭紧嘴巴，我们可不是工作的机器。难不成你离开 Juppiter 的原因，是因为不会跟人相处？这太可笑了。”

米蓝闻言侧目，说话的是魔术设计组的组长助理钱卫，井云颂离职之后，他暂时接手组长工作。

岑今沉默半晌，问：“他是谁？”

“他是前设计组长井云颂的助理。”杰米附耳。

“哦。”她放下果汁，起身走到钱卫面前，没有任何预兆，就伸手摘掉了他的眼镜，“在光线充沛的房间里戴墨镜，你是哪里不正常吗？”

“你！”钱卫的脸一红，伸手就欲抢回眼镜，却伸手抓了个空。

米蓝倒吸一口冷气，从牙缝向大脑神经传递着一股兴奋，她刚刚分明看见岑今是用左手拿着钱卫的眼镜，在眨眼间的工夫，就在右手中了。

这并不是靠什么离奇的方式变的魔术，但却更让米蓝为之称奇。因为她清楚地看见，岑今仅凭左手的食指一弹，就能让眼镜越过自己的头顶，呈一个倒“U”字状的弧线，落到垂在身侧的右手之中。

然而，与岑今面对面而立的钱卫，因为视角问题，没能及时地发现这一点，他后知后觉地从她的右手里抢回眼镜，后退一步，双臂向两侧一展，朗声道：“想在 Zero 里立足，没有真才实学，会很艰难的，大家说对不对？”

他的身后是一片寂静，完全没有人出声附和，因为他们刚刚都看到米蓝眼中的一幕，那个弹飞眼镜的技巧，已经是让众人心服的真才实学了。

钱卫见没有人回应自己，脸色不由得难看起来，他强撑着面子，看向站在一旁的柯馨婷，眼睛转了转：“哪怕是新进的助手，我们的柯组长都要严格的审核，这才是身为 Zero 成员应有的态度。”

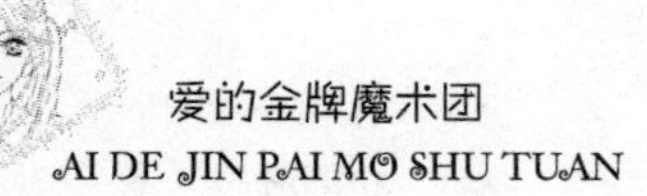

柯馨婷被点到名，翻了翻眼皮，没多说什么。她感受到从前方投来的目光，漠然地抬起头，与岑今对视了片刻，说："听说你擅长彩球魔术，我到现在都搞不清那是魔术，还是杂技?"

小小的对峙，激起了看似不起眼的火花。

米蓝站在一旁不禁感叹，想当初，小魔女是怎么恶整她的？此时柯馨婷的确变得收敛了许多。

岑今眼眸低垂着，不知在想些什么，只是嘴角流露着让人难以捉摸的笑意。

杰米适时地打着圆场："好了，以后工作中再慢慢相处吧，现在来讲正事。"随即他便摆上一副公事化的面谱，正经地交代起各部门的工作，每个人都专心地听着，各组助理更是取着随身手册，飞快地记录着。

米蓝原本是一脸认真，可是听来听去，都是道具组跟设计组的事居多，她的笔不禁小小地偷起懒来，蹑着脚缩到众人身后，将调成静音的手机翻开来看，除了几封手机报外，没有新短信。

她失望地叹了口气，用下巴合上手机盖。一抬头，刚巧看到坐在杰米身后的岑今，她跷着脚，手肘撑着台面，左手的指尖在装果汁的杯口，无聊地画着圈。突然，那纤长的手指颤动了一下。

就好像因天线接收不好，而突然晃动的电视画面一般。

米蓝原以为是眼花，但岑今快速用右手盖住左手的动作，让她确信自己没有看错。

怎么回事儿?

……

"什么？葛兰尼剧院单方取消租约？开什么玩笑！"杰米一口咖啡喷了出来，顾不得抽纸巾，任由那褐色的液体，混合他的口水，顺着下巴黏答答地往下滴。

艾小璐把对方刚刚发来的传真递给杰米，被他的暴怒吓得退后两步才开口："刚才我已经打电话给葛兰尼的宋经理确认了，这不是玩笑，而是他老板打越洋电话交代的。"

“疯子，单方取消租约是要付十倍违约金的！”

“呃，他们可能不用赔。”艾小璐小声地提醒了一句，“杰米哥，我们没有跟他们签合同，只是口头约定，连协议都没有写。”

杰米噌地从沙发上弹起身，快步走到艾小璐面前，怒气冲冲地吼道：“艾小璐，你跟我多久了？难道不晓得，为了宣传，门票要预先发行，所以公演的场地必须要提前预订，而且一定要签下合同吗？”

“不……不是我做的，是颂哥安排的。”艾小璐委屈地用手背抹着脸上的口水。

“为什么是阿颂安排的？预订场地、发行、签约……这些事是我们经纪人组的工作。”杰米狐疑地问。

艾小璐摇摇头，她总不能告诉杰米，自己是因为想偷懒，所以井云颂说他帮她做，她就欣然同意了吧。

“你休想把错赖给已经走掉的人！”以井云颂那种谨慎的个性，不会犯这种低级错误，除非……

“我没有，颂哥说我们跟葛兰尼合作过很多次，已经太熟了，不写协议就可以先不用付订金，为团队节省一笔不必要的开支。”

“艾小璐，你是越活越回去了！想继续在 Zero 里上班，你就给我收收神！”杰米气恼地骂了句。

节省不必要的开支？

订金本身就是租金包含的一部分，签合同或协议时的给付，不过是提前先出一部分钱，从哪里能节省下开支。

如果不是无知，那井云颂就是故意找借口不和葛兰尼剧院签约。

“阿颂，到底是为什么要这样做？”杰米神情复杂地喃喃自语。

柯馨婷迈着沉静如猫般的脚步，缓缓推门而入，将纸巾放在杰米手边的柜子上，然后靠坐在沙发上，深深地叹了口气。

“杰米，阿颂已经加入 Hades 了。”柯馨婷低垂着眼眸，让人看不真切她脸上的神情，只有淡得没有高低起伏的声音，在继续说，“而且，他们在吉晃的表演场地，就在葛兰尼。”

(3)

白葡萄酒的香味，有种晶莹剔透的醉意，负责倒酒的侍应生用搭在臂内的毛巾旋转地擦了擦瓶口，礼貌地轻声问餐桌旁，戴着黑边眼镜的中年男子："这位先生，需要来点葡萄酒吗?"

宋卓欣然地点头，将刀叉放下，淡淡地说了句："今天的龙虾沙律有蒜蓉味，帮我换两份简餐吧。"

"啊? 可是这个您才吃了一口……"侍应生感觉到可惜，小声地嚅了一句。

"你觉得很浪费? 那就自己埋单吃掉，不知道宋先生的儿子对蒜蓉过敏吗?"餐厅经理李平的声音突然响起。

"是，李经理。"侍应生连忙撤下宋卓对面的那盘龙虾沙律，"宋先生，很抱歉，您的简餐马上送来。"

"不好意思，我可能是没说清楚，请帮我把两份龙虾沙律都撤下去，再换上两份简餐，记得不要放蒜蓉，我想跟我儿子吃相同的东西。"说完，宋卓将自己面前的餐盘拿起，微笑着递了过去，"请不用担心，你们李经理开玩笑的，在这张桌子上出现过的东西我都会埋单的，还有，你推荐的葡萄酒味道很好。"

侍应生闻言愣了片刻，在李平咳了一声后，他才猛地回神，快速地冲上去接过宋卓手中的盘子，本来已经转身离开了，想了想又退回餐桌前，弓着腰，说声"谢谢"才离开。

"你还是老样子，对什么人都很好，也难怪常有人想找你帮忙。"李平说完，没有离开，反而径自坐了下来，四下望了望，问了句，"咦? 小乐呢?"

宋卓扶了扶镜框，温和无害的眼神中带了一丝探究，他微笑着道："他去洗手间了，李平，你向来无事不登三宝殿，我们认识这么长时间了，有事你就直接说。"

李平一笑，也不拐弯抹角："Zero 的杰米是我的旧识，他打听到我们是朋友，就想拜托我来当说客，你也知道我太太是元野谅的粉丝，所以如果方便的话，能不能帮帮忙……”

“不方便。”宋卓对人向来温和，鲜少对别人的请求断然拒绝。

“Zero 当时跟我们只存在口头约定，连订金都没有预付，在约定时间内也没有到达吉晃，这期间，已经造成了剧院的损失。”哪怕老板没打那通越洋电话，他也会跟 Zero 取消租约的。

“一点儿转机都没有吗?”李平试探地问。

宋卓扶了扶眼镜：“也不是，如果 Hades 主动提出解除租约的话……不过，可能性很低。”

他毕竟也做剧院经理近十年了，那些明争暗斗，恶意竞争，他看多了。同为魔术团队的 Hades，在这个节骨眼儿上插一脚，分明就是想阻碍 Zero 在吉晃的巡演，既然目标明确，自然不会轻易地放弃剧院。

“宋经理的意思是，如果我可以让 Hades 主动提出解约，就会无条件恢复跟 Zero 的合作是吗?”原先坐在一旁的男子起身走过来，他身后的女生递过来一张写着 Zero 的名片。

对于突然出现的人，宋卓仅是淡淡地挑眉，然后面露微笑，中肯地说了句：“我个人认为，应该有难度。”

“我喜欢有难度的工作，那可以体现我的价值。”杰米拿下放在餐桌一边的餐单，微笑地说，“打扰到您用餐了，为表歉意，由我来埋单好了。宋经理慢用，我先告辞。”

待杰米走后，李平双手撑着桌面：“听说他是魔术圈子里的王牌经纪人，看起来真不简单。”

“你刚才说你们是旧识……”宋卓笑着拆穿他，“其实，他只是拿着 Zero 的名片，到希尔玛餐厅找你帮忙的人吧?”

李平干笑了两声，连忙扯开话题：“咦? 小乐怎么还没回来?”

闻言，连宋卓也不禁奇怪起来，他朝洗手间的方向望了望，心里隐隐觉得不安起来。

杰米走到吧台，把宋卓的餐单一撂，然后掏出张黑卡给吧员。

“杰米哥，你刚刚实在是太帅了！”艾小璐迎风拍马屁，伸长脖子探头看了一眼餐单上的金额，吐了吐舌头，“姓宋的吃金子了。”

“呸！吃金子是会死人的！”杰米收回吧员递过的黑卡，眼神张望着，纳闷地问，“米蓝呢？”

“她说新鞋子磨脚，去洗手间了。”

杰米皱了皱眉，他低头看了看腕表说：“发短信，让她直接回酒店，我们去罗萨，找 Hades 谈剧院的事。”

这回，他倒要睁大眼睛好好看看井云颂那家伙，是因无心之失给 Zero 添了麻烦，还是真的有所图谋。

……

痛痛痛！

米蓝坐在马桶上揉脚，来吉晃之前，夏果提醒她买双平底鞋，她就跑去超市买了双打折球鞋，谁知就便宜了那么一丁点儿的钱，却穿得她双脚几乎残废。

鞋底硬不说，鞋头又很挤，压得脚尖成了三角金字塔的形状。才穿了一天，脚掌上就生出一排水泡，她刚想溜个空去换鞋，就被杰米一路拖到希尔玛餐厅。

正揉着，手机震了下，是短信。

她眼一亮，也不顾双手沾满的汗酸味，快速地从口袋里掏出手机，打开一看，原来是艾小璐让她直接回酒店的短信，不禁失望地叹了口气。

“言唯熙，是你对我一丁点儿信任也没有，还是我在你心中根本就没地位？你真的连让我解释的想法都没有吗？哪怕是要面子，至少可以发短信问我啊。”她嘟囔着，心烦地踢了下球鞋，那鞋子竟然顺着隔板下的空隙滚到另一边去了。

她伸手敲了敲隔板，敲了一会儿，见对方没反应，她呼了口气，索性光着脚走出来，伸手去拉隔板，却没有拉开。

“难道有人？”她敲了敲，“不好意思，我的鞋在里面，如果不方便开门，把它扔出来也可以。”

隔间里有些细微的动静，过了一会儿，一只白色球鞋被抛向隔板顶部。见状，米蓝后退几步，以免它落下来时砸到脑袋，可那鞋没有如她预期地被抛出来，而是呈直线状地又掉了下去。

咚的一声，紧随其后的是“哎哟”一声惨叫。

米蓝没能忍住，扑哧一声笑开了。就在这时，那扇门开了，里面居然是一个9岁左右的小男孩。他穿着体面的衫衬和马夹，一张漂亮但没有表情的脸有些微红，他揉着头，用力把那只鞋子踢了出去。

“小朋友，这是女生来的地方，你应该去隔壁，就是门上画着长胡子叔叔的那个房间。”她看着他提裤子的费力模样，好心地提醒道。

小男孩不吭声，一张小脸憋得通红，让人看了心有不忍。

米蓝在心里暗骂自己多嘴，对方不过是个小孩，上错厕所有什么关系！

她想缓和一下气氛，便蹲下身想要帮他整理衣服，没想到她的手还没碰到他，就被他用力一推，一个重心不稳地跌坐在地上。

他推倒她之后，竟然还拾起她的一只鞋，抓着裤子，快速地跑掉了。

“小鬼……”米蓝哭笑不得，她抓着另一只鞋，拔腿冲了上去。

她怎么就频频遭遇这种，必须脱了鞋追赶小孩的乌龙事？

真搞笑！

(4)

比乒乓球略大一点儿的白色弹球，随着男子缓慢的脚步，在他的掌心与光滑的大理石地面之间，保持着固定的频率来回弹动着。球的颜色也在弹动的瞬间，神奇地发生着变化，时而金色，时而红色，时而黑色。

“别跑……臭哄哄的鞋有什么好抢的，还我啦……小心点儿，别撞到柱子……”在回廊的另一侧，正上演着追逐的戏码。

抱着一只鞋奔跑在前的小男孩，抓着一只鞋光脚追在后的少女，这画面无论是谁看到，都会觉得滑稽。

男子不禁停下脚步，他将弹回掌心中的球一抓，突然蹲下身子，长臂一揽，将跑向自己的小男孩抱起。

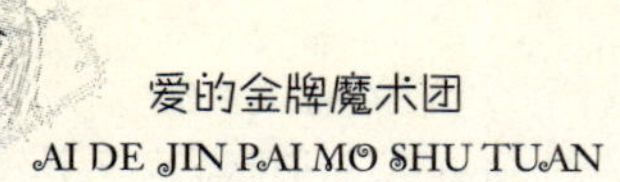

小男孩拼命挣扎，发出怪异的尖叫，男子充耳不闻，明亮的眼睛笑嘻嘻地望着紧随其后跑过来的少女。

“谢谢你。”米蓝感激地道谢，伸手想拿回自己的鞋子，他却将小男孩高举过头顶，让她抓了个空。

“不用谢。”他咧嘴一笑。

明朗的声音让她有种似曾相识的感觉，她不由仔细打量起他来。与言唯熙相比，偏棕的深沉金色中卷发，刘海儿斜长，被刻意地打乱，偶尔在遮住眼睛时会一同掩盖了那抹明亮的神采，右手的食指上带着一枚光泽黯淡的银戒，纤长的菱形戒面中央是花纹般好看的三个字母——Zoe。

Zoe，这名字好熟悉。

“那我的鞋……”她有点儿尴尬地指着被他高举起的小男孩说道，光着脚站在冰冷冷的大理石砖上的滋味可不舒服。

“说不用谢的意思，是不打算帮你。”说完，他把小男孩往自己的肩上一扛，在她无比诧异的眼神中，掉头跑掉了。

这……这是什么状况?

米蓝顿时傻在当场，待她反应过来时，那一大一小两个身影，早已奔进写着“安全通道”的门里，她气得在原地跳脚。

“准备光脚回家吗?”他从门里探出脑袋冲她喊着，小男孩骑在他的脖子上，怯生生地望向她的方向。

那模样分明就是想引她去追，她眉头一提，已经向前迈出的脚又退了一步。她的眼珠低转，心里有了主意。

“唉……”她故意叹了口气，嘴一扁，“算了，当济贫了，这只鞋我放这边了，你们有空过来拿。”说完，她一脸丧气，耷拉着脑袋转身离开。

门后，小男孩白皙的脸也跟着耷拉了下去，他嘟着嘴，有些生气地揪着男子的头发。后者对他的行为也不气恼，只是抬手拍了拍他的小手：“她骗你的呢，谁会光着脚回家?”顿了顿，他眼眸中的光亮忽而暗淡了些，摸着戒指的表面，幽幽地说了句，“女人很会骗人的。”

三分钟过去了，米蓝却没有出现。

他放下小男孩，独自走过去。四下望了望，又扶着栏杆向下看了半天，确定没有她的身影后，才弯腰将鞋子拿起来，将两只鞋子并在自己面前，有些诧异地自言自语道：“真的光脚回家啦?”

“我是笨蛋吗?”米蓝的声音突然在他的背后响起，她伸长瘦长但有力的手臂，快速地从他的手中抢回鞋子后，才松开一直捂着小男孩嘴的手掌。

“拜托，要抢也抢钱，或是比鞋子更有素质的东西！你母亲养大你，国家培养你，不要浪费资源！你自己龌龊就算了，别带坏纯真的下一代。”米蓝不带脏字地骂着。

男子不怒反笑，咧着嘴，笑得极为爽朗，一排整齐干净的白亮牙齿晃得人眼睛发疼，他笑够了，好奇地问道：“我刚刚没看到你，你从哪里冒出来的?”

“你不知道每一层都有安全通道吗?”

她刚刚假装不要鞋子了，却坐电梯到下一层，从安全通道走上来，先掳了在门边藏着的小男孩，再溜到他面前。

哼，这两个家伙，害她光着脚跑楼梯，可不能就这么算了！

她的眼眸低转，突然抓着那双鞋，在他的棉白T恤上压下了一个灰不溜丢的鞋印。随后，又蹲下来一把揪住想逃跑的小男孩，举着鞋对准他的小脸，龇着一张后娘状的脸，恶狠狠地说：“小鬼，玩得开心吧?”

“不——要——啊！”始终没有开口说过话的小男孩，突然大喊了一声，那简单的三个字，在他讲起来有些艰难与怪异。他边喊边用小手捂住自己的脸，那双黑宝石般漂亮的眼睛，从张开的指缝间偷偷地瞄着她。

米蓝又好气又好笑，她的手停顿了下，把鞋子扔在地上，边穿鞋边说着：“哼，看你长得可爱，又会求饶的分儿上，这次就放过你。下次再被我发现你捉弄人，我就告诉所有人，你上女生洗手间！”

小男孩听到恐吓，没有哭也没有跑开，只是抿着嘴巴，怯怯地望着她。

她穿好鞋子，捏了捏他的小脸，才转身离开，没走两步，就听见那男子在她身后叫了一声：“喂，等等。”

“什么事?”她刚一转身，便见一只白色的弹球，从男子的手心之中，霍地就向她弹来，本能地抬手接住，摊开掌心后却愕然地发现——弹球的颜色变成了如宝石般的亮蓝色。

“来，这个给你。”他将不知何时又出现在手中的球向地面一弹，然后拉着小男孩的双手，一把接住。

米蓝的眼睛一眨不眨地盯着，发现小男孩手中的球也变了色。

她刚刚明明看见是白色的球，却在转眼间就变成了别的颜色，她蹙眉浅忖着：难道他是魔术师？

她将手中的球握紧了些，见他掉头离开，便忍不住追上前问：“我知道这样很冒昧，但可以告诉我，是怎么做到的吗？”

转过头，他的眼眸被覆上一层雾色，淡笑着说了一句：“魔术师的秘密是不可以问的哦。”

她不由得心里一紧，下意识地想起井云颂曾经说过同样的话，那阴寒的感觉至今仍可以缠住她的脖子，让她呼吸困难。

她深吸了一口气，向他解释道：“我叫米蓝，现在正是学习魔术的阶段，Zero 你听说过吗？我知道擅自打探魔术的秘密是违反行规的，但学习的本身就是探究，不是吗？”

“以学习魔术之名去打探魔术师的秘密，米蓝，你是想要饿死同行吗？你既然是 Zero 的人，那就去问 Zoe 嘛，这个魔术是她教的。对了，你顺便捎话给她，就说……”他勾出一抹有些冷清的笑意，黑色的眼眸不知为何，在瞬间被覆上一层阴影，用极为冰冷的语调说道——

“Hades 的淳于乐向她问好。”

(5)

宋卓见宋乐许久不回餐桌，刚打算去找，就见那个小小的身影出现在餐厅里，他松了口气，问道：“去了很久，不舒服吗？”

宋乐没回答，坐回自己的位置，低头玩着弹球。

“这是什么？”宋卓瞄见红色的弹球，不免好奇地问道。

宋乐把球举过头，脸上有种孩童般单纯的开心。

宋卓感到一丝惊讶，自从妻子过世之后，儿子就得了轻微的自闭症，他的工作偏偏在这个时候得到了晋升，陪伴儿子的时间也相对减少了。虽然请了两个保姆来照顾宋乐，但儿子看起来，就是有种不同于其他小孩的怪异。

但现在，他竟然像普通的小孩般，露出那么天真无邪的笑容，是因为这只弹球的缘故吗？思及此，宋卓不禁仔细地打量起它来，表面看似平淡无奇的弹球，用暗印的方式，在某处浮现出用另类花纹拼写的英文名。

“Zoe?”他默念着这个名字，眼眸低沉了下来。

……

杰米从罗萨回来时，脸色极为难看，他双臂环抱在胸前，背对着众人，全身上下都笼罩着一丝寒气。

米蓝用手肘戳着一脸战战兢兢的艾小璐，附耳问：“跟 Hades 谈得不顺利?”

艾小璐反戳了她一下，神情紧张地小声说：“别提了，杰米哥快被气炸了。”眼角瞄到杰米的背绷紧了些，她顿时噤声，连大气都不敢再出了。

杰米又僵了会儿，才缓缓地转身，看向坐在沙发里沉默不语的柯馨婷，压着怒气问道：“婷，你知道井云颂跟我说什么吗?”

井云颂这个名字让柯馨婷的眉一沉：“他说什么?”

杰米冷哼一声，眼神忽而犀利起来：“他说，反正 Zero 都不能在吉晃准时开演了，不如让婷带着道具组过来 Hades 客串。”

去罗萨之前，杰米完全没料到 Hades 会那么难搞！

他在这个圈子里做经纪人也不是一天两天了，看多了像 Hades 这种，因为过度炒作而红火一段，之后就销声匿迹的团队，也自然知道跟他们这类人的谈判，要以利诱为先，压迫在后的两面夹击法。

可是，他的金钱利诱被人嗤之以鼻，他的权威压迫被人冷嘲热讽。

而他离开时，那个从头到尾都没有出声的队长，突然扯拉着极度沙哑的声带，说着让他有些气结却又隐隐心惊的话——

“我们三个的敌人被彻底扳倒时，Hades 才会停止狙击 Zero，在那之前，会死咬住不放的！”

到底是怎样的人，会成为 Hades 少年们的敌人。

与葛尼尔的口头租约失效，同 Hades 的谈判失败，这意味着在吉晃的巡演可能将无法进行。

在秋田，因元野谅执意要等水箱道具，而将第二场演出延后的行为，已经给 Zero 带来了不小的经济损失，唯一庆幸的是，成功而精彩的演出，不仅为 Zero 提升了人气，并且带来了好口碑。

但是如果一而再再而三地发生类似事件，Zero 所要面对的损失是不可预估的，而且观众也会失去等待的耐心。

“既然 Hades 那边行不通，不如我们再找葛尼尔那边试一下。”米蓝见每个人都一脸阴郁的沉默，不禁开口说道。

杰米咬着牙：“如果 Hades 那边不点头，葛尼尔单方解约会赔偿十倍的违约金，他们可不是口头约定，而是白纸黑字的协议！”他在“口头约定”四个字上加重了语气。

“葛尼尔那边的负责人是个什么样的人？”之前在餐厅里没机会见到，米蓝不禁好奇地问。

艾小璐接口道：“宋卓，34 岁，在葛尼尔工作八年了，去年人事变动后成为剧院经理，有一个 9 岁的儿子，但却在他妻子病逝后得了自闭症。”她念着资料的空当，还不忘抒发感想，“我感觉他超有好父亲范儿的，儿子吃蒜蓉过敏，他连自己的龙虾沙律也撤了，就为了跟儿子吃相同的东西；而且他会亲手把盘子递给侍应生，感觉是个亲切的人耶。”

“不过，再怎么和蔼可亲，也不会自掏腰包吧。”米蓝嚅嚅地自语，她比任何人都知道，把钱塞进口袋容易、掏出来难的道理。

杰米在一旁气闷时，电话却在这时响了，他走进安静的屋内接听，出来时，脸上的神情比之前更凝重了，他环视着屋里的所有人，缓缓地说：“老板知道葛尼尔的事了，他打来电话说，要放弃葛尼尔。”

众人哗声四起，议论纷纷。

杰米状似无意地扫了柯馨婷一眼，又说：“但 Zero 要在葛尼尔外围的

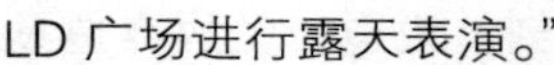

LD 广场进行露天表演。”

“什么?”米蓝忍不住惊讶地脱口而出，随即一股酸楚涌上了她的眼眶，她快速地敛起眼中的湿意，悄然地别过脸去。

为什么是 LD 广场，那里是……

“即使所有的表演道具重拟，在没有电源与布幕之下，根本没有办法使用灯效与干冰机，背影墙全部重搭的话是多大的工程？已经这样了，还不如放弃葛尼尔，去谈个小剧院或像 TK 那种展览馆，吉晃这么大，怎么可能连一个愿意跟 Zero 合作的场地都没有?”柯馨婷皱着眉头说道。

经历过上次的穿帮事件后，柯馨婷低调了许多，专心研习魔术道具，无心掺和 Zero 的内务。只是这次不适合沉默，毕竟，她还挂着道具组长的头衔，若外围广场表演的道具布置出了差错，她是难辞其咎的。

“另换场地或延期公演，会给外界造成一种 Zero 从气势上输给 Hades 的感觉，到时会有不好的舆论压力。而且，Hades 已经放话会对 Zero 死咬到底。既然这样，就索性在葛尼尔的外围跟他们一较高下！”

柯馨婷脸色发青，她咬着嘴唇，冷冷地反问道：“杰米，我坦白说好了，我跟我身后的道具组，都无法跟上广场道具的工程。没有道具师的魔术，真的可以吗?”

咚、咚、咚……

岑今屈着手指，在木制的墙面上，轻轻地敲着。她的眉极淡漠，但眼神中却有种让人无法忽视的光亮，她轻声却也坚定地对柯馨婷，也是对众人说着：“不要搞错了，道具不是为了制约魔术而存在的。”

“没有三角空心镜，就无法穿越幻镜！没有背景特效，隐身术会穿帮！没有特制水箱，如何从众目睽睽之下逃之夭夭！没错，道具不是为了制约魔术而存在的，但它却成就了一个魔术师，这是毋庸置疑的。”

当魔术师因一个成功的表演，站在舞台上接受掌声时，道具师只能站在阴影里，以截然不同的复杂心情听着那些掌声。

所以，她想要站到光鲜亮明的舞台之上，堂堂正正地听一次属于自己的掌声！只可惜，她失败了，所以必须重新回到阴影中当沉默的影子。

岑今平静地看着有些激动的柯馨婷，沉默了片刻，说道："放弃道具的魔术师还可以站上舞台，但放弃魔术的道具师却一文不值。如果你无法认清这一点，是无法往前走的。"

"一文不值吗?"柯馨婷脸色铁青地望着岑今，"既然如此，那你就当个没有道具的魔术师吧！我会拭目以待的。"

Chapter 10
反转，葛尼尔回归

(1)

米灰色的窗纱被吹鼓，午后的阳光细细碎碎，跟着风儿溜进来。

一只弹球由半坐在沙发靠上的女子手中，弹向对面的墙壁，再重新回到她的手中，如此反复。然而，接球的手突然一个战栗，就在这瞬间的停顿间，那只球错开她的手，掉到了地上，在地面弹了几下，然后滚到柜子的底部。

她怔然柜底，眼中顿生悲凄之色。

米蓝推开未锁的门，如猫般蹑着脚步走入客厅，看到的就是这一幕。

岑今颤抖的左手再一次向她证实，初次见面时，那颤抖的手指并不是她的错觉。她想要问明一切，但望着对方那流露出神伤的后背，只能将所有的困惑都压了下来。

刚刚在杰米房间时，因为在讨论关于LD表演的问题，岑今跟柯馨婷虽然没有激烈地争吵，但情况并没有因此而变得更好；相反，原来就对在广场演出的道具问题诟病的道具组员，也就顺势响应组长，彻底罢工了。

在这种内忧外患、水深火热的时候，杰米也索性闭门不出，只剩下观战的工作人员在一旁惶惶不安。

于是，所有的压力都落到了岑今的身上。

米蓝踮着脚尖，不知该向她前进一步，还是退后着离开。

这时，依着沙发边缘而坐的人，竟然幽幽地出声："已经来了，就坐下来陪陪我吧。"

一身米色的宽身长衫，微露着白皙的肩头，黑色的长卷发披散下来，

没有华丽的浓妆，依旧是眉眼不动般的冷清，却用极为落寞的语调说着那句话，让听见的人不忍心离开。

米蓝依言坐下，沉默片刻，问：“你认识Hades的淳于乐吗?”

岑今的眼中滑过一丝惊讶：“他?”轻叹着，摇头笑了笑，“那家伙，居然进了Hades? 你们是怎么遇上的?”

他们果然是旧识!

米蓝把跟淳于乐相遇的情况一五一十地说了出来，岑今安静地听着，偶尔露出一丝柔软的笑意。

“还是那么幼稚，居然帮那个男孩抢鞋子……”她顿住，抬手掩着嘴唇，轻声一笑。

“对啊，那鞋子还是我一路从秋田穿来的，又臭又酸，真搞不懂他们的想法!”米蓝握紧双拳，表情夸张地说着。忽而，她顿了顿，眼神偷偷地瞄了一眼岑今，轻声道：“但是，提到你时，他突然就像换了一个人似的。”

眼里不再灿烂明亮，而是积了一层厚厚的冰，带着些愤愤然的神色。

闻言，岑今的笑意淡去，她抿着唇，突然问了句：“你有喜欢的人吗?”

“啊?”米蓝的脸一红，直觉地想到某个发色招摇的人，她摇了摇头想摆脱这种古怪的想法。

见她摇头，岑今淡淡地说：“没有就好，想要成为魔术师，就放下成为一个女人的念头。”

“为什么?”

“你刚刚说，你问过他，那个彩球魔术的秘密对吗?”岑今从沙发的角落里摸出一只红球和一只绿球，“没有秘密，只是单纯地将红球和绿球，以你肉眼看不清的速度换过来。”

“就这么简单?”米蓝有些难以置信。

岑今偏侧着头，勾了勾嘴角，反问了句：“你觉得简单?”

米蓝老实地点点头，她开始以为是利用了某种类似K•H液的道具，要不然就是某种她不得知的物理原理，但万万没有想到，只是换球那么简单

的答案。

见状，岑今也不多说废话，抓起米蓝手中的红球，连看也不看就向一侧的墙壁上一扔，再一把抓住，说："哪怕是不换球，光是这样百分百准确地接住，你知道要练多长时间吗?"

那是常人所无法想象的枯燥的练习。

最初的两年时间，她总是在空无一人的房间里，一个人对着墙反反复复地抛与扔，时常是一整天，直到昏黄的光亮起，将她的身影拉得纤长无比。她也曾愤愤不平，为那终日里烦闷的练习，为如何努力也达不到预期的效果，为掌心里磨出的茧，为时不时骨折的手指。

后来，她变得收敛沉静，不是时光磨掉了一个人的锐气，而是她终于开始明白，梦想的种子，也要耐得住寂寞，挺过了艰辛，才能开出美丽的花朵。

岑今把球放回米蓝的手心，笑得有些凄迷："你想知道的技巧，我都可以无条件地教你，但技艺魔术不是光知道窍门，再稍加练习就可以表演的，它需要比百分、千分还要辛苦的练习。你真的愿意吗? 要想清楚哦，不再逛街或是看电影，连谈恋爱的时间都要花在练习上，选了它之后，你连女人都不再是了。"

米蓝犹豫地看着手中的红球，沉默了片刻，幽幽地问："所以说，你是在成为淳于乐的女人和成为技艺魔术师之间，选择放弃了前者?"

岑今的侧面，轮廓里覆着层不能言喻的伤，只是伤过了，却仍无法丢弃的那个人，又如冤魂般地重新回到她的身边。

她莞尔一笑，眉眼温柔，却用冰冰凉凉的调子说着："我走入他的心门，听过他的告白，拿走他的初吻，却因为想成为一流的魔术师，而踩着他的肩膀，头也不回地飞掉了。"

看见满天的星，也无人在耳边说情话。

公园里的秋千架，也不会再有人在身后笑着推。

病到呕吐不止，床边也不再有衣不解带的人。

……

那些甜蜜幸福，偶有隐痛的时光，也跟着她的选择一并飞走，不再回来了。

“后悔过吗?”为了成为优秀的魔术师，而不再做女人的选择。

米蓝神情阴郁地看着岑今，回想起淳于乐说到 Zoe 时的神情，他那一脸的明媚阳光在瞬间变得阴霾，明亮的眼眸硬生生地低沉下去，那不该是像他那种笑起来比谁都孩子气的男子该有的神情。

为了梦想而抛弃了爱情，真不知道到底是梦想太过伟大，还是爱情太过卑贱，难道真的就没有两全其美的方法吗?

为什么总要二者选其一，而不能兼而有之呢?

岑今轻笑着，收敛眼中遥远的伤，凝着黑眸看向自己微微轻颤的左手，喃喃地说道:“后悔? 刚开始有的，但到了今天我反而很庆幸，当初的我，真的做了一个对的决定。”

岑今的手到底是出了什么问题?

埋在米蓝心底的疑问，几乎要冲出喉咙时，房间里的电话却响了起来，她下意识地拎起话筒，还未出声，便有低沉好听的男声传入她的耳中。

“请问，是 Zero 的 Zoe 女士房间的电话吗?”

“呃，是……”

“很抱歉打扰了，我是葛尼尔的宋卓，有时间的话，可以见一面吗?”

(2)

约定的地点在酒店附近的咖啡厅，步行五分钟就能到达的距离，连车都不用坐，由此可见宋卓是个细心又体贴的男人，想到艾小璐的评价，米蓝不禁对素未谋面的他有种莫名的好感。

进门之前，米蓝隔着偌大的玻璃窗向里面望着，视线越过一个独坐在玻璃窗边的白领女子，和三五个坐在沙发里的学生，最终落在坐在角落里，戴着黑色方框眼镜的男子身上。他的对面坐着一个小男孩，穿着整齐体面，只是低着头，让人看不清楚长相。

“请问是葛尼尔的宋经理吗?”

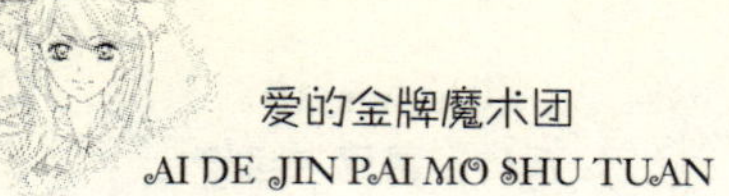

宋卓扶着眼镜，微笑着起身，对米蓝问：“Zoe 女士吗?”

“哦，我不……”米蓝摇着手，刚想说他认错人了，眼角的余光，却瞄到坐在一旁的小孩，惊呼声脱口而出：“小鬼?”

那天在希尔玛的小男孩，怎么会在这里，难道他是……

把米蓝惊讶的表情收入眼底，宋卓扶着眼镜，低头淡然一笑，摸着小男孩的头，轻声说：“小乐，上次跟你玩的 Zoe 姐姐来了哦，你不打声招呼吗?”

小男孩依言抬起头，怯懦的眼神在看到米蓝时，萌发出一丝单纯的笑意，他皱着鼻子，眯着眼睛，看起来就像是橱窗里招人喜爱的玩具狗。他缓缓地将放在桌子底下的手高举起来，向她摇晃红茸茸的球。

站在一旁的岑今，双眼盯着球面的“Zoe”，有些失神。

这时，宋卓开口说道：“小乐很少对事物感兴趣，却将一只小球反复把玩，我见球面印有 Zoe 字样，联想到 Zero 经纪人杰米的出现，又听餐厅职员说有个女生跟小乐玩得很开心，所以猜测，那个陪小乐玩的女生应该就是在 Juppiter 团队中以彩球魔术闻名，最近又进入 Zero 的岑今女士。”

原来如此，宋卓误以为陪宋乐玩的女生是岑今，所以才会打电话给她要求见面，都是淳于乐送给宋乐的魔术球，误导了宋卓。

“我……”米蓝刚说出一个字，就被宋卓回忆般娓娓道来的话打断了。

“小乐有自闭症，我的妻子病逝后，他像缩在蜗牛壳里般，活在只有自己的封闭的世界里，完全无法跟人相处。除了儿童心理医生以外，连身为父亲的我，都没有办法听到他的声音，或是看到他的笑容。你们可能觉得我夸大其词，但是，像现在这样主动跟人打招呼的表现，我已经近半年没有看见过了。”

他顿了顿，用充满感激的眼神，看着米蓝，极为认真地说了句：“除了说一句谢谢以外，我还可以为你做些什么呢?”

宋卓的眼里，有种极为深刻的父爱，他丝毫不掩饰，甚至，有些急切地想要全然表达而出。那是一种让米蓝再也把握不住的光芒，早已经在幻化为灰白色的记忆时，暗淡地消逝了。

命运，从来就是这样，唾弃拥有的，追忆逝去的。

“谢谢就足够了。”她轻轻地说道，眼角微湿。

宋卓对宋乐的关爱，让她羡慕，也很隐痛。

从杰米说要在 LD 广场进行街头魔术起，她的脑海便总不时地浮现出父亲的脸庞，那是他病倒之前最常去的地方，也是他离开这个世界时，最后一眼看到的地方。她总忍不住地想，自己或是母亲，都只是在父亲的人生中，出现的浮云。只有 LD 的天使雕塑、喷泉池、公共音乐厅、钢琴……那才是父亲向往的蓝天。

“真的吗？不需要其他的谢礼吗？”宋卓温柔且世故地问道。

米蓝轻轻地摇头，一旁沉默了许久的岑今突然开口说道：“只是单纯地想表达谢意，电话里不能说吗？宋经理。”

宋卓微愕，随即笑了笑：“Zoe，你的朋友很聪明哦。”他双手交握，支着下巴，说道，“我是个世故的人，最懂的是等价交换，Zoe 是一流的技艺魔术师，至少在国内，还没有人可以超越她。所以，我希望小乐可以跟着 Zoe 大师，学习彩球魔术。”

在给 Zoe 打电话之前，宋卓就和心理医生沟通过，宋乐对魔术球表现出的兴趣，是代表他开始有想要与外界接触的潜意识，所以现在这种时刻，继续接触魔术，对治愈他的自闭症有绝对的好处。

而宋乐对魔术师 Zoe 又表现出主动亲近的行为，这让宋卓更加确信心理医生的话。

岑今眼色微沉，缓缓道：“跟一流的技艺魔术师学习，唯一可以与之等价交换的非葛尼尔的租约莫属，我很好奇，宋经理是想要说服 Zoe 改变价码，还是想说服 Hades 取消租约？”

宋卓轻笑，用欣赏的眼神看着岑今，反问：“你觉得呢？”

岑今摇头，没有回答，侧头对米蓝轻声说了句：“既然是老天给你的契机，那么就由你来选择好了。”

她顿了顿，语带双关地补了句：“Zoe，一念错便翻不得身，你考虑清楚。”

米蓝心中大惊，却不敢轻易浮上眼眸，岑今的意思分明是让她将错就错，以 Zoe 的身份，向宋卓争取 Zero 在葛尼尔表演的机会。

其实这并不难理解，宋卓固然和善，但他骨子里有商人的性格，难免世故。若她只是米蓝，而没有一流技艺魔术师 Zoe 这个头衔，哪怕是她能让宋乐成天跟他碎碎念，都没有可以与葛尼尔交换的价值。

反过来想，就算 Zoe 是一流的魔术师，但若无法让宋乐自动亲近，那宋卓为何不找 Hades 的少年们，而是特意舍近求远地来拜托她们?

心中的天平上，左边是拥有谈判筹码的谎言，右边是将毁掉一丝转机的真话，而她，置于两者之中，骑虎难下，进退两难。

一道低沉的男声，忽而就响起在米蓝的耳边，强而有力的手臂，如同推动着命运的巨掌般，将她揽入厚实的怀抱之中。一丝凉薄荷夹着木叶的气味，猝不及防地窜进她的鼻端。

浅亚麻金色的发，没过几日之后，便仿佛有些长了，细而碎地遮着深凝不见底的黑眸，仍是一如既往的张狂语调，只是，不再呼唤她的名字，而是——“Zoe，好久不见，期待你在葛尼尔的演出，所以我来了，感动吗?”

言唯熙，他替她做了选择。

于是，她也漠视了心中最后一丝挣扎，故作欣然地笑着，说：“去说服 Hades 吧，若 Zero 可以站上葛尼尔的舞台，我也会保证让宋乐走出阴霾的！我以一个魔术师的人生起誓，所以，也请你为我奉上葛尼尔吧。”

(3)

宋卓离开了，米蓝呆滞地坐了很久，她失神地抓着半凉的咖啡杯，心里久久不能平静。

这并不是她第一次说谎，她很擅长用没有恶意的谎言，来争取一些工作机会，但这一次，却完全不是那么回事儿！

宋卓与 Hades 的签约是出于商业考量，如果贸然解约是需要付十倍的违约金的，他虽然是葛尼尔的经理，但是上头毕竟有大老板，如果真的赔

偿了违约金，那对他日后的事业也是会有所影响的。

在种种弊端之下，唯一得利的就是Zero。

她为什么那么急切地想让元野谅的魔术顺利进行，难道没有一丝想为自己谋算的私心吗？立下如此之大功劳的人，可以被元野谅重视，可以离她的魔术师之路更近一步！所以，她才利用了一个父亲对孩子的爱。

“我真是个卑鄙的女人，对吧？”米蓝咬着下唇，有些无措地问着。

岑今神情沉重地看着她，却沉默地不发一语。

见状，米蓝的唇咬得更用力了，她颤抖地举起白色的杯子，接触到冰凉的瓷面时，微细的血丝诡异地流了下来。

言唯熙眼眸一转，伸手抢过那杯咖啡，看也不看，随手丢在地上。

“啪！”

无比清脆而响亮的声音，就像是重重的一记耳光。

店员连忙跑过去问询事由，并清理碎片，店里的许多顾客，都纷纷将异样的眼神投向三人。

“你清醒点儿！”

他冷冷地说道，眼神扫过米蓝下唇的血印，黑瞳内不禁多了几分怒色，“想要获得成功，就要先学习背负罪孽，哪怕你在这里把自己千刀万剐了，难道就良心安宁了！如果依旧会良心不安，那么自怨自艾又有什么用？而且，这并不是完全欺骗，如果你可以依照诺言，让宋乐走出阴霾，那么不管你是米蓝还是岑今，对他而言没什么不同！而且，事情可能没你想象的那么糟糕。”

如果他没有猜错，米蓝对于宋乐而言，应该是有特殊意义的，因为他刚刚分明看见宋乐偷偷拉着她的衣角，还露出了笑脸。

“真的？”米蓝扁着嘴，可怜兮兮地望着他。

他一瞪眼，抓起桌上的纸巾，用力按上她的嘴巴：“当然是真的！猪头，快把你的猪血擦了，看着真碍眼。”

米蓝呼了声痛，言唯熙的手劲儿立马小了，他叹了口气，温柔地轻拭着她流血的嘴唇。

岑今默默地看在眼里，被掩埋在记忆深处的某张脸，不期然地再次浮现，原本凛然的眼角泛上一股淡伤。

“呃，不好意思，店长让我来问一下，能请你们帮刚刚摔破的杯子埋单吗?”店员的声音突然插了起来。

“多少钱?”米蓝本能地问道，习惯性地摸着口袋，突然，她的神情僵硬起来，半晌，才缓缓地从口袋里掏出一只弹球。她神色惊恐地将印有“Zoe”的字样亮给另外两个人看，抖动着痛疼的唇瓣，说出三个字：“淳于乐!”

她怎么大意到把这号人物给忘记了?宋卓只要一接触到淳于乐，眼前被谎言所堆砌而出的转机，就会在瞬间幻化为泡影。

这下，完蛋了。

……

罗萨酒店一楼的钢琴酒吧，黑色钢琴缺了弹奏者，CD唱机里放着舒缓的音乐代替，位于吧台北侧角落的三角桌，宋卓、井云颂和淳于乐各据一方落座。

“这不像是伊先生的风格，他虽然人在瑞典，但却已经通过电话交代宋经理，葛尼尔务必跟Hades合作，况且现在连合同都已经签下，却突然言悔?我真是无法理解。

“Hades在吉晃的演出，同样会给剧院带来极为丰厚的收益，在商言商，何必意气用事呢?”井云颂晃着杯中的金色琴酒，眼眸低垂，状似无意地提及了宋卓的老板，同样也是葛尼尔的大老板——伊西城。

宋卓的指背在盛着苏打水的玻璃杯身上，轻轻一弹，对井云颂以伊西城压住他说话的腔调不以为意，仍旧是一脸温善的笑意：“瑞典和吉晃离得这么远，不可能事事劳烦到老板，他一天没拿下我剧院经理的职务，我就对葛尼尔的管理有执行权。”

他顿了顿，忽而眼神锐利地望向井云颂：“葛尼尔从在商言商的角度来考量，认为Zero比Hades更具备投资价值，既然是投资，那付出少量的金钱并不是什么大不了的事。”

“十倍的违约金，是少量的金钱吗？”井云颂冷着眼讥讽道。

“物质的多寡，有时不能看表面。”十倍的赔偿金与宋乐的人生相比，卑微得不值一提。

“那如果我说，Hades 也不稀罕那十倍的违约金，我们就死咬着彼此，一直到死呢？”

“你确定？”宋卓扶着眼镜，打量着井云颂年轻的脸庞，“你叫井云颂对吧，是前 Zero 的魔术师，更早之前是欧塞的学生，你为什么会离开这两位国际大师？别人是为梦想而追逐，你却轻易抛开，这其中是否有他人所不能察觉的端倪？这个圈子很小的，想查什么查不出来？想让一个人翻不了身也很简单。”

果然是越不叫嚷的狗越有可能一口咬死人。

井云颂的嘴一抿：“你可以试试，我很好奇什么样的事会让我翻不了身。”

“年轻人，如果事事都不给他人留余地的话，你也终有一日会尝到被别人逼上绝路的滋味。”

砰！

淳于乐将红色酒液一饮而尽，空杯往桌上一放，直截了当地问：“宋卓，你说的那些假腔调我听得很烦，如果真心想解决问题，就告诉我，必须把葛尼尔让给 Zero 的真实原因？”

他的眼睛比井云颂更明亮、更直接，像炎夏的阳光，配上年轻的怒气，熊熊烈火将面前的一切虚伪烧尽。

“坏了，他在问宋卓原因。”不远处的沙发侧，突然冒出个头颅，在焦急地低喃自语。

“你闭嘴，小心被发现了。”言唯熙捂着米蓝的嘴巴，将她拖进半弧形的红色沙发内，压低音量说道，“沉住气，看看情况再说。”

米蓝在他的掌心里不忿地嘟囔了一句，他们三人赶到罗萨时，还没来得及打听 Hades 的房间号，就看见宋卓等三人从电梯出来，他们自然也尾随进入钢琴酒吧。

宋卓和井云颂的谈话，就像两条冷血的蛇在互缠对方的颈子，听得米蓝心口阵阵瓦凉。她不禁在胸前立出三根手指起誓，此生绝不再招惹此二人，不然定死无葬身之地。

只是，比起他们，她此刻却更加担心谎言被戳穿。

宋卓温柔的面具最终抵不住淳于乐的直白，他咧唇一笑，笑里又带了些无奈，缓缓地道着原委，关于宋乐的病，关于那只印有“Zoe”字样的球……那些他在咖啡厅里对米蓝一一说过的话，又重新复述给对方听。

淳于乐却越听越愤然，他僵着全身，强行压制着隐而欲发的怒气，黑瞳眯出一道掩不住危险的缝隙，喃喃地咬牙切齿：“Zoe 啊，原来是她……”

那女人是尝到谎言的甜头，所以就再也闭不上那张谎话连篇的嘴了吗?

“我可以放弃葛尼尔，但是，值得吗?”淳于乐用眼色阻止欲出言反对的井云颂，用带着一丝怜悯的眼神看着宋卓，幽幽地说道。

“如果我告诉你，你做了一个很傻的决定，你还会觉得这一切都值得吗?”

这个问题，像是问宋卓，更像是问自己，望着沙发旁那抹浅色的背影，明亮的眼瞳渐渐失去了光芒。

阴霾盖住月光，如墨般的夜色袭来……

(4)

安全通道里，气压有些阴沉，颇有些风雨欲来的架势。

两对男女隔着一阶楼梯站立，位于下方的男子带着黑色扎箍，他靠墙站着，望着对面女子的侧脸有些阴寒。而女子则一身米色的长衫，同样沉默不语。

米蓝歪着头，有些心急地往下踏了几个台阶，却又被身后的男子拦腰抱了回去。

就在淳于乐要向宋卓将一切全盘托出之际，岑今拨通了他的号码，随即他便止住了嘴，并且借故出了钢琴酒吧。

这两人比起陌生人，更像是许久未见的仇敌，杵在安全通道里近十分钟，不知是在打哑谜，还是在冷战，总之谁也没有先开口。

“他们在搞什么鬼?”她转头问言唯熙时，淳于乐的声音终于首先打破了沉默。

“你告诉宋卓那个球是你送给宋乐的?”

岑今用淡然的眼神扫过米蓝的脸，抿了抿唇，说：“不完全是。”

“五年未见，你编造谎言的本领似乎超越了你的技艺魔术。”对于岑今含糊的解释，淳于乐丝毫不买账，他冷笑着说，“居然能想到利用宋卓的父爱，来骗他让出葛尼尔，我从不知道，你居然是个擅长谋略的女人。”

米蓝完全听不下去了，淳于乐一味地误会她，而岑今也不争辩，她架着母鸡翅膀，挣脱开言唯熙的桎梏，冲到他们面前：“不是岑今，是我说的谎！一开始是宋卓自己误会了，我为能让元野谅登上葛尼尔，所以骗了他。是我的错，跟岑今一点儿关系都没有。”

“你以为我会信吗?”淳于乐鄙夷地反问。

“你这人……”大脑里长葱白了吧，这么白……米蓝不禁在心中啐骂着。

岑今接口，淡淡地说了句：“信不信随你，不过我希望你可以对宋卓保持沉默。”

“保持沉默的结果，是 Hades 将失去葛尼尔，我凭什么要帮你?”他搡开挡在前面的米蓝，大手一把捏住岑今的下巴，强硬地拉向自己，用极恶劣的语气说，“你算什么东西，以为我还跟五年前一样，只要你开口，就无条件为你做事吗?”

岑今的眼中，分明滑过一丝失落，但她快速地掩住，冷凝着眼，用力地拉扯下他的手，极为平静地说着：“你的意思是，会把一切告诉宋卓?无所谓，没有葛尼尔，我会提议在 LD 广场进行近景和技艺魔术，无论是以 Zero 之名，还是打着 Juppiter 小旗子，请几个近景专家来支援再容易不过！一场外围表演的效果不见得比葛尼尔的登台演出差，五年时间已经长到让你忘了，为了魔术而抛弃你的 Zoe，是个什么样的女人了吗?”

“是啊，我不该忘的，你谎话连篇，不择手段，你的世界里，除了魔术，一无所有……”淳于乐有些踉跄地退了几步，神色有些黯淡，带着一丝恨意，“想要看到你魔术生涯的破败，所以我回来了……LD 广场魔术是吗？我会睁大眼睛看的，你们就好好表演吧。”

岑今的嘴唇苍白，她定定地望着淳于乐高大的背影转身离开，眼底泛上一层湿意。

“不试着挽回一下吗？”言唯熙跳下两层台阶，轻声问她，“即使我告诉你，他不过是在逞强，你也什么都不做地让他走掉吗？”

闻言，岑今有些诧异地看向他，嚅嚅道：“你怎么确定？”

“我是男人，这种心情当然可以体会。”说话间，他不自觉地扫了米蓝一眼，然后对岑今附耳……

岑今眼神，随着言唯熙的话语，微微一颤，突然，她身体一僵，全身虚软无力地软倒。

见状，米蓝不禁脱口喊道：“岑今！”

话毕，刚要上前探视，却见一个高大的身影迅速地越过她，从言唯熙手中接过岑今，半跪在地，让岑今可以半靠坐在他的腿上。

“你以为装昏、扮可怜就有用吗？”淳于乐用恶狠狠的调子说着，眼中却是想掩也掩不住的担忧之色。

岑今对于他的叫嚣充耳不闻，见状，他故意用力掐了掐她的手背，她仍旧没有丝毫反应，他的眼神不禁软了，声音里夹了丝急切：“Zoe，Zoe……”

“是低血糖犯了吗？”他喃喃自语，伸手在口袋里摸出一颗糖，用牙咬开透明的糖纸，捏开她嘴巴，将红色糖果喂进她的嘴里。

“你不送她去医院吗？”言唯熙问。

淳于乐没有吭声，烦闷地看了他一眼。

“没关系，你没有时间的话，我可以代劳。”言唯熙翻了翻眼皮，作势就要接过岑今，淳于乐却先他一步起身，什么废话也没说，抱着岑今向楼下跑去。

米蓝拔腿想要追上去，却被言唯熙一把拉住：“你这女人，一点儿眼力都没有吗？”

“什么意思?”她反问，眼神突然一亮，脱口而出，“你是说，岑今她……装昏!”

言唯熙颔首，他刚刚贴着岑今的耳边，给她支了这一招“假昏”，如果淳于乐还对她有一丝情意，那就断然不会放任她不管。成功地拖住淳于乐的后腿，可以为争取葛尼尔赢得时间。

那两人走后，楼梯间就剩下言唯熙和米蓝，他们突然间就没了话题，无语地对视着，气氛有些尴尬。

米蓝抿着唇，突然想到钱包里还夹着那张韩玛零给她的空白支票，连忙拿出来:“喏，给你。”

他懒懒地瞄了眼，动也没动。

见状，她哗啦啦地扇着那张支票向他走去，谁知他竟随着她的步子一连退了几步，一直到后背贴上墙壁才停下来，勾着嘴角，似笑非笑地望着她。

“你搞什么鬼?”她被盯得有些脸红，垂着眼眸，将支票对折往他的上衣口袋里塞去，手却在半空中被一把擒住了。

抬头，迎上他的眼眸，仿若漆黑的一片天空却散落着星子的光芒，张扬着一些浅伤，一些孤单，如在晴夜里仰望遥不可及的星空，漫天的星光灿亮，却陷在无穷无尽的黑暗之中。

胸腔里，那颗柔软的心微微地颤动着，随着他那张脸缓缓地贴近，而越发强烈地跃动着。她紧张无比地闭上眼睛，等了许久，他温热的唇都没有贴上去，她不禁眯开一条细缝偷瞄他。

他在笑，那张俊美的脸庞侧对着她，嘴角向上扬起一道漂亮的弧，连细小的纹理都十分好看，她有些尴尬地睁开眼睛，伸手揉着莫名发痒的鼻子，悻悻然地看着他。

(5)

言唯熙亮晶晶的黑眸，对视着米蓝:“我没有亲你，你很失望对不对?”

她挣脱着抽回手，对他吐了吐舌头，将揉成一团的支票强行塞给他，

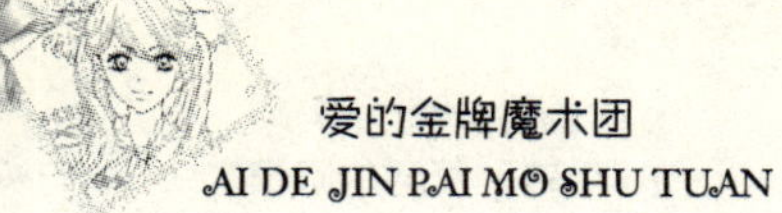

愤愤地说："我是很庆幸，没有被污染！"

"你被污染得还少吗？"他将手中的纸团向上抛了抛，然后随手一扔，它便从楼梯折阶间的空当掉了下去。

"言唯熙，那是钱耶！"可以在上面写很多很多零的空白支票。

"反正不是我的钱。"

"败家子！现在是金融危机，小心变乞丐！"她气恼地诅咒道，转身作势要跑下楼，却被他拦腰一把抱住，双脚瞬间离地空悬。

"我跟钱，谁重要？"他像个小孩般任性地问道。

"很明显，钱重要。"她挣扎着，他却把她抱得更紧了，那双强健的手臂牢牢地卡住她的腰腹，勒得她有点儿想吐，只好妥协般地勉强道，"好吧，你比钱重要那么一点点。"

"就一点点？"他加大了手臂的力量。

"再多一点儿。"她感觉到腰部的臂圈更紧了，用手拍打着，求饶般地说道："你很重要，钱算什么，你在我心中犹如神祇！"

神啊，原谅她为了活命而信口的妄言吧！

像是非常满意她的回答，言唯熙的脸从她的耳际凑上前，抵着她的肩头，缓缓地说道："下次，再有人用钱来引诱你，你要很有骨气地拒绝！"

谁会没事拿钱引诱她！

"她是为了你好，只是想让我劝服你暂时放弃魔术，去接受治疗！因为太想表达感激之情，所以才砸的钱！你出来的空当，就顾看你了，没及时还给你母亲！"她翻着白眼解释道。

他搁在她肩上的脸有些落寞，幽幽地问了句："你会劝我放弃魔术吗？"

"原本想劝来着……"她侧望着他，一脸无奈，"看来不可能，谁能说服你做不想做的事呢？"

"你为什么不试试呢？说不定，你开了口，我会丢开一切去接受治疗呢？"他的眼眸低垂，低喃似的说了句。

她摇头："纵然我宁可你丢弃一些宝贵的东西来换取健康，但我并不想左右你的人生！就像你说的，自己的路，自己选。我可以做的是——"

她翩然地贴近他的脸颊，如蜻蜓般落下轻盈一吻，“陪你走。”

哪怕前途坎坷，哪怕荆棘密布，哪怕要面对未知的恐惧，一句再简单不过的“陪你走”，却注定要携手并肩，艰难前行。

言唯熙的眼眸一闪，轻笑出声，扣住她腰肢的手微微用力，抱着她在原地甩上两圈。

她惊呼着，双手紧紧地扣住他的大手，在轻微的晕眩中，嗅着那股薄荷味的清新气味，欢快而温暖的笑意，轻柔地在两人的嘴角化开。

……

回途时，米蓝说出韩宇拓是 Hades 队长的事情，言唯熙虽然不知道，却也没有表现出吃惊的样子：“随他好了，这么多年都是围着我转，也该做他自己想做的事了。”

与言唯熙告别，米蓝步入酒店，电梯到达她所住的楼层，叮的一声打开了，艾小璐一脸雀跃地走进来，抓着米蓝的手臂大力摇晃着，喊道：“蓝蓝，我正找你呢！我们拿到葛尼尔的合约了！刚刚传真了草拟的合同副本，明早会送正本合同过来！天，太好了，之前还说要在 LD 广场表演，现在彻底不用担心表演的场地问题了！我就知道，会逢凶化吉的。”

米蓝勉强地笑了笑：“那很好，对了，老板什么时候来，公演时间快到了。”

“已经到了，杰米哥让我们一起去机场接人。”

米蓝摇了摇头，她看电梯上滚动的数字，已经从她要去的楼层向下降，无奈地摇了摇头：“艾小璐，我不去行吗？有点儿累。”

艾小璐眨巴着眼睛，笑着道：“好啦，我不会告诉杰米哥，下次换我偷懒。”

送走艾小璐，米蓝回到房间，在经过岑今的房间时，她不由自主地停了下来，半敞而开的房门，一只白色弹球缓缓地滚了出来，在光线微晕的走廊里，默默地泛着皎洁的白光。

她拾起那只球，将半敞的门推开，房间里没有一丝光线，一抹清瘦的身影站在厚重的窗帘前，沉默无声。

“岑今？你什么时候回来的？”米蓝有些奇怪地问道。

淳于乐不是送她去医院了吗？怎么这么早便回来了？

岑今的背影僵了僵，突然说道：“听说了吗？宋卓的草拟合同副本，已经传真到杰米那里了。”

“我听艾小璐说了。”米蓝上前一步，却又意外地停了下来，双眼直勾勾地看着岑今的左腿。

裤子的布料已经被磨烂，有些鲜血从布料里渗出来。

“你的腿……”她低呼，随即拨通了前台电话，“喂，请送急救药品至……”

放下电话，她严肃地问道：“是淳于乐吗？发生了什么意外，然后他弃下你不顾了吗？”

岑今沉默了片刻，说道：“他抱着我，在过马路时，为了避开迎面而来的车，却被机车擦撞到，我完全清醒的模样，再一次让他明白，我是个满口谎言的人。”

“所以他生气了，于是丢下还在流血的你？”米蓝有些气愤难平，却也不禁困惑，“可是，宋卓那边还传真合同……”

“他说，什么都不会告诉宋卓。”岑今缓缓地转头，眼中隐忍着痛苦，却还面带微笑地说，“要让我站在葛尼尔的舞台上，品尝到彻底失败的滋味！”

米蓝怔怔地看着岑今那控制不住颤动的手，许久，她喃喃地说道：“岑今，你告诉淳于乐吧，说你的手有病，说你的时间不够，说你必须在最短的时间里完成有关魔术的所有梦想！说你还爱他，说这一切都不是谎言，只是一个傻瓜做了她自以为对的选择。”

把一切都说出来，至少也给他人选择的机会，不管这种选择让人幸福，还是让人痛苦。

葛尼尔的演出即将开始，此时没有人知道，在前方等待的，会是怎样惊心动魄的命运！

Chapter 11
惊心动魄，最后的演出

(1)

Zero 的吉晃首轮公演，选择的表演场地，是比秋田 TK 展览馆大三倍的葛尼尔大剧院。

之前因 Hades 的涉入耽误了时间，所以为了让公演正常进行，道具组和设计组通宵达旦地按预先设计的图纸，对舞台进行道具与布景的双重布置。

为了增加表演的可观性，元野谅特意增加了两个新设计的舞台魔术，公演时间延长一个半小时。

所有人都在紧锣密鼓地准备着，而时间也正一分一秒地过去。

让大家屏息凝神的时间就快到时，艾小璐突然神色慌张地跑进后台，对杰米和元野谅一番低语。

“什么？近三分之二的观众席空着?”

米蓝拿着资料的手停了停，不可置信地循声望过去。

这怎么可能，虽说葛尼尔比 TK 展览馆要大，但也不至于空置出那么多的座位，元野谅的演出票早已经以预订方式售出，并以提前一天的方式在吉晃三十个定点处领取。光是她连夜整理出的领取资料，就显示近百分之九十七的表演票被成功领走。却在距离公演开始只有十分钟的时间，空置了三分之二的座位，这其中必定大有文章。

杰米到底是经验丰富的经纪人，他利用他的情报网，在一分钟不到的时间弄到了一个重要的消息——Hades 在 LD 的公共音乐厅里举行免费的魔术表演。

“当年，井云颂在明知欧塞有阿莫西林过敏症的情况下，还在对方的表演道具里加入 K•H 液，让欧塞在舞台上休克而毁了整场演出。这件事情，欧塞虽然很厚道地没有肆意向外界传播，但圈子里有人知晓此事，并且在井云颂准备加入 Zero 时，让我提醒你！可是，你只看中他的幻术，现在好了，尝到被反咬的滋味了吧！哼，我就知道，恶狼就是恶狼，养得多久多熟，都不会变成护主的狗。”杰米气急败坏地吼道。

整个后台的人都被他气愤的说话声吓到，齐刷刷地看过来。

元野谅轻叹一声，拍着杰米的肩膀，正要说些什么时，柯馨婷的声音插了进来，不咸不淡地说了句：“我们没了葛尼尔的时候，不是也决定在 LD 进行表演吗？现在不过是角色对调而已，用得着把人说得那么难听吗？而且，欧塞自己对当年的事都只字不提，还不知道有什么隐情呢，你又在这里叫嚣什么呢？”

“你是在帮井云颂说话吗？”杰米环抱着手臂，眼神不善地看着柯馨婷。

道具组的萧丽跑过来，一脸忧心地拉住柯馨婷：“观众被 Hades 拉走了三分之二，大家都很烦，不要再内讧了。”

“有没有搞错，LD 的公共音乐厅只能容纳葛尼尔五分之一的观众，Hades 再厉害，也不可能拉走三分之二……”

“那如果是恶意购票呢？”杰米反手从艾小璐的手中拿过一份资料，丢给柯馨婷，“资料上显示，有近三分之二的票是由同一个账号打钱过来的。”

言下之意，就是怀疑 Hades 故意收购大量的表演票，以阻断观众出席率。

先发生葛尼尔剧院争夺事件，随后又出现恶意购票事件，两者针对 Zero 的吉晁公演，而且，就在这个节骨眼儿上，Hades 还在 LD 举行免费的表演，这让人很难不把怀疑的眼光投向他们。

柯馨婷翻阅着资料，脸色虽然阴沉，却仍辩解道：“这并不能确定就是颂他们做的，即便是……”她合上资料，淡淡地说道，“这个圈子里，恶意竞争像是家常便饭，Hades 做过，Zero 没做过吗？谁敢拍着胸口，说

自己是百分之百的清白?”

杰米的眼神一凛，冷哼道:“你现在是在说风凉话吗？因为是有人在针对Zero，而不是在针对你吗？好，那我现在告诉你，你在秋田剪掉头发求到的初次演出，之所以会失败，是因为有人刻意破坏了你的鞋子，我想，那种破坏应该也不是怀有善意的吧。”

“你……你什么意思?”柯馨婷颤着唇，脸色惨白地追问。

杰米冷笑，向一旁的萧丽使了个眼色，后面颔首，沉吟道:“组长，杰米哥说的是真的，秋田表演结束之后，我检查了所有道具，其中你穿过的高跷鞋有问题，鞋跟有被切割过重新过胶的痕迹，应该是被人动过手脚，而那一天……”

萧丽顿了顿，眼神有些闪烁，她看了杰米一眼，牙一咬，说道:“那天颂哥失踪前，曾经检查过高跷鞋，之后就再没有人碰过它。”

井云颂曾是道具组组长，他的一双锐眼断然不可能看不出鞋子被破坏过，那么唯一的解释就是，他自己故意弄坏了鞋。

柯馨婷的脸色瞬间变得灰青，她向前踉跄一步，萧丽见状，有些徒劳地补了一句:“我想颂哥并不一定是针对你，他可能是不想让其他人使用那个道具。”

“如果他无法正常表演，还会有什么人能代替他，除了我以外?!”柯馨婷喃喃自语。

元野谅低头看了一眼时间，紧皱的眉头豁然松开了，他用力地握了握垂在胸前的红宝石，坦然地说道:“大家都振作一点儿，不要再为没有证据的猜忌而无意义地争吵，别说现在只有三分之一的观众，哪怕观众席中只有一个观众，我们都该让他看到最精彩的表演!”

因为不论是怎样优秀的魔术师，只要背弃了观众一次，就会被观众抛弃一生。

正式开演时，观众仍然没有增多，Zero的吉晃首演，带着一丝风雨欲来的沉重，在葛尼尔的舞台上演。

(2)

华丽、诡异，总让人联想起像葛尼尔那样的舞台，或是元野谅那样的舞台魔术师。

但 Hades 却在条件简陋到甚至连灯效都无法安排的 LD 公共音乐厅里，在不到三百人的眼皮子底下，将华丽以近景魔术的方式表现出来，让人惊叹不已。

首先他们选择有歌德式风格的布幕，从天花板一直铺到地板，红漆色的钢琴旁点着苦荼弥菊味的香薰炉，淡淡的忧郁的气味中，淳于乐用修长的手指，只用黑键弹奏出沙细的诡异音乐。

音乐戛然而止，他缓缓起身，脱掉一身晚礼服般的金色燕尾服，露出在袖部钉了一排流苏的白色衬衫，他连座位都没有坐，向簇拥着站立的观众走去，在一片惊呼声中，举起食指竖在唇前，示意众人安静。

他的眼眸低垂，一枚只有乒乓球三分之一大小的白球，咻地穿过袖部的流苏，由他的手心飞射而出，击中钢琴白键。随后他的左手也以相同的方式弹出几枚小球，那节奏虽然简单得不成曲调，但是球体在瞬间转换颜色，又能精准无比地弹奏出魔术师心目中的音符。

观众们近距离地看着那些小球从他们的眼前擦过，撞击到琴键，又重新弹回他的手心，不禁惊呼着鼓掌。

角落里，一高一矮的身影伫立在观众的视线之外，他们屏气凝神，如同背景布幕的缩影般，静静地看着淳于乐的表演。

“你真的决定了吗？这么近距离地表演隐身术，被拆穿的概率很高。”韩宇拓沙哑的声音像刀片刮着井云颂的耳朵，他冷冽地看着后者，脸上挂着极为认真的神情。

他为了让米蓝不再纠缠言唯熙，而为她开发了 K•H 液的副作用道具，却将自己对道具的天才实力暴露给井云颂。

在秋田时，井云颂便邀请他加入当时人气极旺的新秀魔术团队 Hades。后来他才知道，井云颂在 Hades 里兼任魔术设计的工作，他早已经计划离

开 Zero，并且希望可以带走一个让 Hades 一炮而红的机会，而吉晃的表演便是这个契机，登上葛尼尔，这无疑是给只有好人气却没有好名声的 Hades 团队扬眉吐气的最佳时刻。

可惜在关键时刻，宋卓却执意取消了他们与葛尼尔的租约。而此时，淳于乐却提议在 LD 进行免费的近景表演。

这着实是个挑战，以朴实的近景魔术，在外围对抗葛尼尔的华丽舞台魔术，看起来胜算极小，却让这三个 Hades 少年，有种无法抗拒的占胜欲。

所以，要以最精彩的表演来拼死一搏。

“拓，我对你的道具有信心，所以，对我也有点儿信心吧。”到目前为止，他的近景隐身术只被言唯熙拆穿过。

“这个世界上，我只相信一个人说过这种话。”

井云颂一笑，说：“一个人？是说言唯熙那家伙吗？拓，你想要超越自己哥哥的心，就这么强烈吗?”

当初，他邀请这个天才道具少年加入 Hades 时，想过对方会拒绝，会开出天价，但没想到韩宇拓仅要求学习魔术表演跟魔术设计，而且是以为井云颂开发新魔术道具为等价交换条件的。

“为什么想学习魔术？一个天才道具师，不需要同时拥有完美的魔术技巧。”当时，井云颂曾这么问过韩宇拓，后者的回答却是——“我想站在相同的起跑线上超越他！”

而这个“他”就是言唯熙，坦白地说，那家伙也让他有种想要一决高下的感觉，但韩宇拓想要赶上言唯熙，还早得很。

思及此，井云颂狐狸般的笑容又爬上了嘴角：“想要赢的方法千百种，你下不了狠手，就等着吧。”

韩宇拓鄙视地瞄了他一眼，眼眸低转，沙沙地说道：“就好像你利用 K•H 液的副作用断送欧塞的魔术生涯，玩弄合约游戏来抢夺葛尼尔一样吗?可是你没有赢，而且输得很惨烈。”

“鹿死谁手还尚未分晓，越惨烈的失败，越能登上辉煌的高峰，不是吗?”井云颂正色道，漆黑的眼眸中闪耀着极强的胜负欲，那曾经是欧塞、元野谅和他的修行导师劳杰选择他的原因，也是他最终背弃众人的原因。

不想成为某人的天才学生，更不想存活在他人的光环之下。

井云颂——他一定要将这三个字，变成与魔术唯一相关的登峰造极的名字！

不惜一切！

……

淳于乐的彩球弹琴魔术，在观众热烈的掌声中结束。

音乐厅管类乐器区缓缓升起的紫色幕帘下，井云颂穿着黑色的衫衬，颈上系着细长的格子领带，站在三角形的单人舞台上，向观众谢礼。

隐身术，字面上的意思是指可以令身体隐形不见的幻术。

但事实上，魔术并不是奇迹，无法让真实的身体反科学常理的消失，而是创造出类似物体消失的现象。

其实，这并没有听起来那样令人难以理解。

人类的大脑中会产生不同的思维曲线，在看事物时受外界环境和内在认知影响，本身就各有不同。而且科学早已证实，视觉中确实会产生“错觉运动现象”，像是在三维或二维面画交错排列时，因对比物的远近、深浅、色彩的搭配等原因，而出现了诸如“不可能的三叉戟”或“缪勒莱耶错觉”等错觉原理，这些都证实了眼睛也会说谎。

魔术师正是利用这种错觉原理，再配合特殊的光效与道具，来进行隐身魔术的表演。只不过，大多魔术师都会将隐身术放在舞台上表演，离观众越远，被拆穿的概率就越低。

毕竟，不是所有人都会产生等量的视野错觉，这一点却可以通过舞台效果转移注意力来弥补。

井云颂虽从未公开单独表演过隐身魔术，但他所设计的幻镜中，掺杂了大量的隐身术设计，难度丝毫都不亚于那些魔术名家的隐身魔术，可谓是国内屈指可数的隐身魔术设计专家。

只是，设计师的光环根本无法让他满足，他要用近景加隐身魔术的混合魔术来向世人宣布，不光是在魔术表演的舞台上，哪怕是在观众的眼皮

子底下，他依旧可以轻松地消失不见。

离舞台最近的一排观众，离井云颂约有两臂的距离，只见他露出迷人的微笑，用力地向前方伸展着手臂的瞬间，手中突然莫名出现了一只彩球，佯装微恼地笑道："喂，刚刚表演的家伙——乱扔道具，罚款五十！"

原本怀着紧张心情看表演的观众，被井云颂给逗乐了，纷纷笑了起来。随后，井云颂突然正色起来，他像是玩耍般地向上抛着彩球，低醇的声音无比清晰地传入众人的耳中："你们，相信自己的眼睛吗？"

几乎是话音刚落的瞬间，他伸出左手的掌心接住被抛向上空又落下的彩球，彩球分明是落进了他的手心，却在下一瞬消失在他的掌心中。就在众人惊叹彩球的去向时，他的右手抓着彩球面对观众。

稀稀拉拉的掌声，变成了响亮的掌声，有些情绪高昂的观众吹着口哨，急切地簇拥前进，想更近距离地看清井云颂的魔术手法。

人群中有一道娇小的身影，红色的单肩系带裙，露出纤细白皙的左肩，俏丽的衣装却搭配着细碎的短发和恍惚的面容。

"线……"柯馨婷喃喃自语，有些失神地望着井云颂已经垂下左手。

这是原理很简单的魔术，表演使用了两只彩球，其中一只在抛空接球时，利用手腕的线，从观众视线的死角将球收入腕内，另一只手拿出早已准备好的第二只球。

她知道原理，却没有自信做得像井云颂一样完全看不出破绽，他明明就比她强得多，多到她用力奔跑都赶不上，却为何要那般残酷地摧毁她的梦想！

对他而言，除了成功以外，所有的一切都是绊脚石，也包括她吗？

她为那个魔术准备了那么久，一直以来像个傻瓜般拼命努力地练习，为了可以扮演出有身高差距的男性，她不惜剪掉心爱的头发，用那样卑微的乞求，才站上舞台，属于她魔术人生的第一个舞台，也是最惨败的一个舞台。

不是因为自身的缺陷，而是因为最亲近的人蓄意破坏！

"想要赢的方法千百种，你下不了狠手，就等着吧。"

“就好像你利用 K·H 液的副作用断送欧塞的魔术生涯，玩弄合约游戏来抢夺葛尼尔一样吗？可是你没有赢，而且输得很惨烈。”

“鹿死谁手还尚未分晓，越惨烈的失败，越能登上辉煌的高峰，不是吗？”

仅剩的一丝信任，在井云颂与韩宇拓的对话中，悲鸣着死去，她曾用锋利的刀断去的头发，向心脏倒流起冰凉的血，让她清醒而冰冷地疼痛着。

“刚才只是热身，下面才是真正的魔术，有没有哪位不怕被人说成是托儿的观众，愿意过来检查一下表演道具？”井云颂的声音缓缓响起，“有谁愿意？”

“我！”柯馨婷面无表情地走出人群。

(3)

井云颂的隐身术所使用的道具，是两个跟普通魔方大小的银色盒子，三面是透明的淡银色，三面却隐约不同。虽然从侧面看去是平行，从直面看去也与其他五面类似，但柯馨婷毕竟是道具师，她翻转了一下手腕，便发现那略为不同的三面是因为色阶的差别，在特殊角度的光线作用下，会出现似凹非凹、似凸非凸的感觉。

她把锡盒在手里摆弄了半天，然后默默地递给下一个观众。

井云颂的眼睛看似无意地对她眨了眨，勾起一抹笑意，她咬了咬牙，迅速地别过脸去。

当面前的五位观众全部检查完后，井云颂微笑着接过道具，在经过柯馨婷的身边时，悄然地低语了一句：“等我。”

柯馨婷的身子微微地颤了颤，沉默着跟其他观众一起，退回人群中。

井云颂隐约察觉到她有些不对劲儿，却碍于表演无法问明，他振作精神，修长的手指夹着道具的两面，准备开始他的近景隐身魔术。

手中的道具，是韩宇拓精心设计的——隐身锡盒，可以用来表演手指隐形的魔术，利用“箭头错觉”，在井云颂开启锡盒开关之前，先缩短手指的长度，当观众的注意力被看似缩入锡盒的手指分散时，井云颂用透明的锡夹弹开机关，从锡盒的左、右两面向中心延伸形成内弧形，因为锡盒的宽度变窄了，物体自然能顺利穿过锡盒，但这一切却发生在观众看不见的死角视野里。

而面对观众视野的锡盒表面，则是以“箭头错觉”的原理，利用色阶差异，产生了向两边伸展的错觉。

于是，观众所看到的是，井云颂的右手，从那个魔方般大的银盒左面缩入，如同消失般，却从银盒的右面伸出。

“我看出来了，盒子上一定有机关。”

“没什么神奇的，只不过是他的手指穿过了盒子上的洞。”

“原本人家还很期待，放弃了元野谅的演出，特意过来看的，好无聊哦！”

……

面对观众的窃窃私语，井云颂丝毫不慌张，他向缩在人群的阴影中，那抹淡绿色的身影，温柔地浅笑，随后他将右手指全部穿过锡盒，展示给观众看。

“盒子的宽度没有改变，里面是透明的，他的手指是怎么穿过去的?”

“对啊，好像那个盒子是不存在的，可是，它明明就在！”

“不合理，他的手指怎么可能在穿过那盒子的宽度后，还伸出那么长?”

从井云颂的视线看去，锡盒的宽度已经缩短到一厘米不到的距离，当然可以轻易地穿过，但观众看到的，却是他的手指穿过宽宽的盒子，又几乎完整地展露出来。

掌声，如雷声般盖过人们的议论纷纷。

英俊的脸庞挂着阳光而爽朗的笑容，却被欧塞和劳杰这类的魔术名家冠以“恶魔天分的魔术少年”之名，笑容背后的阴霾，像是双生的影子般，极为忧伤地附在他的身体里。

哪怕最终的结局是支离破碎地坠向地狱，他也要咬紧牙关，爬上最高的峰岭，抓一把天堂的阳光在手心，将它覆盖在某个女人的眼眉间。

那个让他走过长长阴影的女人，即使任性娇纵，却仍会坚定地信任他

的女人，会拨开非议向他伸出温暖的手的女人，会在过往那些阴霾席卷他时温暖地拥抱他的女人。

“看着吧，我会一步一步走到顶点的……婷。”

井云颂在心底暗暗地发誓，黑眸望向她所站立的位置，却发现她正一脸惨白地望着他，昔日光彩明亮的双眸，散发着一抹灰暗的破败，还夹杂着深不见底的恐惧与绝望。

她颤抖着嘴唇，似乎在向他传递某种信息，而此时，他的手指隐隐感觉到一丝不对劲儿。

啪！

极细微的断裂声，传入井云颂敏感的耳膜中，他的心中警铃大振，连忙回缩还卡在锡盒内的手指。

可惜，已经太晚了！

右手的食指关节处传来极为剧烈的痛疼，像呼啸的野兽般瞬间将他吞噬，而当他看见那只锡盒在自己的面前掉落，鲜血的液体随着它的滚落，在白色地毯上画出细长扭曲的红线。

一名观众弯腰拾起锡盒，原本如细线般的血液突然淋了他满手鲜红，他僵硬着几秒，惊恐万状地扔掉血淋淋的锡盒，抱头尖叫，而手中的鲜血也因此沾了满脸，让画面更加恐怖了。

他的尖叫像是迅速点燃的导火索，瞬间引爆了全场观众的恐惧。

淳于乐拨开人群冲到井云颂身边，扯下发带用力地缠紧他的伤口，而他呆滞的双眼则死死地盯着被人丢在地上的锡盒，颤抖着反复低喃：“为……为什么，为什么？”

突然，他用力撞开淳于乐，捡起地上的锡盒，踉踉跄跄地冲了出去。

“颂！”淳于乐大喊一声，正要追上去，却看到面色苍白的韩宇拓，不禁大骂道，“滚远点儿！你的破道具，害死人了！”

闻言，韩宇拓原本就惨白的脸色更加灰青，他望着淳于乐奔跑的背影，颤抖着掏出手机，却全然没发觉，在他身后不远处，面如死灰的柯馨婷，全力虚脱地滑跪在地，欲哭无泪的双眼像空洞的门。

……

米蓝从后台里，向观众席看去，在第二排的座位中，看到言唯熙正支着额，似笑非笑地看着她。

“你在偷瞄我?”他的短信发来。

“你不偷瞄我，怎么知道我偷瞄你?”米蓝对着屏幕上的短信傻笑了一番，将字一个一个删掉后，重复按着键钮编辑内容，“杰米认为，Hades恶意购票，影响了今晚的演出，而且，关于井云颂破坏道具的说法，我很质疑……”

根据杰米和萧丽的说法，井云颂在秋田公演中破坏了柯馨婷的道具，以至于她初次登台的魔术秀以穿帮收场。

米蓝对此十分质疑，因为在收尾工作中，她也帮忙整理过道具，印象中似乎没有对鞋子上的胶印有记忆。

“破坏道具吗?他能做得出来，但不会做得这么三流。”

言唯熙是在说上次米蓝和井云颂比拼魔术时，她被绑了专术绳结，水箱的导水管又被破坏的事。虽然那次井云颂同样也是破坏道具，但说到底是为了测试言唯熙的真正实力，而不是存在什么胜负心的刻意破坏，也不至于那么三流。

她轻叹，一想到柯馨婷在听到道具被破坏时的神情，总觉得隐隐有些不祥，不晓得这个小魔女，会以怎样的心情来面对关于井云颂的谣言。

毕竟，那不是一场普通的表演，身为一个极度渴望成为魔术师的女生来说，甚至不惜割断心爱的头发，赌上所有人的信任而站上舞台。如果因为实力的差距有所失误也就罢了，但若是被人恶意破坏，那心中的愤恨必然极大。虽然这两人在外界看来关系很差，但团队里的每个人都看得出来，他们之间存在着一种特殊的羁绊，是任谁也无法割断的。

“柯组长去哪里了?下轮表演要用的锡箱，齿轮有些问题要调试，放锡针的夹板又不知道放哪了，真是奇怪了!”道具组的阿武抱着工具箱，在经过米蓝时嚅嚅地说了句。

“夹板?”她喃喃地重复了一遍，望着阿武的背影，心里没来由地有点

儿堵。

“你是在看别人的背影吗?”言唯熙的声音突然从耳边响起，还带着一丝孩子般的负气，他单手捏住她的鼻尖，有些强硬地将她的脸转向自己，“他哪里好？有我高吗？有我帅吗?”

米蓝的脸颊轻微地抽搐了一下，刚想骂人，却忽然发现两人的距离，那还不是普通的近，眼瞳之间的注视，都可以像照镜子般看到自己的脸，一张脸颊莫名生出两坨红晕的脸。

她心虚地缩着脖子，清了清嗓子，问：“你怎么能进后台?”

魔术师的后台是秘密最多的地方，一般的观众根本无法顺利进入。

言唯熙用鼻子哼了一声，拽拽地说：“你觉得，这世上有我去不了的地方吗?”

这还真像是他的风格，她在心里小声嘀咕着。

“你回短信的速度比蜗牛还慢，是在泡道具小弟?”他说话的时候，阿武刚好往两人的方向投来疑惑的眼光，被言唯熙给凶狠地瞪了回去。

见状，她刚刚褪下去的气血，又噌地涌上脸，有点儿慌张地拖着他的手臂往通道内走。

等她停下来时，却发现言唯熙正用饶有趣味的眼神望着她，嘴角还挂着那种亮晶晶的灿烂笑容。

“不……不许笑。”她结结巴巴地说了句，想也没想，抬手就捂上了他的嘴唇。

他完全没有料到她会有这种举动，眼神一惊，转而又深邃地凝望着她那张颇为害羞的脸。

“不……不许这样看我!”她踮起脚，用另一只手捂住他那双明亮的眼睛。

米蓝只顾着伸手捂住让她脸红心跳的眼眸与嘴唇，却忘记了两人的身高差异，使得她的上半身紧紧地贴在了言唯熙的身上。

心跳的声音，像一种原始的鼓音传入她的耳中，越来越快，越来越响，像只雀跃的鹿，急切地想要冲出胸腔。

言唯熙缓缓地拉下捂住自己嘴唇的手，从指尖到掌心，暖暖地下移至她的手腕，将其牢牢地握住，用力向上一提，另一只手顺势搂住她细软的腰身，极霸道也极温柔地贴上她的唇瓣。

那一刻，心跳漏拍，时间静止，她甚至有种幸福到莫名想哭的感觉。

如果所有美好的东西，都可以像被压入相片中的图画那般，不会变化，只会淡淡地褪去了光泽，那该多好?

只可惜，时光在流动，幸福、痛苦、悲哀、感动……这些人类独有的情绪，如命运之轮般，不停地交错轮回，任谁都无法幸免。

啦啦——啦啦啦——

突兀的来电，不合时宜地打扰着正在甜蜜中的两个人。

米蓝手脚并用地挣脱言唯熙的唇，害羞地转过身，双手按着心脏的位置大口喘气，只听那电话铃声响了许久，他才接听，而且语气超级不爽："喂！哪个笨蛋会在这种时候打电话……"

他的声音突然一滞，虽然拨高音量，用类似命令的语调喊道："拓?你给我冷静点儿！"

拓?是韩宇拓吗?

出了什么事?

她的心底油然升起一丝强烈的不安，迅速转过身来，发现他的脸上浮现出一种既悲痛又愤怒的复杂神情，那让他俨然变成了另外一个人，不像那个我行我素惯了的言唯熙，而像一个从成人的痛苦中，爬不出来的可悲灵魂。

"唯熙。"她喃喃地念着他的名字，却不知道要如果开口问，她并不确定自己有足够的承受能力，来接受一切痛苦。

但是，属于夜的残酷已经爬出月的阴霾，咆哮着露出狰狞的脸，无论人们愿不愿意看见它。

一直到通话结束，他都没有再多说什么，只是极其沉默地看了米蓝一眼，便转身走向通道大门。

"你要去哪儿?"她不安地问。

他离去的身影定了定，转过身，很凄然地望了她一眼，良久，才说："知道这世上最残忍的事是什么吗?"

那就是再也无法走向，那个被称之为"梦想"的未来。

这是这世上最残忍的事。

(4)

"杰米，把你联合萧丽，诬陷井云颂破坏柯馨婷表演道具的原因，告诉我?"岑今开门见山地说。

"你有什么证据说我联合萧丽诬陷?"

岑今一脸了然地笑道："如果说井云颂一早做了破坏道具的事，你却为他隐瞒，这不符合你的豺狼个性，我是第一天在这个圈子里混的小女生吗?杰米是个怎样辣手跟雷厉风行的人，我会不知道吗?而且，我已经跟道具组的员工确认过道具上的胶印，奇怪的是，除了萧丽以外，没有人对胶印有印象，而且，那双可以作为指控井云颂的道具鞋也失踪了!"

杰米的脸颊不自觉地抽搐了下，冷笑一声，说道："好吧，也没什么大不了的，只不过是想让婷那丫头清醒点儿。而且，上次跟 Hades 的谈判，井云颂那家伙让我很不爽，我想，以婷冲动的个性，足以代替我给他上一课了吧。"

岑今冷眼看着杰米，突然扔了一句："诬陷井云颂是为了报复，那你做假票数据是为了钱吗?"

根本没有所谓的 Hades 恶意购票，从头到尾都是杰米用假票数据在演独角戏，他利用控制票务成本，以假票数据栽赃给 Hades，这其中可以吞掉的钱，是让人想象不到的巨额。

闻声，杰米的脸色顿时沉了下来："注意你说话的方式，我想，没有哪个魔术团队会需要一个有手部震颤症的技艺魔术师?"

之前，岑今因为手部震颤症而被迫离开 Juppiter，她放弃手术而接受 Zero 之邀，是希望在症状加重之前，可以进行国内公演。

"需要我公开你的病情吗?"杰米侧耳倾听着外面的掌声，微笑着说道，

“观众们可能很期待今天的压轴魔术哦，你不是抱着演一场少一场的心情站上舞台的吗?”

Juppiter 的 Zoe 最擅长的彩球魔术，这类魔术属于技艺魔术，需要极强的手部控制力，而手部震颤症，这种由脑神经发病而引发的手指震颤的疾病，无疑是宣判了她的死刑。

抛弃掉一切而投奔向技艺魔术，却要面对这种结局？不，她不甘心。

所以拒绝了只有百分之十三成功率的手术，她在杰米的相邀下，进入Zero，不是为了以极为凄惨的下场结束，而是要做个华丽转身的收尾。

望着岑今眼中的犹豫，杰米安心地笑了，这时，他的手机响了，转身接了一个电话后，他的脸色忽而阴沉下来。

“出了什么事?”岑今隐约嗅到一丝不对劲儿。

“小事情。”杰米收敛起阴恻的神情，换上一副职业化的面孔，看了看腕表，说道，“Zoe，快到你的魔术了，准备吧。”

见杰米不愿透露，岑今冷哼一声推门离去，谁都没有注意到，一脸惨白的柯馨婷依靠着墙壁慢慢滑落的身影。

……

葛尼尔的表演，虽然有近三分之二的座位是空置的，但舞台上的表演仍旧非常精彩。刚结束的水箱魔术与悬浮魔术，让观众还意犹未尽，魔术《珀瑟芬妮》便拉开了序幕。

魔术的背景取自希腊神话，相传冥王哈德斯因仰慕美丽的春日之神珀瑟芬妮，而从阴冷幽深的冥府来到人间，阴冷俊美的幽冥少年不善表达爱意，所以直接用抢夺珀瑟芬妮的方式，将她带回冥府。

冥界里，珀瑟芬妮用从人间带来的种子，在充满沼泽臭味的冥界播撒，却没有丝毫生长的迹象。终于，她像终日不见阳光的花朵般渐渐枯萎了。就在哈德斯犹豫着该放走她还是留下她时，她的母亲告诉了宙斯，于是这个众神的首领让哈德斯陷入了无休无止的沉睡中。

珀瑟芬妮最终回到了人间，重新开始播撒种子，只是，她在哈德斯的手心里，同样留下一粒种子，并且相信，终有一天，当他醒过来时，会再

度出现在她的面前。

一个美好的爱情故事，只是这世间美好的事物并不如想象中得多，大多数时候都很残忍，就像为了魔术事业而放弃了爱情的岑今，她只敢在沉睡的梦里偷偷后悔，但迎向她的，却是手部有疾病而必须要放弃魔术的残酷事实。

这真是个天大的讽刺。

干冰制造的雾气在舞台上缓缓升起，营造出唯美如童话般的气氛，岑今点着光裸雪白的足尖，踩着歌剧般的华美唱腔，她那一身淡金色的单肩系带裙，像极了春日里零碎又温暖的阳光。

正中央的地面上有一些彩球放置成一个圈，她跳入圈内，用脚尖踩住一个球身的三分之一处，用类似打桌球的技巧，将这个球冲向最近的球。彩球向前滚了一下后突然莫名地弹起，被她稳稳地接住，同时，另一只球也以同样的方式被弹入她的手中。

这看似不可能发生，但原理很简单，因为在彩球放置的圈外，地面有不容易被察觉的坡道，而坡道的顶端有凸起的阻碍，球在力道的推进下急速前进，却遇到阻碍，两种力量相冲之下，本身就拥有弹性的彩球，自然会被弹起。

只不过，简单的原理却也极为考验魔术师的能耐，什么角度的坡道可以产生最佳的效果？什么样的力量才可以让彩球弹到最佳的高度？这些都是要通过反复的练习来验证出的结果。

观众的掌声只为这场表演拉开了前奏。

岑今手中的彩球数量骤然加多，她起先是像杂耍艺人那样，向空中抛着彩球，但渐渐地，她手中彩球的弧度越变越大，最高的高过她头顶一米，而最低的也碰触到地面。

而最为让人瞠目结舌的是，她手中的彩球居然在抛扔的过程中，不断地改变形状，椭圆形、菱形、三角形……两条平行的线，在她伸展开来的手掌心上下抛动，那完全不受地心吸力影响的彩球，似乎只受岑今一个人的控制。

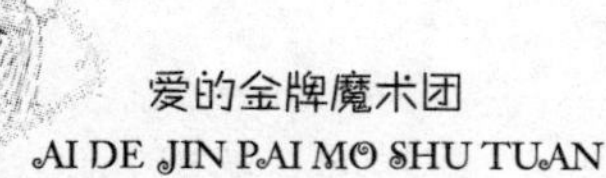

震耳欲聋的掌声中，她的动作依旧不受丝毫影响，手中的彩球从平行线变成“W”的造型，球与球之间开始交错地变换着颜色。

后台里，米蓝死死地盯着岑今手中的彩球，心里颤抖得厉害，她曾看过淳于乐用最简单的手法表演过彩球变色的魔术，也曾开口向他请教过，当时，他给她的回答是——去问 Zoe。

现在，她才能完全领会这句话的意思。

因为与舞台之上，那个将近三十个彩球组合出各种造型的彩球变色相比，淳于乐的彩球变色只能算是口味俱佳的开胃菜。

岑今就是靠着这种惊人的技巧，带领着 Juppiter 四次拿下“纽易斯 Q 蓝”的团队优秀奖，无穷无尽的技巧，像一个充满诱惑的宝石，引诱着贪图梦想的魔术师，不切抛弃一切地只身前往，想要攀登上最高峰的欲望，有时是比洪水猛兽更危险的东西。

观众给予的掌声无比热烈，岑今一脸的从容淡定，刚刚让人为之尖叫的技巧，只不过是她这整套魔术的热身，真正的魔术才刚刚开始。

身穿黑色斗篷的男子刚一上台，舞台上突然响起了麦克风干扰的刺耳声音。紧接着，有阵突兀的女声，娓娓地擦过所有人的耳膜，响荡在整个剧院内——

“Zero，意思是‘好的魔术，像数字零一样可以衍生出任何梦想与希望’，是谎言，魔术是会让人心生绝望的东西！”

突如其来的状况让岑今分了神，她的左手打滑，掉下一只彩球。

后台的工作人员面面相觑，他们看见一抹娇小的身影，手持着话筒缓缓走到台上，她的脸庞缩在舞台的灯影里，虽然看不真切，但依稀可从身形判断出是柯馨婷。

“搞什么鬼?”杰米暴怒了，他一把搡开挡住视线的米蓝，向工作人员咆哮道，“还不去把她那个麦克风给掐断！”

工作人员紧张地应声，七手八脚地在音效中找寻连接柯馨婷手中话筒的线。

“还不停止吗？要为像这样的魔术团队奉献到什么时候？只因为不想自

己的病情曝光，就闭上嘴巴什么都不敢说的人，别再用你的脏手去蒙蔽观众的眼睛！”柯馨婷吼叫着，她抓起滚落到自己脚边的彩球，愤怒地扔向岑今，球撞开其他的彩球，打乱了全部的形状，所有的球都七零八落地掉下。

岑今咬着牙，愤愤地看了柯馨婷一眼，左手却在这个时候极为厉害地颤抖了起来。柯馨婷见此情景，冲上去一把抓住岑今的左手，向观众高举起，大喊着：“你们看吧，这就是国内最优秀的技艺魔术师Zoe，她患有对技艺魔术师来说是绝症的手部震颤症，没有药物控制，她就会像一个帕金森的病人那样不停地抖手，什么也做不了！你们觉得她了不起对不对？患有这种病，却还能表演出那种优秀的魔术，但是你们知道她为了能站上这个舞台，隐瞒了什么吗？

“诬陷魔术师破坏道具、做假票数据吞钱、栽赃同行恶意购票……”柯馨婷松开岑今的手，绝望地退后一步，泪流满面地说，“我，破坏了他的道具，夹断了他的食指，也毁掉他的人生，我已经做好准备要跟他一起下地狱了！但，为什么却是我将他送下地狱的呢?!”

在柯馨婷听到杰米和岑今的谈话时，她的世界顿时崩塌了，不，应该说在井云颂的手指断裂的一瞬间，她就已经是活在地狱里的人了，只是那时还有对井云颂的恨意，在苟延残喘地支撑着她。

她不敢跟着韩宇拓去医院，因为她害怕看见井云颂那血淋淋的眼神，她知道自己已经犯下了连神都不可饶恕的罪孽，但她不能承认也不敢承认自己错了，因为那会让她活不下去。

老天最终还是让她知道了残酷的事实，她和他都只是一盘杀局里的棋子。

于是，连唯一能支持她的恨意，也变得荒诞可笑！

“所谓的灵魂之桥，不是走向天堂，而是……”柯馨婷突然拔高的声音消失了，她的话筒连接被拔除。

她看向后台的方向，发现杰米正用一副杀人的眼神瞪着她，冷哼几声，她抓着话筒的尾部，用力朝杰米的脸扔去！然后冲到舞台的最前方，对着观众席的人大喊着：“Zero！那是毁灭一切的零，你将一无所有，你会生

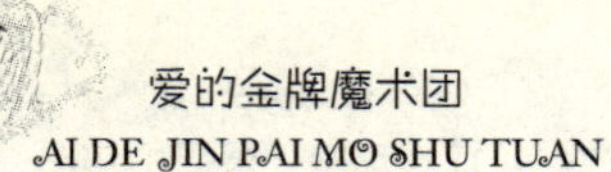

不如死，会伤害最亲近的人，会痛苦，会绝望，它会让你失去一切，一切，一切！”

宋卓带着儿子坐在前排，他无比震惊地看着舞台上近乎癫狂的柯馨婷，半晌，才惊觉坐在一旁的宋乐全身都在发抖，而且他的脸色惨白，眼神空洞得像没有灵魂的木偶。

“小乐！小乐！”他焦急地叫喊道，见宋乐丝毫反应都没有，连忙慌张地抱着他离开。

“你们还愣着，快点儿上台把她拉下来。”杰米气急败坏地喊着，他吩咐工作人员上台宣传“演出临时结束”，然后安排保安人员护送元野谅先行离开。

“我不能走，杰米，告诉我，你到底做了什么？”元野谅深邃的眼眸中充满了愤怒与恐慌。

“照这个情况看，观众会暴乱的，我劝你还是走，以免受伤。”杰米冷着脸，正了正被元野谅揪乱的衣襟，冷冷地说，“这些奉劝，就当是我在Zero最后一天，送给你的礼物。”

……

在柯馨婷被强行拖走时，观众席上的人群已经开始向舞台上扔东西了，杰米说观众会暴乱，所以全员撤走，米蓝担心不知情的言唯熙，会因为赶回来而受伤，所以一边跟着工作人员紧急撤离，一边给言唯熙打电话。

“不要赶来，我都说了有暴乱，你还回来做什么？”米蓝焦急地对着手机喊道。

“知道了，不过去了，你回酒店后给我电话。”言唯熙挂上电话，对坐在医院长椅上的韩宇拓说，“你一个人先在这里，我打了杨昭电话，他会过来善后，不用担心。”

“哥，不要丢下我。”韩宇拓埋着头，声音凄惨地低喃。

井云颂从LD的音乐厅冲到医院，韩宇拓跟淳于乐一路跟随，也看尽了一路血淋淋的惨状，急救医生为井云颂做手指接驳手术时，韩宇拓曾仔细地检查了道具，惊人地发现道具的内层被人安置了夹板，用的是极专业的手法。

他不禁想到了柯馨婷，那个被井云颂成天挂在嘴上的道具师，一个一心想着成为魔术师，所以在井云颂和元野谅之间选择了后者的女人。

她为什么那么狠心地对待井云颂，他不懂，但是他害怕，那血腥残酷的一切都让他无法镇静下来，仿佛还有什么更加触目惊心的事要发生一样。

言唯熙愣愣地看着韩宇拓，伸出手想抚摸他的头发，却最终握着拳，对着他的头顶不轻不重地敲了下，带着一丝宠溺地骂道："韩宇拓，你给我像个男子汉一样出息点儿！又不是我的女人，别用这种口吻留住我。"

说完，他便神情焦虑地向电梯走去，走了几步，停下来，冲韩宇拓喊了句："喂，我会来接你的，等我。"

韩宇拓定定地看着言唯熙的背影，消失在缓慢闭合的电梯门内，他用手捂着眼睛里的湿润，悲伤地低喃："就连这一次，也不能陪在我身边吗？"

一次也不能吗？哥哥。

……

暴乱了！

愤怒的观众堵住了葛尼尔剧院的出口，还有些激进分子向工作人员扔东西，元野谅在保安人员的护送下，极为狼狈地离开了现场。

"连杰米哥都不知道去哪里了，怎么办呀？要不然，跟他们一样，把工牌丢掉吧！"艾小璐看着把工牌扔掉，混扮成观众的同事，慌张地扯着自己的工牌带子。

米蓝四处张望，问道："岑今呢，柯馨婷呢，怎么没看到她们？"

"现在还有心情管别人！管好自己吧。"艾小璐扯掉米蓝的工牌，拉着她往外跑。

好不容易跟着人群混了出来，艾小璐拍了拍胸，吁了一口完整的气："我们先打车回去吧，这里太乱了。"

米蓝望着葛尼尔剧院外，一片混乱的场面，心中明明害怕得要死，脚却像生了根似的动也不能动，她被艾小璐拖着向马路旁走了几步，突然眼

尖地看到一抹清瘦的身影，不禁脱口而出："是岑今，她出来了，坏了，他们发现她了！"

"我的大小姐，这种时候别逞英雄了，会被打得跟猪头一样，我们上车后打110成吗？"艾小璐用大腿拦下一辆车，车门打开，下来一个身材高大的卷毛帅哥。

"不行，她被围住了，会受伤！"

她用力地甩开艾小璐的手，却有一道高大的身影先她一步冲向人群，正是淳于乐！

他冲向被激怒的人群，怒气腾腾地抓住一个男人高抬起的手腕，恶狠狠地说道："她可不是你能动手的女人！"说完，便将岑今一把搂在怀里，用自己的身体挡住外来的攻击，将她带走了。

见到岑今安全了，米蓝松了一口气，而这时，她又看到一抹娇小的身影，背离人群，像个失魂的躯壳般站在马路中央。

起风了，风吹起她红色的裙角，就像是黑夜中绽放而出的，最为鲜艳的一束昙花，只可惜越美的昙花凋零得越快，这是如流星般一瞬不见的悲哀宿命。

"柯馨婷！"

听到有人叫喊自己的名字，柯馨婷失神地回眸，那一眼，看在米蓝的眼中却是无比凄然，有种"再也回不到从前"的悲惨。

她顿时失语，不知道该对那样的面容，说些怎样的话。

耳边，传来一阵汽车引擎的声音，一辆急速而行的汽车，正向柯馨婷所站的路面驶来，米蓝看见时，已经来不及出声警告了，本能向她奔跑过去，用尽全力将柯馨婷推开。

在那一瞬间，她根本没有想过值不值得，也没有想过会不会后悔，更加没有想过迎接她的是怎样的命运！

她想要逃离，却全身僵硬无力，机械地转头看向那辆像野兽般冲向自己的汽车，绝望地闭上眼睛，又猛地睁开！

不，她不能死！

这个念头浮起的一瞬间，言唯熙的脸带着一股巨大的力量冲向她，他的大手强而有力地搂住她的腰身，带着她在地上连翻了好几个滚。

“言唯熙，为什么要来？这么危险，为什么还要冲出来救我，为什么?!”

坚硬的地面，零乱的碎石，让她的身体被硌得很痛，这不算什么。他的双手紧搂得她几乎断气，也不算什么！

真正疼痛的是她的心！想要求生而挣扎求存的心，再一次看到他为她奋不顾身而悸动的心，一丝一丝地疼痛着，让她的眼泪忍不住奔流出眼眶。

言唯熙没有回答，他只是死命地搂住她的身体，用怀中的那一丝温暖提醒自己，他并没有失去她。

一股异样的湿濡，流进了米蓝的颈子，烫着她的白皙，她嚅动着嘴唇，看着血的鲜红一点一点染了他的发色，汹涌而出，那浓得化不开的腥味，在一瞬间覆盖了那浅薄的薄荷味，侵袭了她的全部嗅觉。

(5)

无论是葛尼尔，或是Zero，都不曾想过，在某一天，会遭遇到这种暴乱般的惨败。

巡演被迫停止，辱骂之声铺天盖地而来，更有甚者，将柯馨婷那段独白放在网络上，只消一会儿工夫，便如致命病毒般四处散播开来。

米蓝坐在急救室外的白色塑料长椅上，她的领口晕染着鲜血，看起来阴沉而怵人，一双无神的黑眸，呆滞地望着颜色有些滑稽的墙壁颜色。

走廊里很静，只有表针在滴滴答答地响着，忽然一阵奔跑声传入她的耳中。

微怔着抬起头，看着走廊的转角，片刻，韩宇拓焦急的脸庞出现在她的视线内，而紧随其后的是韩玛零的秘书杨昭。

韩宇拓快跑到急救室的门前时，突然摔倒，米蓝连忙从椅子上起身，对他伸出手，却被用力打开。

“滚！都是你害的！”

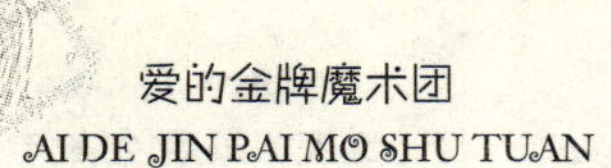

他嘶哑的声音像尖锐的刀，划开了她快要崩溃的情绪，忍了很久的眼泪惊慌失措地冲出眼眶，她半跪在地上，撑着他腿边的地面，泪流到失声，只剩心底有个声音在不停地狂喊着："对不起，对不起，对不起……"

到头来，他还是再一次因为要保护她，而受了伤。

她亲眼见到他那样强硬地护住了她，也亲眼看到那一丝丝无法阻止的血红，流出他的身体，渗入她的皮肤，那股火烧火燎痛得几乎让她无法呼吸。

他送她上了天堂，她却推他下了地狱。

哪怕说一万句对不起，也无法减轻她心中的愧疚。

不知等了多久，医生终于从急救室里走出来，他面无表情地说着言唯熙的病情——猝睡症患者多数会同时有脑肿瘤，言唯熙脑中的肿瘤一直属于良性，但由于摔倒时撞到石头，外部的重击使他肿瘤上方的血块压迫神经，如果他明早还醒不过来，就说明他的自身修复能力分解不了血块，就必须实施颅内手术，不然会有生命危险！

而手术的风险更加不可预测，因为血块跟肿瘤同时压迫着脑神经的两侧，在进行手术的过程中，如果稍有不慎，就会出现肢体或神经瘫痪的后遗症。

医生说完病情后，杨昭便移到角落里向韩玛零报告进展。

不一会儿，言唯熙被推了出来，他的头上裹着绷带，双眼紧闭，一脸苍白虚弱，却还有血色渗出绷带的模样，让人看了心头发怵。

她伸手想要拨开他脸上的乱发，手指还没有触到他的脸颊，再一次被韩宇拓抬手打开，原先手背上那块红印加重了。

"韩宇拓。"她带着一丝乞求的语气，叫着他的名字，却在看清他侧面的表情时，突然失了声。

他的眼睛缩在帽檐的阴影里，却有透明的水滴流过下巴。

他，竟然在哭。

瘦削的肩膀微微颤抖，他带着一丝颤音，喃喃地说道："我哥的身上有种可以掩盖一切的光芒，仿佛是天生就被人注视的存在，而我，则像个影子，活在光芒之下的影子。但是，我一点儿也不生气，虽然只是个影子，但是做我哥的影子就没有关系，至少，我可以得到他的注视。但……"

他的声音停滞，手背用力地抹一把眼睛，带着一个少年的愤怒，对她低喊："你出现了，明明就是一个平凡无奇的人，却将他所有的目光都抢走了！"

就在那一天，当米蓝流着泪出现在言唯熙的房门前时，韩宇拓惊恐地发现，自己再一次被忽略了。他抱着连哥哥的影子都可以做的心态，却最终被一个平凡的女生打败了，于是他开始反省，最终醒悟过来，想象真正得到一个人的注视，唯一的方法就是——打败他。

加入 Hades，跟元野谅的团队竞争，以制造新道具为条件，向井云颂和淳于乐学习魔术，他是打算以一个魔术师的身份超越言唯熙。

但，他还什么都没来得及做，言唯熙就倒下了，这让他情何以堪？

"我，讨厌你，从开始到现在，你死缠烂打，你言而无信，你……"韩宇拓每喊一句，就用力擦抹一下眼睛，却怎么都擦不干那些眼泪。

米蓝湿着眼眸，定定地看着他越来越粗鲁的动作，然后用力扯开他抹眼睛的手，忍住哽咽，轻声说道："拓，你知道吗？言唯熙他曾经说过，你是最棒的魔术道具师。"

闻言，他抬头，那双被揉红的眼睛湿漉漉地望着她，紧抿着嘴唇，不发一语。

她含泪轻笑着抬手摸着他的头发，继续说道："可是，我认为他的另一句话，说得更棒！他说，韩宇拓是最好的弟弟。"

韩宇拓的黑瞳一紧，那好不容易忍住的眼泪，再一次不可抑制地流了下来，而这一次，他不再掩饰，不再逞强，而是像个孩子般，放声哭泣。

……

元野谅神情颓废地坐在沙发上，屋子里的窗帘紧紧地拉着，有浓呛的尼古丁的味道，手机在震动，来自四面八方的媒体电话，想从他的嘴里继续套出更多的新闻。

手机安静了片刻，收到一条短信。

他的手指夹着烟蒂，犹豫了片刻，然后查看手机，短信是韩玛零发来的，只有寥寥几字：“一切都会好起来的。”

他无奈地笑了笑，默念着那几个字，艾小璐推门而入，轻声唤了声：“老板，呃，你还好吧？听说葛尼尔的伊先生快到了。”

元野谅闻言，不禁苦笑。

柯馨婷在舞台上的那番惊怵的独白，让葛尼尔也受到了不小的影响，他们的大老板伊西城连夜坐私人飞机赶回吉晃，而宋卓也因强行回收Hades的租约一事，被伊西城降职幕后，现任布景策划。

“杰米呢？”元野谅淡淡地问道，他已经从岑今那里听到杰米做假票的事，若不是他诬陷井云颂在先，也不会有恶意破坏道具的事发生。

艾小璐叹了口气，从文件夹里取出一封白色信封，犹豫不决地递给元野谅，后者瞄了一眼信封上的“辞职”二字，自嘲地轻声笑道：“杰米这家伙，这次没有落井下石吗？”

“他公开向媒体表示，主动离开的原因，是对Zero和Hades之间的恶性竞争感到痛心，并斥责柯组长、岑姐和老板，说你们没有魔术师道德。”艾小璐顿了顿，有些担忧地说，“我们还有第二场表演，接下来怎么办呀？”

继续登上葛尼尔的舞台，然后被观众扔臭鸡蛋吗？

元野谅蹙眉，眼角的余光又瞄见了手机屏幕上那几个字，不禁有丝豁然地笑了，说道：“也许，一切都会好的。”

“可是，柯组长失踪了，岑姐的手又出了问题，杰米哥走时又带走了钱卫那批员工……”以眼下的人力，要怎么进行第二场表演啊？

元野谅的眼眸沉了下去。

咚咚咚，修长的身影倚门而立，幽深的眼眸注视着屋内的两个人，低沉的声音滑出他的喉咙：“做个交易吧，元野谅，无论是你，还是Zoe，三年内不再碰魔术的话，我就参与Zero的第二场公演。”

(6)

韩玛零赶到吉晃时已是凌晨三点，她连身上的戏服都没有脱，就冲进病房，此时，韩宇拓窝在沙发上睡着了，病床上的人则缓缓睁开眼睛。

“这次要听我的，我要带你走。”韩玛零下定了决心。

言唯熙虚弱地动了动嘴唇，最终什么也没说出口，便沉沉睡去。

另一方面，葛尼尔的大老板也到了吉晃，伊西城不愧是个成功的商人，他为了撇清同 Zero 的关系，在第一时间联合了吉晃所有大中小型剧院和表演场所，并对 LD 广场申请环境保护，让其在短期内都无法成为任何人演出的场地。

前面是虎视眈眈的媒体舆论，后方是伊西城广布的抵制网，Zero 顿时陷入一种前所未有的腹背受敌的状态，越来越多的工作人员递交了辞呈，一周不到，便有近三分之二的人离开。

最终，元野谅还是决定进行街头魔术表演，他以自己跟岑今三年内都不再碰魔术为条件，邀了淳于乐跟 Hades 的工作人员，来填补流失的岗位空缺。

街头魔术其实是回归到最初的魔术表演，没有华丽的道具，没有炫目的灯效，不打任何花哨的招牌，只在观众的面前，表演着同样让人惊叹的魔术。

或许，那将会是元野谅以 Zero 的名义，表演的最后一场魔术，但月亮终能走出阴霾，而人也会因此变得勇敢而无所畏惧。

……

在吉晃，人流量最多，又最适合做表演场地的就是 CK 步行街，它不但有宽敞的街道，还有一个小型广场。

还不到下午两点，几辆厢型汽车和大巴驶入 CK，从车上鱼贯而出一些人，他们穿着黑色的连帽 T 恤，脸上抹着油彩，手中拿着红色的绳子，沿着街道的马路，以独特的队形前进着，他们每隔一段距离会停下一个人，用红绳缠住自己的肢体，再做出类似行为艺术般的古怪姿势。

黑衣人的数量渐渐多了，引得路过的行人不禁驻足侧目。

如果是从 CK 的上方向下看，便不难看出，那些打扮怪异的人，通过站立而组成的造型，便是 Zero。

“真的不来吗？我哥被带走的话，你不要在我面前哭。”韩宇拓的声音，哪怕是从电话里传出来，也让人觉得阴森。

言唯熙醒过来了，经医生检查后，发现他颅内的血块暂时没影响，但闻讯而来的韩玛零已经铁了心，安排好国外医疗的一切事宜，打算通过强硬手腕将言唯熙带出国治疗。

而极为巧合的是，他正是坐两点的飞机离开。

米蓝敛着眼眉，闷闷地坐在车内，拨开车帘，她看着渐渐被好奇的路人围观的工作人员，狠狠地咬了咬牙：“帮我向他转告，米蓝在 CK 表演了她人生的第一场魔术，所以，让他也给我打起精神来，把病治好站到我面前！”

说完，像是怕自己反悔似的，慌张地挂断电话。

咚咚，元野谅敲着车窗，“真的不送他？那家伙看起来爱记仇。”

“为什么每个人都在问这种事？”米蓝咬着牙，把手机关机后丢在车里，揉了揉手腕跳下车。

这几天，她反复地练习绳索解除，手腕起了水泡，被磨破后又长出新的水泡，又被磨破，最终，她的手腕上长出几圈较为细薄的疤，她知道终有一天，那些疤会变成岑今手上的那些茧。

元野谅把红宝石取下来递给她：“带上吧。”

“这不是你的幸运物吗？一般电影里，会送女主角这种东西的，只会是深情的男主角和有缘无分的男二号啊！师傅，你该不会是对我……”米蓝苦着脸，防备地瞪着元野谅。

“白痴，这叫认同！”元野谅咬牙切齿地骂了句，随后叹了口气，淡淡地说道，“其实，这是玛零曾经想送给唯熙的礼物，我始终觉得自己不是它的主人，我想，你每次倒霉的时刻，唯熙那家伙总是能出现在你身边，那么这条跟他沾点边的红宝石链饰，说不定也能给你带来一丝好运气。”

“师傅……”米蓝嚅嚅地叫着他，心里的感动无限放大，双眼沁满泪光地凝望着他。

“喂！那边的肉麻师徒二人组，请问你们到底要不要开始表演啊?”淳于乐从另一辆车上跳下来，口气不佳地吆喝道。

元野谅低头看了一眼腕表：“两点了，开始吧。”

两点到了? 那么说言唯熙已经坐上飞机了，米蓝抬起头，有些失神地望了眼一片沁蓝的天空，然后便神情坚定地追随上元野谅的脚步。

人人都是魔术师，街头魔术由穿着黑色T恤的工作人员拉开序幕，他们脸上的油彩，在强烈的DJ音乐带动下，不时地变换着不同的脸谱，这类似于变脸，其实也有魔术的成分。

不光是变脸，他们把剪刀交给路过的行人，示意行人剪断那些绑在他们身上的红绳，然后将断开的绳子一串串打结，最后又将打结过的绳子在手心里揉搓，最终变成连绳结都没有的完好绳子。

变脸和绳子魔术，在人流高峰的CK街道，吸引了越来越多的路人，工作人员带领着他们，走向CK中心的小型广场，在那里，真正的表演，即将开始。

最先站到观众视野里的，是一头卷发的淳于乐，曾经在LD音乐厅看过Hades表演的路人吃惊地认出了他，人群顿时沸腾了起来。

只见他手中的一只彩球，在向地上弹动时，回到手心中变成两个，再扔向地面，回到手中变成四个，以此类推，他仅仅是用单手，就控制了十个彩球，那些彩球在他的手中被来回抛扔，却丝毫没有滚落。

围观的人群欢呼，呐喊，拼命地鼓掌，淳于乐视而不见，他的眼神越过众人，专注地望着向下拉低帽檐的岑今。

她拒绝了元野谅提议的街头表演，明明是为了成为魔术师，连爱人都可以抛弃掉的女人，却放弃了魔术，这样的她反而让他更加痛心。

他该拿她怎么办才好?

岑今轻抬眼眸，突然感觉有一道灰影向自己扑面而来，比起躲闪，她更快的反应是伸手去接，这是长年的练习而养成的习惯。

是彩球。

她困惑地抬眼，望着淳于乐眼中明亮的神情，心没来由地一疼。

只是，她没有多余的时间思考，就见淳于乐咧嘴一笑，突然间用空闲的左手将掌心下的彩球一个接一个，快速地向她的方向弹来。

观众惊呼着，潮退般地向后缩了几大步，目瞪口呆地看着被灰色的帽子盖住眉毛的女子，轻易地接下那些密集的彩球，而且也是单手将它们玩弄在手掌之中，比起淳于乐的手法，丝毫不逊色。

淳于乐笑了，他加快速度，将手中的球全数弹给岑今，然后退了一步，像头伺机而动的豹子，在她双手交错着弹球时，绕到她的身后，以强健的臂力将她向上托举起。

被举高的岑今加重了手腕的力道，让因为高度而上升的彩球，可以顺利地碰触到地面，因为哪怕是彩球的弹性再好，也不可能全部反重力地向上，必须要有阻碍才能前进，这就是彩球的特性。

“还记得以前玩的游戏吗?”淳于乐低声问道。

想到从前，她的心不由一软，深深地吸了口气：“记得。”

“记得就好，那么，我开始了！”他说完，便突然举着她不停地旋转起来。

开始时旋转的动作很慢，后来越转越快，但如奇迹般的却是，她手中的彩球却丝毫没有因旋转而散落在地，反而是不受影响地继续保持着形状，而随着转速的加快，她双手控制下的彩球竟然变成了飞旋的舞带！

“动态彩球魔术？她的造诣已经如此之深了吗？真是名不虚传。”元野谅低喃着出声，眼神里流露着复杂又欣赏的神情。

“果然是情侣档，好强！”米蓝无比羡慕。

掌声、惊呼、尖叫……那些在葛尼尔的舞台上，未能得到的遗憾，像雷声一样炸着岑今的耳膜，一直到她的表演全部结束，那些掌声都没有停下来，她有些惊绪失控地反抱着淳于乐，那些散落一地的彩球，被人们捡起。

他们高声呼喊着：“让我们看看你的脸！”

淳于乐推开岑今，将她那张像个普通女人一样、泪流满面的脸展露给所有人看，有些眼尖的认出了她。

“是那个 Zoe！”

“Zero 的那个……”

“搞什么，难道这个是 Zero 的演出吗？”

窃窃私语声，冲淡了掌声与欢呼，人群也渐渐安静了下来。

岑今的身体开始僵硬，她有些局促不安地重新戴上帽子，想要转身离开，却被淳于乐一把抱住腰，“如果你在这种时候逃走，那么就算是三年后你回来了，也不会有人欢迎你！”

闻言，她凄然地反问：“那么我该怎么做？”

他咧嘴一笑，将她推到人前，朗声道：“这个女人，因为手部震颤症，而用了比常人多十倍的努力与毅力，才站到优秀女魔术师的行列内，无论是现在，还是以后，她都会是最优秀的技艺球魔术师！你们要记住她的名字——岑今！”

那些窃窃的议论声，在淳于乐明朗的声音下，变得暗淡无光，取而代之的，是人们赞赏的目光，掌声一点一点，从角落里稀稀拉拉地响起，虽然没有刚刚那番热烈，但逆境之中的鼓励，哪怕是一丁点儿，都足以暖人心扉。

面对厄运最好的方法，不是痛苦挣扎，而是坦然面对，因为每种艰难，都是会让人变得强大的礼物。

……

见到岑今和淳于乐的双人彩球魔术获得好评，元野谅心中复杂的心情更浓，一方面他为那两人感到欣慰，另一方面又担心自己这边的魔术出问题。

在一番思忖后，他将有 Zero 标志性的水箱魔术，作为街头魔术表演的重头戏，在韩玛零的帮忙下，两只新订制的水箱，今天早上已经到达吉晃，那是专门做街头表演的简易水箱，但这两只水箱都只有一层中空，无疑将逃生时间缩短了不止一倍，这大大提升了魔术的难度。

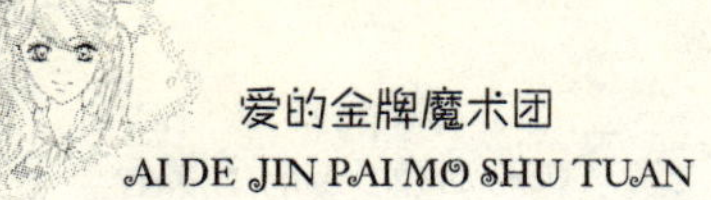

水箱分别被摆放在CK广场的莲花卖场的两边，这可能是街头魔术里，唯一相对华丽点儿的逃生魔术了。

有个神情木讷的小男孩，松脱开父亲的大手，跑到一只水箱的前面，怯生生地伸出手，却半天都没敢摸水箱的表面。

突然，有一只纤细的手，抓着小男孩的手贴上那有些冰凉的表面，温柔地说："看吧，其实你的手碰上去，什么都没有发生，所以不用害怕。"

这个小男孩就是宋乐，伊西城将宋卓降职后，米蓝曾去探望过一次，宋卓对于她的谎言极为不谅解，而真正让她揪心的，是宋乐从那场表演之后，变得更加沉默了。她央求宋卓带宋乐来观看表演，这是她犯的错，必须由她来解决。

宋乐缩回手，低着头跑回人群中，缩到了宋卓的身后，眼神怯懦地望着米蓝。

她抿了抿唇，上前一步，却见宋卓向她伸手，示意她停止前进，无奈地叹了口气，她转身走向水箱，伸手抓过喇叭话筒对人群高喊："我知道你们都不相信所谓的随机观众，所以，就用某人的特殊方法来决定是谁，希望你们都买过意外保险！"说完，她突然背过身去，将手中的喇叭话筒向后抛去。

当她转过头时，一个身形修长的男子手抓着话筒，不晓得是不是被砸伤了，他缠着纱布的额头，竟隐隐地有些血迹渗出来。

米蓝咬着牙，想要脱口而出的那三个字，被他出言打断。

"魔术师大人，请问你是在选随机观众，还是在扁人？"言唯熙用掌心抹去流下眉角的血迹，快速地对她咧嘴一笑。

她的心一酸，望着他眼泪都快要掉下来了。

见状，言唯熙挑了挑眉，张狂无比地笑道："怎么了，看到我这个极品美男，口水激动地从眼睛里流出来了吗？"

闻言，什么眼泪都缩回去了，她眯着眼睛瞪了他一下，除了脸色苍白，伤口冒点儿血以外，他看起来精神还不错，只不过，应该在半小时前坐飞机出国的人，为什么会出现在CK，而且还稳稳地接住了她的话筒。

言唯熙一眼便看穿了她的心思，他都懒得损她，那么大一只喇叭话筒从天而降，有点儿脑子的人早闪一边了，他是从地上把话筒捡起来的。

“为什么没走?”趁他帮她绑绳子时，她凑在他耳边低声问道。

“飞机延迟。”他随便掰了个理由。

“飞机为什么会延迟?”这天没雾没雷又没劫匪的。

“你去问飞机，问我干吗!”他瞪了她一眼，拉了拉她手腕上的绳子，“最简单的布林结，解不开我杀了你!”

当言唯熙将她手脚的绳结都绑好后，元野谅那边也刚好结束绳结的流程，准备进入水箱。

于是，起重机吊起两人，一左一右，分别坠入各自的水箱之中。

阳光下的水箱，外围有锡箔吸热，令水温不同于以往的冰凉。

相比解除绳索，逃生便成了更困难的事情，水箱中加入了特别的镜面，在魔术师转向机关内时，产生重叠的影像，利用观众肉眼对景物的储存时间，而快速地消失于人前。

速度，在这场魔术中变得极其重要。

脱开第二圈的结后，揉动手腕让活结松脱，当绳子漂浮在水中时，米蓝甚至都不能相信自己在如此短暂的时间里，竟然真的把绳子给解开了。

原来，那些辛苦又无休止的练习，真的是有用的。

她屈起双脚，以同样快速的方法解开脚上的绳结，然后用手臂撞向不起眼的按键，正欲向机关内缩身时，却遇到了阻碍，她的心不由得一惊，连忙又屈肘撞了一次。

按键居然失效了!

这意味着她必须要暗示工作人员，开启水箱盖将她拉出去，但这无疑是宣告了Zero这场街头魔术的失败!

那么多人为之倾尽心血，她却要一手摧毁吗?

元野谅顺利地从水箱里逃生成功，他站在水箱旁，全身湿濡地听着那些发自肺腑的掌声，感到无比欣慰，但当他看向米蓝所在的水箱时，眼神里的笑意淡去，蒙上一层浓浓的忧虑。

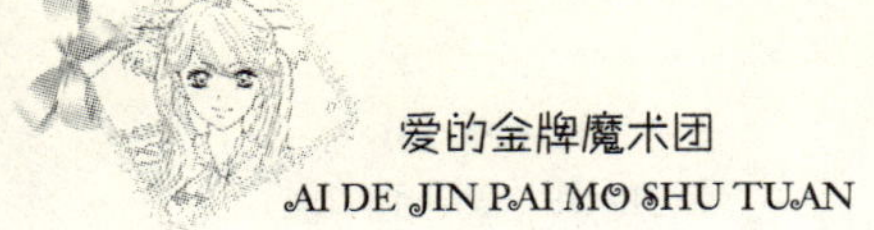

“糟了，按键失灵了。”言唯熙向来对魔术解析有专攻，他见米蓝早已经解开绳索，却迟迟未能进入机关，不禁想起在秋田时，他用假死结骗元野谅，结果水箱的机关按键也失灵了一次，幸好最后他们解开绳结时，按键又恢复了正常。

如果没猜错的话，元野谅所用的全部水箱道具，都是德国著名道具师巴卢的作品，他的水箱是以加入了“视线错觉模拟系统”而出名的，但离完美还差一截，因为他的机关按键特别容易卡住，所以在演出前，要经过近五次以上的反复测试才可以使用，否则发生按键失灵的概率会很大。

而这两只水箱都是一早送达吉晃，从时间上推算，元野谅应该没有时间，也没有人力来进行水箱测试。

时间一分一秒地过去，水流早已通过单道夹层，将整个水箱充得满盈。

米蓝心急如焚地再一次用手肘去撞击机关按键，却仍无丝毫效果，她看见有些沉不住气的工作人员向水箱走来，连忙拼命地摇起了头，示意他们不要用外力打开水箱。

突然间，有个小小的身影冲向水箱，攥紧拳头敲打着水箱的表面，大声叫嚷着：“放出来，把姐姐放出来，还……还给小乐！”

宋乐一边喊，一边号啕大哭起来。

米蓝将脸凑近玻璃，对着痛哭不止的宋乐，向两边拉扯着自己的嘴角，做出微笑的模样。

她想用笑容告诉他，自己很安全，但事实上，她心里清楚自己撑不了多长时间了。

在水中是件很消耗体力的事，连呼吸都无法正常，缺氧和抽筋的状态随时会出现，而最为恐怖的是，她会溺水。

到那时，如果抢救不及时，就要去阎罗王那儿报到了。

可是，即便如此，她也不希望工作人员打开水箱盖，再一次，她用力地撞那个按键机关，原本是不抱任何希望的，却没想到手肘突然被震得麻痛了一下，随即出了血。

而她的手肘上还赫然扎着一根细长的针！

怎么回事儿？

她的双眼本能地扫过水箱外围，却没有看到言唯熙的脸，她顿时感到一丝丝生机，没多犹豫，用尽全力用那个按键撞了下去。

轰！

耳膜被一声巨响炸开，她的身体被突如其来的吸力给甩出了水箱，摔倒在机关通往的地下隔层。

这也是为什么水箱被放置到莲花卖场的原因，因为这个卖场有很矮的地下储藏室，可以改造成水箱的机关。

掉下来之后，她发现狭窄的机关内，站着言唯熙、岑今和淳于乐，三人中，淳于乐紧握着岑今的左手，两人的手中有一根细长的针。

那是修理道具专用的夹针，言唯熙发现水箱的按键失灵后，立刻找了擅长技艺类魔术的岑今，希望她可以用弹球的方法，将细长的夹针，从机关内向上弹进水箱的机关按键。

岑今试了三次都没有成功，最后是淳于乐紧握着她的手，在第四次才成功地将夹针弹入按键内。

“快点儿！时间不够了！”言唯熙站在弹簧旁，催促着米蓝。

虽然她顺利地逃出水箱，但如果不及时地出现在观众面前，整场表演依旧是失败的。

在水中消耗了大量体力的米蓝，在逃出水箱之后，小腿莫名地抽痛起来，她没有吱声，强忍着腿肚的痛楚，跑向弹簧机关，站上去，用力地向上弹跳，但由于她的腿痛得厉害，导致弹跳的力量不够，眼见还没到出口就又要被弹回来了。

见状，言唯熙二话没说，站上弹簧机关，用力向上一跳，让米蓝可以借踩他的肩膀而顺利地到达地面。

随着言唯熙的落地，他的头顶传来了一片叫好的欢呼声和掌声，他一脸心甘情愿地坐在弹簧垫上，微笑着跟米蓝一同分享着这属于他们俩的掌声。

“看起来，你真的很喜欢她。”淳于乐笑眯眯地走过来，说，“小子，看起来很厉害的样子，什么时候跟我来一场魔术对决啊?"

岑今的冷清腔调适时地响起："你放弃吧，你连我都比不上。"

"我又没有要跟你比，我是要跟这小子比!"

"他?"岑今翻了翻白眼，语意深长地说道，"他可是个厉害的家伙，你别自讨没趣。"

淳于乐刚想反驳，却突然听到上方传来一阵惊呼，然后是一团黑影掉了下来，被眼疾手快的言唯熙稳稳地接在怀里。

"你搞什么鬼?不知道高空坠物能砸死人啊!"言唯熙恶狠狠地骂道。

米蓝以同样凶狠的语调，回骂道："白痴，你没有向观众谢幕!"

"谢个鬼啊，我又没有参与表演!"

"你是极品美男、幕后黑手，别害羞，出来见见客!"

"我见客了，你就穿帮了!"

"没关系，穿帮就穿帮，有你这个帅哥陪我一起嘛!"

"少来，我这么好的人，不做穿帮的丢人事!"

"好嘛，大不了我答应你，你治愈回国再见到我时，我一定会变成不轻易穿帮的优秀魔术师!"

"就你，看来我要在国外待三十年了!"

吵吵闹闹的两人，最终还是站上了弹簧机关，一起回到了地面，去迎接属于他们的人生。

人们对现实世界的遗憾，造就着对魔术的喜爱。

渴望着不可思议，渴望化腐朽为神奇，渴望从未实现过的梦幻人生，这是魔术，也是每个人心中最纯真的孩子。

米蓝的魔术师之路，满布坎坷与荆棘，但最终，月亮会冲破乌云的阴霾，将最皎洁灿亮的光芒，铺照在那条漫长的道路上。

尾声

“哥，你这次不会再跑了吧?”韩宇拓戴着耳机，靠坐在机舱的座位上，第 N 次问道。

言唯熙翻了翻白眼：“拓，飞机现在正在飞，你不要问这么低智商的问题，会让我联想起某人。”

韩宇拓缩了缩脖子，低头看他的杂志。

在 CK 举行的街头魔术获得了成功，Zero 和 Hades 握手言和，双方都在恢复声誉之际，Hades 宣布团队解散，而 Zero 则宣布要休息三年，这一结果让所有人都大跌眼镜，更是让无数魔术迷为之扼腕。

吉晃机场外，仰着脖子看飞机的米蓝，突然打了个喷嚏，她揉了揉鼻子，继续望着天上的飞机，喃喃地自语道：“不晓得他坐的是哪一架飞机啊。”

宋乐学着她的模样，一边揉着鼻子，一边说：“应该是十分钟前就飞过去的那一架 U150。”

CK 表演之后，宋卓离开了葛尼尔，进入 Zero 担任经纪人的工作，虽然 Zero 三年内都不打算参加魔术表演，但该有的内务和杂事一样也不会少，而且他还要为三年后 Zero 卷土重来做充足的准备工作。

在工作期间，他就把儿子扔给米蓝，反正宋乐自己也喜欢跟着她。

“呃？是吗?”米蓝尴尬地看了宋乐一眼，又回头看了看，正一脸看戏状的元野谅，清了清嗓子，干巴巴地说，“其实，我是在看岑今和淳于乐坐的那架飞机。”

在淳于乐的劝说下，岑今终于决定去国外接受手部治疗，虽然手术的结果不可预知，但他们决定共同面对命运。

“他们是明天的飞机。”元野谅无情地拆穿她。

米蓝恶狠狠地对元野谅做了个鬼脸，宋乐有样学样地跟着做了一个，元野谅有些头痛地揉了揉太阳穴，他隐隐能预见宋乐长大以后像谁了。

“啊，对了，有婷和颂的消息吗?”她突然想起这两个人。

元野谅无奈地叹了口气：“之前婷因为恶意伤人案，被警方调查，但由于颂放弃起诉，所以婷被释放，但是柯家的人把她接走了。至于颂嘛……”他顿了顿，咧嘴笑道，“不知道，没见过他，我找人打听一下吧。”

“哦，那打听到了，帮我问候一下吧。”米蓝没有怀疑元野谅的说辞，单纯地相信了，这时，她的手机响了，拉着宋乐开心地转着一个圈，然后像袋鼠一样跳着接听电话——

“喂，夏果啊，你终于来电话了……啊？你的灵异之旅是坐拖拉机去的……你诅咒那个骗你的人了吗？呃，那他应该会很悲惨，我就不骂他了……对了，我跟你讲我在吉晃的经历哦，超精彩的哟！”

望着米蓝和宋乐欢快的背影，元野谅的眼眸蒙上一层雾色，事实上，他刚刚说了谎。

井云颂出现过，在CK演出的那天，他戴着黑色的手套，衣着低调地隐没在人群中，还戴着帽子和眼镜，似乎不想让人认出他来，但毕竟是跟随自己多年的学生，所以元野谅一眼就认出来了。

原想上前跟他聊几句，但米蓝的水箱表演出现问题，耽误片刻的工夫，井云颂便离开了，只让艾小璐转交给他一封信。

“To be continued。”这就是信的全部内容。

他隐隐地有些不安，觉得那个被夺走了阳光的少年，在不久的将来，会做出一些惊心动魄的事情。

命运，会以怎样的面孔再度袭向众人?

To be continued……

(全文完)

有时候，有些人，遇见，便是一生。就如同爱情，只是刚好而已。

苒倾叶最新暖爱巨献，诠释美好恋爱的独特味道！

最动人的校园罗曼史，最值得期待的华丽新章——

❤当意外出现的0.0001几率，把原本不同世界的两个人连在一起❤

内容介绍

她是积极向上、乐观开朗的孤儿； 他是脾气暴躁、单纯善良的富家公子。他们此生原本不在同一条起跑线上，注定有着各自不同的世界。

一场不大不小的雨，一个人群零乱的车站，却出现了 0.0001 的几率，把原本不同世界的两个人连在了一起……

当睿智的夏默然遇到了冷酷的肖韶炎，就如同天雷勾动了地火般一发不可收拾。明明互相讨厌的两人为何突然间惊觉对方有些可爱？明明吵闹不断的两人为何会出现心跳加速的瞬间？

当两个不懂爱的人碰在了一起，当认知的友情开始变质，当发现讨厌的那个人其实并不怎么坏……

当你把我的世界变了样子，当你让我的心跳改换了频率，那么在你离去之前，能否先告诉我这是否就是所谓的爱情？

宛童·著
超危恋人
CHEATS
DANGER
饲养秘籍
萌爱季倾力打造
史上最值得期待的魔幻恋曲！
懵懂的恋情，不可预知的结局，无法掌控的命运
带你感受不可思议的心跳爱情！
或许，你的身体里也住着一个“美少年”哟！
开启最高档的学府——神鬼学院大门
阅读引领时尚潮流的《死神入门教材》！
内容介绍：
生前的一次交易，让少女珈蓝的身体里住着一个名叫“忘笙”的声音。由于妄图改变神鬼学院的不公，珈蓝得罪了学校中一手遮天的鬼苑，也因此吃尽苦头。她不知道，接踵而来的灾难都是多年前设好的局。后来鬼苑昏迷，忘笙离去……
“一切都是对神的复仇剧！”
神鬼学院与珈蓝懵懂的恋情同时陷入巨大危机！
她梦中花田里那双魂牵梦萦的银色眼睛在闪烁……
而让珈蓝奋勇前进的，是回忆与信仰中的决不放弃。
爱与希望的歌谣，奏响在待雪草盛开的路上！